JN066780
Mikoto & Senri
「羽 化」

羽化

悪食2

宮緒葵

キャラ文庫

この作品はフィクションです。
実在の人物・団体・事件などにはいっさい関係ありません。

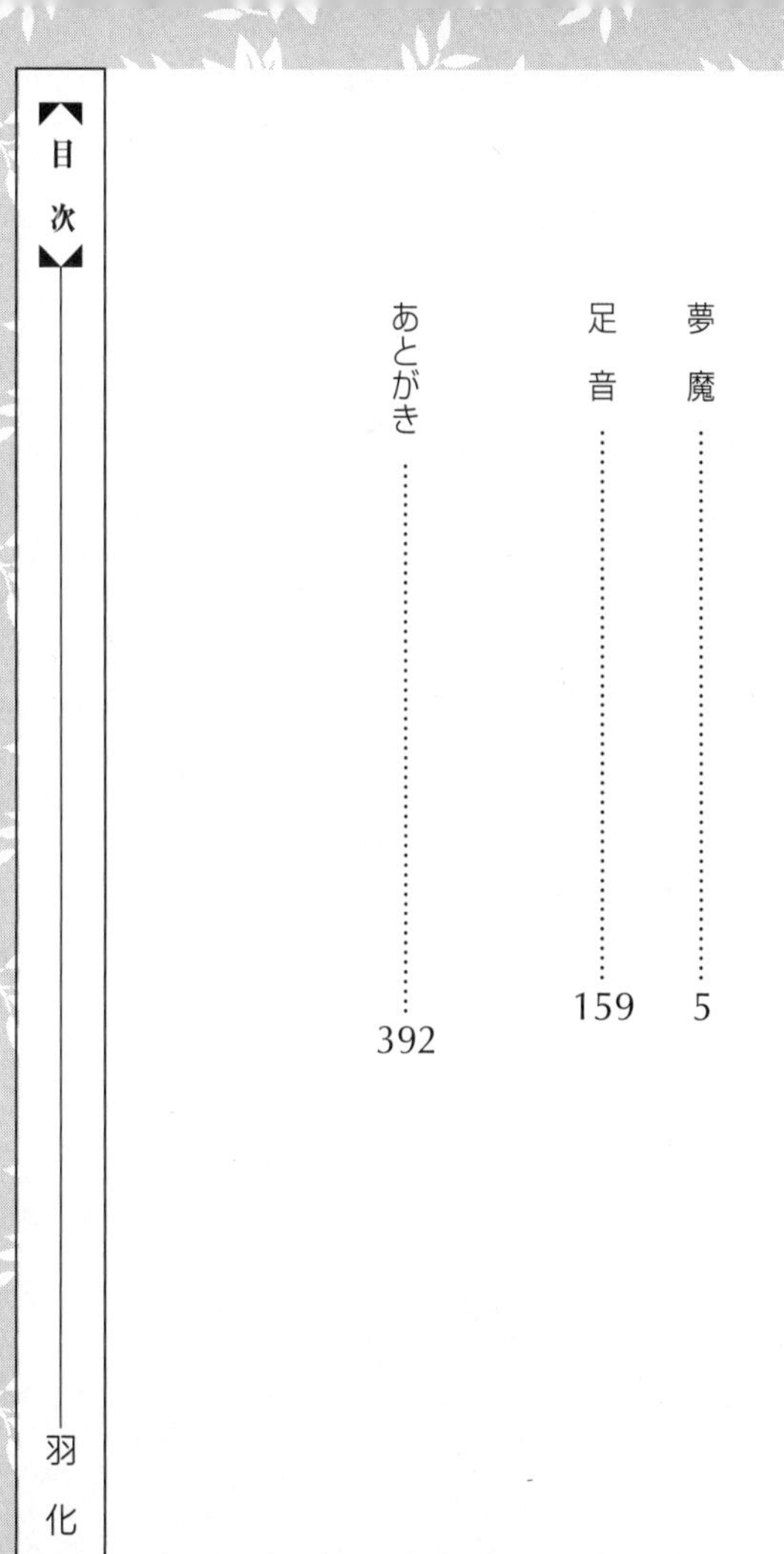

目次

羽化

口絵・本文イラスト／みずかねりょう

夢魔

こたつで眠ったふりをしながら、台所を眺めるのが癖になっていた。あの人は一度料理を始めれば絶対に振り向かないので、好きなだけ観察していられる。

一度、隣の部屋で火災報知器が誤作動を起こしたことがあったのだが、すさまじいアラーム音にもまるで気付かず料理を続けていたのには驚いた。いったん集中してしまうと、気が済むまで周りが一切目に入らなくなるらしい。

よく今まで無事に生きてこれたな、と呆(あき)れたら、生き延びてしまったなと苦笑していた。その双眸(そうぼう)の奥に潜む深い陰に、何故(なぜ)か胸が締め付けられたのを覚えている。

とん、とん、と不器用に包丁を使う後ろ姿に、張り詰めていた神経が緩んでいく。子どもの頃は、母親が包丁を持つと怖くて仕方が無かったのに。男にふられるたび、お前のせいだと包丁を振り回しながら追いかけてくる母親だったから。

あの時逃げずに刺されていれば良かったのだと、何度も思った。けれど逃げなければ、あの人に出逢(であ)うことも、こうしてここで過ごすことも無かったのだ。

遊びに夢中になった近所の子どもたちの、甲高い歓声。夕刊を配達するバイクが走り抜ける音。散歩に連れ出してもらい、はしゃぐ犬の鳴き声。

壁の薄いぼろアパートには、窓を閉め切っていても様々な音が聞こえてくる。普段ならわずらわしいとしか思えなかった生活の音が、この部屋に居ると心地好く感じられるのが不思議だった。

かすかな眠気を覚え、ごろりと寝返りを打つ。

普段、自分の部屋では眼が冴えてなかなか眠れないのが嘘みたいだ。薬を大量に飲んでやっと眠れても、一晩中悪夢にうなされて寝た気がしないのに、この部屋では夢すら見ずに眠り込んでしまう。おかげで少し体重が増えて、肌艶も良くなった気がする。

――お前、新しい男でも出来たのか?

腐れ縁の男にはさんざん疑われたけれど、自分でもよくわからなかった。肌を重ねるのでも、どこかに連れ立って出かけるのでもない。会話もほとんど無い。ただ、同じ時間を共有するだけ。

そんな関係を、何と呼ぶのだろう。少なくとも自分は知らない。…誰も教えてくれなかった。

鼻をひくつかせれば、出汁と野菜が煮える匂いが漂ってくる。今日の『残り物』は何だろうかと考えるうちに、いつしか穏やかな眠りが訪れていた。

半月ほど前までは肌をじりじりと焼くように熱かった日差しが、だいぶ和らいだ。胡桃沢水琴は無心に走らせていた鉛筆を止め、うろこ雲の浮かぶ空を見上げる。

……もう、すっかり秋なんだなあ。

紅く色付く山々も、足をつければ冷たさに驚く清流も無いけれど、季節が移りゆくのは故郷もここも同じなのだ。…だからと言って、とても馴染んだりは出来ないけれど。

一流のものばかりが集まる都内有数の繁華街・銀座は、数多くの老舗が軒を連ねる優雅な大人の街でもあり、流行の発信地でもある。メインストリートに立ち並ぶ店はどれも水琴一人で入るのをためらうほど華やかにきらめいているし、行き交う人々は皆自信に満ち、颯爽として見えた。田舎育ちの水琴にはどれもこれも眩しいものばかりだ。

…だが、馴染み深いものもある。

交差点に面した銀行の壁にもたれ、水琴はじっと目を凝らした。道路沿いに植えられた櫟の木の陰に、羽織袴に大小の刀を差した壮年の侍が佇んでいる。

都会のど真ん中に侍が現れれば注目の的になるはずだが、騒ぎ立てる者はおろか、気付く者すら居ない。あれは本来、この世に在るはずがないモノ…水琴だけに見える、死者の姿だから。

「水琴」

陽炎のようなその姿を写し取ろうと、再び鉛筆を動かそうとした時、背後からそっと肩を叩かれた。

振り返れば、秀麗な顔に笑みを浮かべているのは予想通り奥槻泉里——水琴の恋人であり、パトロンでもある男だ。

「描いていたんだな」

スケッチブックを水琴の肩越しに覗き込み、泉里は笑みを深める。水琴が現実ではありえない、泉里自身の目に映らないものを描いていても、年上の恋人は決して気味悪がらない。そこにあるのは純粋な感動と賛嘆だけだとわかるから、水琴も安心して頷ける。

「はい。…ごめんなさい、どうしても気になってしまって」

一緒に昼食を食べに出がてら、泉里が銀行に寄ったので、水琴は入り口で待っていたのだ。すると何気無く眺めた街路樹の陰に揺らめく姿を見付け、我慢出来なくなり、外に出てしまった。入り口から見える場所だが、いきなり水琴が消え、泉里はさぞ驚いただろう。

「構わないさ。画家のインスピレーションを咎めるわけがない。…これは、侍か?」

「そうみたいです。あちこちきょろきょろして、まるで何かを探してるみたいで…あっ」

「どうした?」

「何か、ふわふわしたのが出てきて…」

水琴はささっと鉛筆をスケッチブックに走らせ、侍の足元に茶色い毛並みのずんぐりむっくりした生き物を描き加えた。つぶらな瞳と、その周りの黒い模様——狸だ。櫟の木の陰の侍はすっとしゃがみ、狸の頭を撫でてやる。狸は逃げるでもなく、されるがままだ。

　水琴が見た光景を説明すると、泉里は面白そうに笑った。

「もしかしたらこの侍は、生きている頃この界隈に住んでいて、野生の狸に懐かれていたのかもしれないな」

「…こんな都会の真ん中に、狸ですか？」

「江戸時代の東京は、今とは比べ物にならないほど自然豊かだったからな。渋谷や池袋だって、当時は鄙びた農村だったんだぞ」

　泉里の曽祖父が幼い頃には、実際に狸や猪に遭遇することもあったのだそうだ。ならば江戸時代の銀座に狸が出たって、おかしくはないのだろうが…。

「…ふふっ」

　あの生真面目そうな侍が、どんなふうに狸に懐かれたのだろうか。思わず笑ってしまった水琴を、通りがかった若いサラリーマンたちが赤い顔で振り返っていく。

「…そろそろ行くぞ、水琴。風が冷たくなってきた。室内に入らなければ、身体を冷やしてしまう」

　わずかに眉を顰めた泉里が、水琴の腰に腕を回す。過保護だな、と苦笑しつつも、水琴は素直に従った。閉じたスケッチブックを、しっかりと抱えて。

——ほんの九か月ほど前まで、水琴は都心から車で片道三時間はかかる山奥の村に住んでいた。

生まれ育ったのは東京なのだが、小学校を卒業すると同時に祖父の辰五郎(たつごろう)の家に移り住んだのだ。辰五郎の祖母…水琴には高祖母に当たる女性から、ろうたけた美貌のみならず、その特異な能力を受け継いだせいで。

由緒ある神社の巫女(みこ)だったという高祖母が見えないものを見、聞こえない声を聞いていたように、物心ついた頃から水琴にはこの世にはあらざるモノ——死者の姿、彼らの遺した思いを見ることが出来た。

だが、夢中になって彼らの姿を描く水琴を母は受け容(い)れられず、徹底的に拒んだ。そこで高祖母を慕っていた祖父が水琴を引き取り、十八歳になる今まで育ててくれたのだ。

水琴に描けるのは死した彼らだけだ。自然の風景や無生物なら問題無く描けるが、生きた人間はどうしても描けない。

祖父と暮らし始めてからも描き続けていた彼らの絵が、ひょんなことから東京でギャラリーを営む泉里の目に留まり、自分に育てさせてくれないかとはるばる訪ねてきた。

それがきっかけとなり、泉里のもとに身を寄せた今は、少々過保護すぎる十歳年上の恋人兼パトロンに優しく見守られて絵の勉強に励んでいる。泉里が新しく銀座に開いたこのギャラリー、『エレウシス』を手伝い、時折、この能力絡みの事件に巻き込まれながら。

踊り場を掃き終え、ついでに一階まで階段を綺麗に掃き清めようとしたら、『ギャラリー・エレウシス』のプレートがかけられた扉が開いた。

「水琴。そろそろ中に入りなさい」

現れた泉里が渋面で手招く。顧客との電話中にこっそり外へ出て来たので、心配させてしまったらしい。

「すみません、泉里さん。あと階段も掃いておきたくて…」

「掃除なら、管理業者がやるから構わない。病み上がりで激しい運動をして、また熱を出したらどうするんだ」

一昨日——侍と狸を描いたあの日以降、急に冷え込んだせいか、水琴は体調を崩して昨日一日マンションで休んでいた。熱といっても微熱だし、祖父と暮らしていた頃なら普通に動き回っていただろう。それを心配のあまり寝室に閉じ込め、ベッドの外に出してもくれなかったのは泉里なのだ。

恋人兼パトロンという間柄に落ち着いてからしばらく経つが、泉里は過保護になる一方のような気がする。

確かに、若くして都心の一等地にギャラリーを構え、数多の顧客相手に辣腕を振るう世慣れた男から見れば、田舎育ちの水琴など危なっかしいヒヨコのようなものなのだろう。

だが水琴もだんだん都会の忙しなさに慣れてきたし、故郷の野山をスケッチして回るのに比べたら、階段を掃き清めるくらい運動にも入らない。

「今日、家を出る前に約束したはずだぞ。ギャラリーの外には出ない、温かくして過ごす。守れないのならマンションに帰ると」

水琴の不満を敏感に察し、泉里は形の良い眉を吊り上げた。

まずい、と水琴は内心冷や冷やする。これは過保護スイッチが入りかけた時の顔だ。発動したが最後、問答無用でマンションに連れ帰られてしまう。

ベッドに拘束され、食事と睡眠以外はろくにさせてもらえないのは、さすがにごめんだ。

「ご、ごめんなさ……」

「…ギャラリー『エレウシス』ってのは、ここか?」

ここは素直に謝っておこうとした時、背後から太い声がかけられた。振り返れば、髪を明るい金色に染めた大柄な男が階段を上ってくるところだ。

……予約のお客さんじゃないな。

ギャラリーを手伝い始めて半年そこそこの水琴でも、すぐにわかった。この『エレウシス』は基本的に完全予約制で、訪れる客は育ちの良さが滲(にじ)み出るような富裕層ばかりだ。

細い目を瞠(みは)り、水琴を見上げてくる若い男は、彼らとは明らかに対極の男だった。飢えた獣を思わせる顔付きに、だらしなく着崩した服装は暴力の匂いとすさんだ空気を漂わせている。

何か格闘技でもやっているのか、盛り上がった広い肩の向こう側に、よくよく見ればもう一人の姿があった。

こちらは対照的にほっそりとした、華奢(きゃしゃ)な青年である。微(かす)かに幼さを留(とど)めた白い顔は奇妙になまめかしく、緊張に吊り上がった双眸は人に懐かない野良猫のようだ。

「そうですが…ご予約のお客様でしょうか？」

泉里は仕事用の微笑を貼り付け、水琴と男の間にさっと割って入った。鼻白みつつも、男は肩をそびやかす。

「ねえよ、そんなもの」

「でしたら、申し訳ありませんがお引き取り下さい。当ギャラリーはご来店の際、必ずご予約を頂いておりますので」

「はあ？　ギャラリーなんてのは、ただ飾ってある絵を見せるだけだろ。どうして予約なんて必要なんだよ」

「あ、昭人…！」

すごむ男の太い腕を、青年が遠慮がちに引いた。

「もう帰ろう。いきなり来たんだから、仕方無いだろ」

「うるせえよ、慧。お前は黙ってろ」

ぎろりと睨み付けられるや、慧というらしい青年は青ざめ、黙りこくってしまう。
男…昭人は不遜に鼻を鳴らし、泉里に向き直った。

血走ったその目は泉里の肩越しに、水琴を捉えている。微かな悪寒を覚え、きっちりスーツを着込んだ背中に隠れれば、泉里は僅かに肩を揺らした。

「曙画廊ってとこのおっさんから、ここに桜庭廉太郎の絵があるはずだって聞いてんだ。ただそれを見て、いくらくらいするのか教えてくれればいいだけなんだよ」

なあ？　と凶悪に笑い、昭人はポケットに両手を突っ込んだまま泉里に顔を近付けた。普通の人間ならそれだけですくみ上がってしまうだろうが、泉里は仕事用の微笑を崩さない。

「申し訳ありませんが、全てのお客様にご予約をお願いしております。例外はございません」

本当は、上得意客かその紹介を受けた新規の顧客なら、予約無しでも迎え入れることはある。だが昭人はどちらにもなり得ないし、泉里としても決して受け容れるつもりは無いのだろう。穏やかな口調には、毅然とした拒絶が滲んでいる。

「っ……」

昭人は怯んだが、すぐにいやらしい笑みを浮かべた。びくつく水琴を、粘ついた眼差しが追いかける。

「…別に、あんたじゃなくたって構わねえよ。そこの美人に案内してもらえれば」

「申し訳ございません。おっしゃることの意味がわかりかねます」

「だから、あんたの代わりに、そこに隠れてる美人に相手をさせれば…っ、って、いでででで

でっ⁉」

背後に回り込もうとした昭人の手首を、泉里は前を向いたまま摑んだ。ぎりぎりと指を喰い込ませながら、容赦無くひねり上げる。

「…は…っ、放せ、放せぇぇぇっ！」

「失礼ですが、お客様はご自分が何をおっしゃっているのか、おわかりではないようです。一刻も早くお帰りになり、療養なさることをお勧めします。さもなくば…」

仕事用の微笑に凄みを滲ませ、泉里は喚き散らす昭人の耳元にすっと唇を近付けた。

「…わ…っ、わかった、わかったから…！」

ぼそりと何を吹き込んだのか、水琴には聞き取れなかったが、昭人は泣きそうな顔でがくがくと首を上下させた。泉里が解放してやると、痛む手首を押さえながらきっと睨み付けてくる。

「くそ…っ、絶対後悔させてやるからな！」

「あ…、待って…！」

肩を怒らせながら去っていく昭人を、慧が追いかける。青ざめたその顔がどこかほっとしているように見えたのは、水琴の気のせいだったのだろうか。

「…水琴、大丈夫か？」

二人の姿が消えると、泉里が水琴の両肩を摑み、長身を折り曲げるように覗き込んできた。眼差しを合わせられ、水琴はこくりと頷く。

「はい、おかげさまで。…ごめんなさい、僕、何も出来なくて…」

「する必要は無い。君は俺の大切な画家で…恋人だ。ただ俺の腕の中で、好きなように描いているだけでいい。君を守るのは、俺の特権なんだからな」

「泉里さん……」

布越しに泉里の温もりを感じると、今さらながらに恐怖がよみがえった。抱き締めて欲しいと思ったのに気付いたのだろう。泉里は長い腕を水琴の背中に回し、優しく抱き寄せてくれる。

「…さっきの人たち、何だったんでしょうか？　曙画廊さんから、桜庭廉太郎の絵があると聞いたって言ってましたが…」

曙画廊は新橋に店を構える新進の画廊で、泉里と同年代のオーナーは前々から泉里と付き合いがある。

時折『エレウシス』にもやって来るので、水琴も面識があった。水琴を後見している若手画家のモデルに、などと冗談を飛ばす気さくな青年だ。

しかし、桜庭廉太郎という名に聞き覚えは無かった。『エレウシス』で作品を扱う画家について、水琴も泉里から教わっている最中だが、桜庭の名はまだ習っていないはずだ。

「俺もわからないが、ひょっとしたら…」

答えかけ、泉里は開けっ放しの扉を振り向いた。受付に置かれたアンティークの電話機が、レトロな着信音を響かせている。

水琴の肩に片腕を回したまま、泉里は店内に戻った。受話器を取り上げたとたん、まくしたててきたのは覚えのある声――曙画廊のオーナーだ。

『お…、奥槻さん、無事ですか⁉』

「曙さん…？　落ち着いて下さい。何があったのですか」

泉里の胸に寄り添い、水琴は二人の会話に耳を澄ませた。最初は狼狽しきっていたオーナーも、泉里になだめられるうちに冷静さを取り戻し、事態を説明してくれる。

オーナーによれば、一時間ほど前、昭人と慧は曙画廊を訪れたのだそうだ。

曙画廊は『エレウシス』と違い、手ごろな現代アートも数多く扱っており、飛び込みの一見客も歓迎している。ちょうど在席していたオーナー自ら接客したところ、昭人はやはり桜庭廉太郎の作品を扱っているかどうか尋ねてきたという。

『うちには無いと言ったら急に怒りだして、だったらこの辺で扱っているところを洗いざらい吐けって脅してきたんですよ。断ったら本当に殴られそうで怖くて…、つい、奥槻さんを教えてしまって…』

だが結局、昭人は帰りがけにオーナーの顔面を殴り付けていったため、オーナーは病院に運ばれるはめになったのだ。たった今治療が終わり、泉里と水琴の安否を確かめるべく、慌てて連絡をくれたらしい。昭人たちが『エレウシス』を来訪したと聞いた時には死にそうな悲鳴を上げたが、難無く撃退したと伝えると安堵の息を吐いた。

『良かった…。胡桃沢くんの顔に傷でもついたらどうしようかと、気が気じゃありませんでした』

「……」

後ほど改めてお詫びに伺います、と言い張るオーナーへ固辞し、泉里は苦虫を嚙み潰したような顔で電話を切った。戸惑う水琴を促し、バックヤードに入ると、二人がけのソファにどさりと腰を下ろす。

「泉里さん…、平気ですか?」

並んで座り、思わず泉里の手を取ってしまったのは、あの乱暴な昭人に一歩も退かなかった泉里がやけに疲れ切った溜息を吐いたせいだ。

泉里は冷たそうに見えて優しいから、懇意の同業者が暴力を受けたと知って胸を痛めてしまったに違いない。しかも加害者は、ついさっき遭遇したばかりの人間である。

「水琴、君は……」

「……？」

「…いや、何でもない」

泉里はしばし水琴を見詰めていたが、やがてふっと苦笑した。水琴の指に己のそれを絡めて持ち上げ、そっと唇を寄せる。

「俺よりも、自分のことを心配しなさい。君は…」

「病み上がりなんだから、って言うんでしょう？」

もう聞き飽きました、と水琴はわざとらしく唇を尖らせ、泉里の肩にもたれた。水琴より十歳も年上の男が、そうされるのを望んでいるような気がしたからだ。

「僕にとって、泉里さんは世界で一番大切な人なんです。僕自身よりも」

「…水琴…」

「だから、心配しないなんて無理です」

水琴の背を撫でた手が、細い肩にするりと回された。されるがまま体重を預け、水琴はうっとりとまぶたを閉じる。

……誰かの温もりがこんなに気持ちいいものだなんて、お祖父ちゃんと暮らしていた頃には知らなかった。

ただ触れ合っているだけで、昭人のいやらしい視線で舐め回された恐怖とおぞましさが消え去っていく。そのくせ胸がとくんとくんと高鳴る感覚は、泉里が初めて教えてくれたものだ。

「ふふ…」

小さく笑った水琴に、どうした、と泉里はおとがいを優しくなぞる指で問いかけてくる。

「不思議だなあって思ったんです。さっきのあの人には見られるのも嫌だったのに、泉里さんにはもっと触って欲しくなる、…から…」

言い終えるより早く、くいとおとがいを持ち上げられる。期待に胸を高鳴らせながらまぶたを閉ざせば、願い通り、柔らかな感触が唇に重なった。夜は水琴の快楽を引きずり出す唇は、ベッドの外では限りない安心と温もりを与えてくれる。

「…桜庭廉太郎さんって、どういう画家なんですか？」

心がすっかり落ち着くと、水琴は疑問を投げかけた。

芸術に興味があるとは思えないあの昭人と慧が、わざわざ画廊を回ってまで作品を見たがったほどだ。有名な画家のはずだが、水琴が知らないのは何故なのだろう。

「…桜庭さんは、二十年近く前に活躍された洋画家だ。一時はあちこちのメディアで引っ張りだこだったが、君はお祖父さんのもとに居たのだから知らなくても無理は無い」

「二十年前…」

意外に最近の人物なので驚いた。泉里の扱う作品は百年前、二百年前のものもざらだ。もしやまだ存命なのだろうかと思って問えば、そのはずだと泉里は頷く。

「お元気なら、今は君のお父さんと同年代くらいかな。熱狂的なファンは多いが、今は活動されていないはずだ。俺も個人的な親交は無い。うちで扱っている作品も、古くからの顧客が相続で受け継いだものをたまたま預かっただけで…」

泉里はすっと立ち上がり、背後の本棚から二冊の本を抜き取ってきた。一冊は桜庭廉太郎のカタログ・レゾネ…その画家の作品一覧のようなものである。

立派な装丁に反し、厚さは五ミリも無さそうだ。存命の画家なのに、よほど寡作(かさく)なのだろうか。

「これが、うちで管理している作品だ」

「……っ…」

泉里が開いた中ほどのページを目にした瞬間、背筋をざあっと寒気が駆け抜けた。

『青の悪夢(ナイトメア)』と銘打たれたそれは、青毛の馬を描いたもののようだった。青く澄んだ泉の真ん中に佇み、僅かに馬首を傾(かし)げ、じっとこちらを見詰めている。

ほの暗く光る馬の瞳。泉に広がるいびつな波紋。画面全体に漂う、死神の吐息を思わせる朝靄(もや)。神秘的ですらあるはずの構図の、何もかもがおどろおどろしい。

ゆるく口を閉ざしている馬がいないたら、正気を切り刻むような断末魔の悲鳴がほとばしりそうだ。馬の佇む泉の底は、冥府に繋(つな)がっているのかもしれない。

狂気を絵の具にして、恐怖というキャンバスに描いたらこうなるのだろうか。

まさに悪夢だ。今ここに居る自分が現実の存在なのか、夢の中をさまよっているのかもわからなくなる。見ているだけで不安を掻(か)き立てられるのに、問答無用で視線を引き寄せられてしまう…。

「顧客の希望で、故人の喪が明けるまでは売りに出せないんだが、倍額払ってもいいからすぐ譲って欲しいという申し入れをあちこちから頂いている」

「…そう、でしょうね…」

人を選ぶ作風だが、虜(とりこ)になる人間は多いだろう。

水琴はごくりと息を呑(の)み、カタログ・レゾネのページをめくっていく。鳥だったり人間の女性だったり、モデルは様々だが、どれも『悪夢(ナイトメア)』と銘打たれ、タイトルに恥じぬ狂気と恐怖を描き出している。

「あれ……？」

最後まで見てから最初のページに戻り、水琴は首を傾げる。優しい色彩とタッチで描かれたその絵は砂糖菓子か童話の挿絵のようにふわふわと甘く、とても同じ人物が描いたとは思えなかった。

上手(うま)いが印象に残らない。数日もすれば忘れてしまうだろう。そんな絵が何ページか続き、突然あの鮮烈な『悪夢(ナイトメア)』シリーズに切り替わるのだ。

「……それは、桜庭さんの最初期の作品だ」

水琴の困惑を読み取ったのか、泉里は桜庭の経歴を教えてくれた。

桜庭は美大を卒業してすぐ画家としての活動を始めたが、最初の数年はまるで売れなかったそうだ。

大学の同級生だった桜庭の妻は夫の才能に惚れ込み、献身的に支え続けた。いっこうに売れる兆しも見えない生活の中で、妻の存在は唯一の希望の光だったのだろう。結婚の翌年に妻が身ごもった時、桜庭は狂喜し、夢を捨てて定職に就くことも考えたようだ。

――だが出産を翌月に控えたある日、妻は不慮の事故に巻き込まれ、腹の子ごと亡くなってしまう。

家族が増える喜びから一転、悲しみと孤独のどん底に突き落とされた桜庭が選んだのは、身の内に荒れ狂う慟哭の全てをキャンバスにぶつけることだった。何かから逃れるように筆を動かし続け…そうして描き上げられたのが、『青の悪夢』を含む悪夢シリーズだ。

泉里は息を吐き、ゆっくりと腕を組んだ。

「皮肉にも悪夢シリーズは人気を博し、桜庭さんは一躍売れっ子になった。…売れ過ぎてしまったんだろうな」

「売れ過ぎた…、ですか？」

「ああ。これまでどんなに描いても見向きもされなかったのに、悪夢シリーズを描いたとたん注目を浴び、桜庭さんのもとには大金が転がり込むようになった。…おそらく桜庭さんは、あれだけ尽くしてくれた妻と子どもの死を食い物にしたも同然だと、自分を追い詰めてしまったんだと思う」

自分さえもっと売れていれば妻は苦労せず、事故にも遭わずに済んだとも思ったのかもしれない。

桜庭はある日突然邸を引き払い、消息を絶った。手元にあったはずの作品は、全て焼き払われていたそうだ。

関係者は必死に行方を追ったが、未だに所在は摑めておらず、どこでどうしているのかもわからない有様らしい。新たな作品が絶望的なのも手伝い、悪夢シリーズは今でも高値で取り引きされているという。

好奇心を刺激され、水琴は『青の悪夢』を指さしてみた。

「高値って…あの、たとえばこの作品なら、どれくらいなんでしょうか…？」

「サイズも小さいし、比較的後期の作品だから…そうだな、一千万円いくかいかないか、というところだろう」

「い、一千万円⁉」

しかもそれはあくまで最低価格であり、所有者である顧客と買い手との交渉次第では倍近くまで上がる可能性があるというから驚きだ。絵画の値段などあって無いようなものだと、泉里の仕事ぶりを見るたび思い知らされるけれど、祖父と共に慎ましく暮らしてきた水琴はいっこうに馴染めない。

「でも、それじゃあどうしてさっきの二人は桜庭さんの作品を見たがったんでしょう。すごく高いってことくらい、知ってるはずですよね？」

「正確なところは本人たちに聞かなければわからないが…もしかしたら、市場には出回らなかった個人所有の作品をどこかから手に入れたのかもしれない」

桜庭のように所在不明の画家には、ままあるのだそうだ。たいていは偽物なのだが、ごくまれに本物が混じっていることもある。

昭人たちも桜庭のものとおぼしき作品をどこかで見付け、本物かどうか、本物だとすればどのくらいの値段がつくのかを見極めたかったのだろうと泉里は分析する。

「…そんな回りくどいことをしなくても、お金を払って鑑定をお願いすればいいんじゃないですか？」

「鑑定に出せば、作品が公に露出してしまう。そうなったらまずい理由があるんだろう」

金額によっては立派な資産となりうる絵画は、闇ルートで取り引きされることもあると教わっている。

そしてそのような場合、たいてい絡んでくるのが裏社会の人間だ。泉里があいまいに言葉を濁すのは、つまりそういうことなのだろう。水琴のパトロンを自負する男は、水琴に美術界の汚い裏側を見せるのを極端に嫌うのだ。

案の定、泉里は優しいが有無を言わせぬ口調で宣言した。

「曙さんは今日じゅうに被害届を出すそうだから、あの二人がうちに来ることは無いだろう。…君も、もう忘れなさい。万が一どこかで逢っても、関わらないように」

「はい。わかりました」

水琴は素直に頷いた。正直、あの二人には悪い印象しか無いし、泉里の忠告を無視してまで関わりたいとも思えない。

去り際の慧の表情だけは、何故か気になるけれど…。

「…いい子だ」

泉里は目を細め、水琴の頭を大きな掌(てのひら)で撫でてくれる。

嫌なことがあっても、いつもなら泉里がこうしてくれればすぐに忘れてしまえるのに、今日は心のざわめきが止まらない。見せてもらったばかりの桜庭の作品が…慟哭と嘆きの結晶が、こびりついて離れないから。

桜庭は愛する妻子を失い、作風を一変させた。甘い幻想の世界から、悪夢の沼に堕(お)ちた。

……僕も、そうなってしまうんだろうか。

愛(いと)しい人を、突然亡くしてしまったら。死神によって、もう二度と手の届かない場所へさらわれてしまったら。

……桜庭さんのように、僕も……。

「…泉里さん、あの…」

「うん？　どうした、水琴」

「…あの、僕は…」

急かしもせず待ってくれる泉里を見上げていると、心臓がきゅうっと締め付けられる。…聞けるわけがない。もし自分が愛しい人を喪ったら、どうなってしまうと思うか——だなんて。

だって水琴の愛する人は、祖父を除けば泉里だけなのだ。

泉里が死んだ後のことを泉里に尋ねるなんて、無神経にもほどがある。ましてや泉里はほんの一年足らず前に大きな事故に遭い、死にかけたばかりだというのに。

「……ごめん、なさい。何でもないんです」

水琴はぎこちなく微笑むが、過保護な恋人は騙されてくれなかったようだ。桜庭のカタログ・レゾネをどかし、代わりにテーブルに置かれていたもう一冊の本を手に取った。こちらはずいぶんと分厚く、長い髪の女性が描かれた表紙には『GOYA』と大きく箔押しされている。

「ゴヤ…フランシスコ・デ・ゴヤの画集だ」

「それは…？」

その名前は、さすがの水琴も知っている。近代スペインを代表する大画家の一人だ。

数々の名作を生み出し、貧しい職人の子からスペインの宮廷画家にまで上り詰めた。さほど功績を残さなかった当時の国王やその家族が歴史に名を留めたのは、ゴヤに描かれたおかげだと揶揄されるほどの巨匠である。

日本でも人気は高く、『裸のマハ』『カルロス四世の家族』などは誰もが一度は目にしたことがあるだろう。だが泉里の開いたページに描かれているのは、華やかな王族でもあだめいた裸の美女でもない。

「……悪魔……？」

震えながら呟く水琴に、泉里は首を振った。

「いや、これはサトゥルヌス。農耕と時を司る、ローマ神話の神だ」

——神？　これが？

泉里の説明に間違いなどあるわけがないが、水琴はどうしても信じられなかった。桜庭の悪夢シリーズを彷彿とさせる禍々しさが画面全体から溢れ、呑み込まれてしまいそうになる。

果ての無い闇の中、全裸の老人が白髪を振り乱し、両手で鷲掴みにした子どもを喰らっている。老いたその身体は子どもが人形にしか見えず、半身が画面からはみ出すほど巨大で、狂気が渦巻くその両目は半ば白目を剝いていた。

子どもの頭部と右腕は無い。老人に喰われてしまったのだ。すでに息絶えてしまった子どもを全て腹の中に収めようと、老人は血まみれの口をぽっかりと開けている。その子どもが老人の実の子だと聞かされ、水琴は一瞬吐きそうになった。

「…どうして、自分の子を食べたりするんですか…？」

「サトゥルヌスは母ガイアと協力して父ウラノスを倒したが、その際『お前もまた我が子に殺される』と予言を受けた。予言を成就させないためには、我が子を喰らうしかなかったんだ」

この神話の一幕――『我が子を喰らうサトゥルヌス』が描かれたのは、ゴヤが波乱の人生を閉じる数年前のことだそうだ。

ゴヤが活躍した頃のスペインは、激動のただ中にあった。フランス革命が勃発し、ナポレオンの侵攻により国土は戦渦に巻き込まれたのだ。

ナポレオンが撤退した後は国王が再び君主の座に戻ったものの、悪名高かった異端審問までもが復活し、異端者と目された者は弾圧され、残虐この上無い拷問を受けた末に殺されるのが日常となった。しかもゴヤはこの頃、原因不明の病で聴力を失っていたという。

それでも…いや、五感の一つを欠いたからこそより感覚は研ぎ澄まされ、ゴヤの名声は高まる一方だったが、感受性豊かなその精神は吹き荒れる暴力と戦火の嵐にじりじりと蝕まれていった。

とうとう耐え切れなくなったゴヤは郊外に『聾者の家』と呼ばれる邸を購入し、移り住んだ。そこで数年間にわたり描かれた『黒い絵』と呼ばれるシリーズの一つが、この『我が子を喰らうサトゥルヌス』なのだ。

「『黒い絵』は聾者の家のあちこちに描かれたが、このサトゥルヌスが描かれたのは食堂だったそうだ」

「食堂……」

水琴はごくりと唾を飲み、画集の中のサトゥルヌスを見詰めた。

どんな思いで、ゴヤは生きる糧を口にしていたのだろう。我が子を喰らう神を、自ら具現化した地獄を眺めながら——一体どんな思いで。

……ああ、そうか……。

ふいに気付いた。

一心不乱に我が子を喰らう老人に神々しさの欠片も無いからこそ…人間に見えてしまうからこそ、この絵は不安と恐怖を掻き立てる。そして同時に、ひどく惹き付けられるのだ。我が身可愛さに我が子を喰らう身勝手さも不安も恐怖も、本来は人間だけが持ちうるものだから。

……桜庭さんと同じだ。

生きた時代も国も人種も違うが、二人とも慟哭と絶望をキャンバスにぶつけ続けた。…そうせずにはいられなかった。

だが桜庭は妻子の死をきっかけに売れた事実を受け止めきれず、筆を折ってしまった。もしも水琴なら——喪ったのが泉里だったのなら……。

いつの間にかきつく握り締めてしまった拳を、泉里の手が包み込んだ。

「…負の感情を創造の糧にするのは、決して悪いことじゃない」

「…っ…?」

「肉親を失った絶望や孤独、慟哭さえも作品にぶつけずにはいられないのは、絵画に限らず、創造する者全てに共通する業のようなものだろう。女でも酒でも賭博でも、現実から逃避したいのならいくらでも手段はあったはずだ。だがゴヤも桜庭さんも絵筆を取った。まるで、痛みで痛みを呑み込もうとするかのように」

泉里は桜庭のカタログ・レゾネを見遣(みや)り、冷え切った水琴の指に己のそれを絡める。

「創造に善も悪も無い。あるのは絶望に勝つか潰されるか、他人の心を打つか打たないか、それだけだ。…ゴヤは『黒い絵』を描いた後、精神を回復させて聾者の家を出た。絶望に打ち勝ったんだ」

「で、でも桜庭さんは…」

「ああ、桜庭さんは負けた。――ただそれだけのことだ」

断言され、水琴は頭を思い切り殴られたような衝撃を受けた。

…絵を描くことは、水琴にとってただ楽しいことだった。どんなに母親が嘆いても、死してなおこの世に留まる彼らの思いを描かずにはいられなかった。つまるところ、描きたいから描いていたのだ。

だが、もしも自分が何もかもに絶望するような悲劇に遭遇したら、それでも描こうと思えるのだろうか。…描かずには、いられなくなってしまうのだろうか。

……それだけの『業』が、僕の中にも……?

ぶるぶると震える水琴を、泉里がそっと抱き締める。温かな腕に包まれても、耐えがたい寒気はしばらく去ってくれなかった。

一度は基本をしっかり学んでおいた方がいいという泉里の勧めで、水琴は新宿にある美術専門学校に通っている。絵画コースは生徒を積極的に外へ連れ出すスタイルの講師が多く、この日も学校近くの公園までスケッチに訪れていた。

題材は自由。遊びに来た人々でも動植物でも、公園内にあるものなら何でもいいと言われ、水琴は密かに安堵する。モデルを生きた人間や動物に指定されたら、白紙で提出しなければならないところだった。

……ああ、あれがいいかな。

あちこち歩いて回るうちに煉瓦を組んで作った滝を見付け、水琴は傍のベンチに腰を下ろした。川は故郷でもしょっちゅう描いていたが、自然の渓流と人工の水の流れは全く違う。

「……大丈夫。大丈夫……」

何度か深呼吸を繰り返し、スケッチブックを開く。鉛筆を握った手は厚い紙面に一瞬引っかかった後、ゆっくりと動き始めた。

……よし、いける。

安堵の息を吐き、形の無い流れを描き出していく。滝は複雑な段差を流れ落ち、一番下の大きな池に注ぐ仕組みだ。池のほとりでは小さな子どもたちがはしゃぎ回り、母親らしい女性が優しく見守っている。微笑ましい光景を写し取ることは出来ないけれど、せめてその温かい空気だけでも込められればいいと思う。

「ママー！」

ポニーテールの女の子が、満面の笑みで母親に手を振る。その小さな身体の背後に、淡い影が揺らめいた。

「あっ……！」

みるまに形を取ったのは、上品な着物姿の老婦人だ。レースの日傘を差し、走り回る子どもたちに目を細めている。

生きた人間ではないのは、子どもも母親も全く驚いていないことから明らかだった。水琴だけにしか見えない存在…死者だ。

どんな人なんだろう。嬉しそうに微笑んでいるから、子ども好きな人だったんだろうか。生きている頃もこの公園を散歩して、遊ぶ子どもたちを眺めるのが日課だったのかもしれない。

おぼろな姿から、いつもならあれこれと想像する。そして気付けば、鉛筆を握った手が勝手に動き出しているのに――。

「…、…っ…」

陽光に透ける輪郭をなぞろうとすれば、記憶の奥底からぬるりと這い上がる。全身から水を滴らせて。悪夢の化身のような、青毛の馬が。

ぱしゃん……。

澄んだ水をたたえた泉に、いくつもの波紋が広がった。…一歩、また一歩。近付いてくる。悪夢を…狂気を、水琴に届けるために。

——もしも。

悪夢は伝染する。車に撥ね飛ばされる泉里、誰かに刺し殺される泉里、頭上から落ちてきた破片で潰される泉里、線路に突き飛ばされる泉里……水琴の頭の中、愛しい人がありとあらゆる原因で死んでいく。

——もしも泉里が逝ってしまったら、水琴も、桜庭のように……。

「…あの、大丈夫ですか？」

呑み込まれそうになった瞬間、気遣わしげな声に引き上げられた。馬蹄の音が遠ざかっていく。

代わりに聞こえてくるのは子どもの甲高い歓声、池の水をぱしゃぱしゃとかけ合う音。心配そうに水琴を見詰めているのは、子どもたちの母親だ。

「ずいぶん顔色が悪いから、気になって…。具合が悪いのなら、救急車を呼びましょうか？」

「あ…、…いえ、大丈夫です。ありがとうございます」

水琴がぎこちなく笑ってみせると、母親はぽっと頬を染めた。子どもたちに呼ばれ、名残惜しそうにしながら去っていく。

「…何…、今のは…」

まだ、手が震えている。

無意識にかきむしってしまったのか、スケッチブックはくしゃくしゃだ。これでは最初から描き直さなければならないだろう。

腕時計を確認すれば、講師に告げられた集合時間まであと三十分も無い。水琴はぶるぶると頭を振り、鉛筆を握り直した。

無理やり震えを鎮めれば、ゆっくりとだが、手は目の前の光景を写し取っていく。しかし、さっきと同じ場所に佇んだままの老婦人に視線を移すと――。

「……っ…」

治まったはずの震えと共に、悪夢が全身に絡み付いてくる。…駄目だ。どうしてこんな。

……僕は、画家の卵なのに。

止まらない。消えてくれない。震えが――恐怖が。

……泉里さんは、僕を一人前の画家にするために東京へ呼んでくれたのに。

たまたまだと思いたかった。死者の姿を描けなかったのは、あの時だけだったのだと。

だがそれからも、彼らを描こうとするたびに悪夢がよみがえり、手が固まって動かなくなってしまったのだ。唯一の救いは、彼ら以外のものならどうにか描けたことだろう。おかげで、学校の課題だけはこなせている。

……でも、それじゃあ意味が無い。

水琴にしか見えない彼らの姿を描くからこそ、泉里は水琴を見出してくれたのだ。…それに…。

……僕は、描きたいのに。

物心ついた頃から…泉里に出逢うずっと前から、水琴は彼らの姿を描き続けていた。そのせいで両親に嘆かれ、とうとう見捨てられても、描くことはやめられなかった。

泉里に認めてもらえたから、だけじゃない。描きたいから描いてきたのだ。それは今も変わらないはずなのに、悪夢に侵食された心がついてきてくれない。

もどかしかった。…泉里が薄々水琴の状態を察しつつも、何も言わずに見守ってくれているとわかるから、尚更。

「…では、今日はここまで」

鬱々(うつうつ)と物思いにふけったまま、今日最後の授業が終わった。講師が去ったとたん、静かだった教室は一気に喧騒(けんそう)に呑まれる。

……僕、何やってるんだろう。

解放感いっぱいの生徒たちが騒ぐ中、水琴は溜息を吐いた。開きっぱなしのテキストを閉じる気力すら無い。せっかく泉里がお金を出して通わせてくれている学校なのに、今日もまたろくに授業に集中出来なかった。

……このままじゃ、僕は……。

「ねえ胡桃沢くん、もう授業無いんでしょ？　一緒に帰らない？」

同じ授業を取っている女子生徒が、明るく誘ってくる。可愛くて面倒見もいいので、人気のある生徒だ。水琴もたまに話すことがあるが、今日はとても誰かと一緒に居たい気分ではない。

「悪いな。胡桃沢は先約があるんだ」

どう断ろうかと悩んだ時、教室に入ってきた男が割り込んだ。あらそう、と女子生徒はあっさり引き下がり、友人たちの輪に戻っていく。

「…もしかして、橋本(はしもと)くん？」

思わず確認してしまったのは、久しぶりに対面する友人がずいぶんとおとなびて見えたせいだ。シンプルながら洒落(しゃれ)た服装の趣味も長めに整えた髪型も以前と変わらないのに、どこか斜に構えた雰囲気が消え、代わりに落ち着きを備えている。まるで、泉里のような。

　橋本…橋本真司はかつてこの専門学校に通っており、水琴の東京での初めての友人でもあったが、今は退学し、デザイナーとして己の道を歩んでいる。自分の腕一つで生きている、その自信と誇りの賜物だろうか。

「もしかしてって何だよ。お前に会えるかもしれないと思って、わざわざ来てやったのに」

「…僕に、会うために？」

「何度かメッセージを送ってるのに、既読にすらならないから心配になってな」

　指摘され、水琴は慌ててスマートフォンをチェックした。すると橋本の言う通り、メッセージアプリに未読のメッセージが数件溜まっている。このところスマートフォンをいじる余裕も無かったので、全く気付かなかった。

「…ご、ごめんなさい…！　無視してたわけじゃなくて、本当に気付かなかっただけで…」

「ふうん。…で、何があったわけ？」

「……え？」

　戸惑う水琴を、橋本は空いた席に座り、うっとうしそうに前髪をかき上げながら見据える。

「今まで、こんなこと無かっただろ。授業中だってぼーっとして、ろくに聞いてないみたいだったし」

「…み、見てたの⁉」

「終わりの方だけな。おら、おとなしく白状しやがれ」

そこまで言われれば、何でもないとごまかすのは不可能だった。橋本はやたらと勘がいい。何せ、水琴がSNSの話題をさらった『妖精画家』だと看破したくらいだ。

水琴は観念し、自分の能力は伏せた上で、桜庭の絵を見てからの経緯を説明する。ぶっきらぼうなようでいて優しい橋本だから、慰めてくれるのかもしれない。

水琴の予想は、見事に外れた。

「…すげーじゃん、お前」

聞き終えるや、橋本はきらきらと目を輝かせたのだ。まるで憧れのヒーローに遭遇した子どものように。

「え？　え？　…すごいって、何が…」

「お前はクリエイターとして、すでに唯一無二の才能を与えられてる。…だからさ、これ以上与えられることは無いと思ってたんだ。でも与えられた。クリエイターとして、もっと世界を広げるチャンスを」

「チャン…、ス…？」

橋本はちゃんと聞いていたのだろうか。今の水琴は世界を広げるどころか、ろくに描けなくなっているのに。

「描けなくなっちまうほど、お前の心を揺さぶるモノに出逢えたってことだろ。それは絶対、神様が与えてくれたチャンスなんだよ。…って、何でそんなに驚いてんの？」

「橋本くんが、神様なんて言うとは思わなくて…」

　良くも悪くも、橋本はリアリストだ。どんな結果も自分の力だと受け止め、神頼みのたぐいはいっさいしない。そういう人だと思っていた。

「俺だって、神様を意識することくらいあるさ。…お前みたいなのと出逢っちまったからな」

「…今、何て？」

　ぼそぼそと小さく付け加えられた後半は、ほとんど聞き取れなかった。首を傾げる水琴に、ともかく、と橋本はわずかに赤面し、話をもとに戻す。

「今、お前が描けなくなってるのは、神様が与えてくれたチャンスだ。いつかきっと、お前は描けるようになる。もっと自由に、もっとたくさんのモノを」

「…橋本くん…」

「俺が言うんだから間違い無いさ」

　橋本は親指を立て、不敵に笑った。

　名高い日本画家である橋本の父親は、自分と同じ道を歩むと信じて疑わなかった息子が勝手に専門学校を辞め、イラストレーターの仕事を始めたので激怒したらしい。橋本を使わないよう方々に働きかけ、干上がらせようとしているのだと泉里から聞いた。

　少なくない影響を受けているだろうに、弱音を吐くどころか活き活きと仕事をこなす。そんな友人の言葉だからこそ、胸にずっしりと重く響く。

「……ありがとう、橋本くん」

「どうってことないよ、このくらい。…あっ、やべえ」

腕時計を一瞥し、橋本はがたんと立ち上がった。これからクライアントとの打ち合わせがあるのだという。

忙しい仕事の合間に、水琴のために時間を作ってくれたのだ。改めて礼を告げれば、橋本は水琴の頭をくしゃくしゃと掻き混ぜてから走り去っていく。

「…本当に、ありがとう」

悪夢はそう簡単に去ってはくれないけれど、少し心が軽くなった気がする。

水琴は荷物をまとめ、教室を出た。一階のロビーに降りたところで、ポケットに入れておいたスマートフォンが振動する。

確認してみれば、予想通り泉里からのメッセージだった。

今日、泉里は古くからの顧客に依頼され、隣県まで商談に赴いている。ためらう泉里を説得し、行かせたのは水琴だ。

水琴が調子を崩してからというもの、泉里は水琴を一人にさせたがらない。もともとその傾向はあったのだが、ますます強くなった。

しかし、恋人とはいえ居候の身で、仕事の邪魔などしてはならない。自分はもう大丈夫だからと主張し、行ってもらったのだが…。

「……もう、泉里さんてば……」

タイムラインにずらずらと増えていくメッセージの数はどれも水琴の安否を心配してくれるものなのでありがたいのだが、これだけあると少し呆れてしまう。

授業が終わったので今から帰る、と返信すると、一分も経たずに『寄り道をせず帰りなさい』と返事があった。水琴は苦笑し、今度こそ専門学校を出る。今日はギャラリーも休店だから、忠告通りまっすぐマンションに帰るつもりだ。

……桜庭さん、今頃どうしてるんだろう。

一人になると、どうしても考えてしまう。

あの後、水琴もインターネットで桜庭について少し調べてみたのだ。一時はメディアでもてはやされたというだけあって、十年経った今でも写真や動画がいくつも見付かった。

とても悪夢（ナイトメア）シリーズのような恐ろしい絵を描くとは思えない、気の弱そうな男だった。コメンテーター相手に喋（しゃべ）っていても目はどこか虚（うつ）ろで、笑顔は笑っていない。魂の消えた抜け殻（がら）を、誰かが無理やり動かしているようだった。

あんな状態で失踪して、どこへ行ったのだろう。そもそも今、本当に生きているのか。

泉里はまだ存命のはずだと言っていたが、ニュースにならなかっただけで、どこかでひっそりと亡くなった可能性もあるのだ。……人生に絶望した桜庭が、妻子のもとへ逝くことを考えなかったはずはない。

祖父や泉里を亡くせば、もしかしたら水琴も…。

……駄目だ。こんなことばっかり考えてたら、泉里さんをまた心配させちゃう。

きっと泉里は仕事を終えたらすぐ帰って来るだろうから、夕飯は泉里の好物をたくさん作っておこう。

そう頭を切り替え、交差点を渡ろうとした時だった。道路を挟んだ向こう側に、覚えのある青年を見付けたのは。

白いシャツにロングカーディガンを羽織り、四十代くらいの小太りの男性と腕を組んでいる。一週間前が野良猫なら今は飼い猫くらいに愛想のいい笑顔だが、あの不思議となまめかしい顔は間違い無い。慧だ。二度と会わないだろうと思っていたのに、こんなところで再会するなんて。

呆然（ぼうぜん）とする水琴に、慧も気付いたようだった。連れの男性にバイバイと手を振り、走ってくる。

「あんた、『エレウシス』に居たよな。…ちょっと付き合って」

「え、ええっ？」

交差点を渡り終えるや、慧は水琴の手を掴んで歩き出した。混乱しているうちに近くのカフェへ連れ込まれそうになり、水琴は慌てて手を振り解（ほど）く。

「…だ、駄目です。僕は、貴方（あなた）と一緒には行けません」

「ふうん。俺みたいなのには関わるなって、あのすごいイケメンのオーナーに言われてるんだ？」

「…いえ、その…お連れの方が、待ってらっしゃるみたいですし…」

ぎくりとしつつも、水琴は交差点の向こうを指差した。慧の連れだった男性は信号が青になった横断歩道を渡ろうともせず、名残惜しそうにこちらを見詰めている。

「ほっといていいよ。もう金はもらってあるし」

「お金…、ですか？」

友人にしては歳の差がありすぎるから、てっきり父親か誰かだと思っていたのだが違うのだろうか。

きょとんとする水琴に、慧はおかしそうに笑う。

「あれ、俺の客だから」

「…お客さん…？」

「俺、ウリやってるんだよ。男相手に身体を売ってるの。わかる？」

ずいっと顔を近寄せられ、水琴は真っ赤になりながら頷いた。東京に引っ越してきて半年以上も経てば、いくら箱入りでもそういう知識は入ってくる。水琴の場合、主に仕入れ先は橋本だが。

ひょっとして、昭人も慧の客なのだろうか。それにしては親しげだった…と言うよりは、慧が昭人に従っているようだったが。

「ああ、言っとくけど昭人は俺の客じゃない。幼馴染みみたいなもんだよ」

水琴の心を読み取ったように、慧は教えてくれた。幼馴染み、とおうむ返しに答えると、黒い瞳の奥に諦めの色が過ぎる。

「そう、腐れ縁のね。だからあいつがどれだけやばい奴かも知ってる。…あんたも気になるんじゃない？」

「……」

ならない、と即座に突き放せなかったのは、泉里が昭人たちの一件について何も聞かせてくれないせいだ。

曙画廊のオーナーから情報は得ているはずなのに、水琴には決して漏らそうとしない。そうやって危険から遠ざけることで、水琴を守ろうとしている。…まるで小さな子どもみたいに。

わかっている。いけないのは水琴だ。ただでさえ頼りないのに、桜庭の絵に影響を受けすぎ、不安定になった水琴を、優しい年上の恋人が庇護したがるのは当然だと。

……でも、僕だって泉里さんのお荷物になんかなりたくないのに……。

ここで慧から何かの話を聞き出せれば、少しは泉里の役に立てるのではないだろうか。誘惑にかられたのを察したのか、慧は玩具を前にした猫みたいな顔で迫る。

「来るの？　来ないの？」

「……行き、ます」

そうこなくっちゃ、と笑う慧と一緒に、水琴はカフェに入った。

都内を中心にチェーン展開するこのカフェの存在はさすがに知っているが、利用するのは初めてだ。泉里から寄り道は厳しく禁じられているし、水琴も入りたいとは思わなかったので、今まで学校帰りに通り過ぎるだけだったのである。

「いらっしゃいませ、ご注文をどうぞ」

カウンターの向こうから、店員が笑顔を振りまく。とっさにお辞儀をしたものの注文の仕方がわからず、あたふたしていると、慧が呆れ混じりに問いかけてきた。

「もしかして、一人でこういう店に来るの初めてとか？」

「あ…、はい……」

「うわ、マジか。…いいよ、じゃあ先に座ってて。適当に買っていくから」

ひらひらと手を振られ、水琴は戸惑いながら店の奥に進んだ。客席は半分ほどが埋まっている。どこにするか迷い、一番奥のソファ席を選んだ。不慣れなのが目を引くのか、客がやたらとこちらを注目するのが気になったのだ。

「お待たせ。カフェオレで良かった？」

待つほども無く、慧は戻って来た。甘い匂いのするマグカップをテーブルに置き、向かい側のソファに腰かける。

水琴はぺこりと頭を下げ、バッグから財布を取り出した。

「あ、ありがとうございました。おいくらでしたか？」

「え……？」

「その、…カフェオレの代金ですけど…」

慧がぽかんとするので、水琴も不安になってくる。また何か、おかしなことを言ってしまったのだろうか。

「……いいよ、そのくらい。たいした金額じゃないし」

「いえ、理由も無いのにおごってもらうわけにはいきません」

「じゃあ、今日付き合ってもらったお礼ってことで」

祖父からは、自分の飲食代は必ず自分で出すよう厳しく躾けられている。だがこれ以上は慧を苛立たせてしまいそうなので、従った方がいいだろう。

「…じゃあ、頂きます。ごちそうさまです」

「…………」

手を合わせてからカップに口をつける水琴を、慧はまじまじと見詰めていた。さっきまでのどこか皮肉混じりの眼差しではなく、珍獣か何かを眺めるようなそれだ。

「……あの、……」

慧さん、と呼びかけようとして、水琴はためらった。ほぼ初対面に等しいのに、いきなり下の名前で呼んでいいのだろうかと思ったのだ。

「…ああ、そう言えばまだ名乗ってなかったっけ。俺は刑部慧、十八歳。一週間前一緒に押しかけたのは貝原昭人で、俺の五つ上」

「刑部さん、ですね。僕は胡桃沢水琴です。同じ十八歳で…」

「十八ぃ⁉」

飲んでいたコーヒーを噴きそうになり、慧は慌てて口を押さえた。

「嘘だろ…、せいぜい十六か、下手したら中学生かと…」

実年齢より下に見られるのは慣れっこなので、今さら腹は立たない。

カフェオレを飲みながら待っていると、やがて慧はカーディガンの袖口で唇を拭った。乱暴な仕草なのに、どこか艶めいて見える。

「…じゃあ、胡桃沢。聞いておきたいんだけど、あれから昭人はギャラリーに来た？」

「…？　来てませんけど…」

一緒に行動していたのに、知らないのだろうか。首を傾げる水琴に、慧は安堵の息を吐く。

「そう……良かった。もしまた昭人が来ても、あのオーナーには絶対相手にさせないようにして」

「それは…僕の一存では決められません。どんなお客さんでも、受け容れるかどうか判断するのは泉里さ…、オーナーですから」

慧に忠告されるまでもなく、泉里が昭人を相手にすることはあるまい。だが水琴はあくまで手伝いの身なのだから、ここでしゃしゃり出るわけにはいかないし、泉里だって素人の意見を二つ返事で受け容れたりはしないだろう。

水琴の言い分を、慧は鼻で笑った。

「いや、あんたなら可愛くおねだりすれば受け容れてもらえるでしょ。それだけ綺麗で、あのイケメンオーナーと出来てるんだから」

「……っ⁉」

今度は水琴がカフェオレを噴き出しそうになる番だった。まともに対面したのは初めてなのに、どうしてそんなことがわかるのか。

「そんなの、見てりゃあわかるよ。昭人に全然怯まなかったし、しまいにはあんなこと言って昭人をびびらせてたから、あのオーナーもただ者じゃなさそうだけど」

「あんなこと……？」

いきりたっていた昭人を一瞬で大人しくさせた一言は、すぐ近くに居た慧には聞き取れたらしい。何と言ったのか、気になって何度も尋ねたのだが、泉里は頑として教えてくれなかった。

「…なるほど。あんたにはお綺麗なところだけ見せておきたいってわけか。ずいぶん大切にされてるんだな」

慧も親切に教えてくれるつもりは無いらしい。小さなケースからミントタブレットを取り出し、がりがりと噛み砕く。

「だったら尚更、おねだりし放題だろ。可愛い顔して愛人に収まって、えげつないくらい貢がせてるんだし」

「あ、愛人……？　貢がせるって……」

眇められた目にも刺々しい口調にも、隠し切れない侮蔑が滲んでいる。ここまで露骨に嫌悪をぶつけられたのは、実の母親以来かもしれない。

「僕は、泉里さんのところで絵の勉強をさせてもらっていて…」

「はいはい、そういう名目なのね。今さら取り繕わなくたっていいのに」

慧はまるで聞く耳を持たず、水琴が泉里の愛人だと決め付けようとする。泉里に愛してもらっているのは事実だけれど、水琴はあくまで画家の卵で…。

――本当に？

反論しかけた時、桜庭の描いた悪夢シリーズが頭の奥に浮かんだ。

――あの絵を見ただけで、描けなくなりつつあるくせに。そんなの、画家の卵とすら言えないんじゃないか？

「…あんたの、その時計。『フロノス』の日本限定モデルだよね」

黙ってしまった水琴の手首を、慧はすっと指差した。

そこに嵌めたシルバーの腕時計は、水琴が専門学校に入った際、入学祝いだと言って泉里がくれたものだ。ブランドに疎いので、名前を言われてもわからないのだが。

「それ一つでハイクラスの国産車が一台買える」

「…えっ…」

「着てる服もバッグもハイブランドのばっかりだし、髪も相当腕のいい美容師に任せてるよな。そんなに金のかかった身なりで『絵の勉強させてもらってます』だなんて、信じられるわけないじゃん」

「…………」

とうとう俯いてしまった水琴に興味を失ったのか、慧はミントタブレットを口に放り込んで立ち上がった。絶対昭人をギャラリーに入れるなよ、と念を押し、足早に去っていく。

……何も、言えなかった。

カップに視線を落としたまま、水琴は唇を噛み締める。

ひどく惨めな気分だった。

身に着けるもののほとんどは泉里の贈り物だが、自分がねだったわけではないし、そんなに高価な品だとは知らなかったと言い張っても、慧は信じないだろう。あの青年の目に、水琴は泉里の甘ったれた愛人にしか映らないのだ。

そしてそれは、あながち的外れでもない。

ろくに絵も描けず、泉里のために情報を得ようとしたのに、結局一方的に要求を突き付けられるだけで終わってしまった。わかったのは昭人と慧のフルネームと、二人が幼馴染みだということくらい。とんだ役立たずだ。

　ズボンのポケットに入れたままのスマートフォンが振動している。

　この長さはメッセージではなく電話だ。水琴にかけてくる相手は祖父と泉里くらいだが、きっと泉里だと妙な確信があるからこそ出られない。…今、泉里と話したら、絶対に弱音を吐いてしまう。

「ねえ君、お友達帰っちゃったの？」

　猫撫で声で話しかけられ、顔を上げれば、大学生くらいの若い男が立っていた。水琴と目が合うや、手にしたマグカップを持ち上げてみせる。

「俺も一人なんだ。良かったら、一緒に話そうよ」

「え、あの」

「君、すごい美人だよね。来た時からすごく目立ってたけど、モデルか何かやってるの？」

　断る暇すら与えず、男はさっさと慧の居た席に座ってしまった。名前だの通っている大学やサークルだのを並べ立て、呆気に取られる水琴に手を伸ばす。

「ちょうど今日、皆で集まる日なんだ。君も一緒にどう？」

「えっと、僕は」

「会場がちょっと遠いから、そろそろ出ないと間に合わないよ。行こう」

水琴の反論を強引に封じ込め、男はにっこりと笑った。さすがに危機感を覚えて店員の姿を探すが、フロアの隅で片付けをしており、大声でも上げない限り気付いてくれそうにない。

「――私の連れが、何か？」

震える手を摑まれそうになった時、冷たい…だが泣きたくなるくらい安心する声が割り込んだ。スーツに薄手のコートを羽織ったままの泉里が、男を冷ややかに睥睨（へいげい）している。

「あ、……いや、何でもないっす。すみません」

これは敵（かな）わないと早々に見切りをつけたのか、男はそそくさと退散していった。

捕らわれる寸前だった手を、泉里のそれが摑み取る。

「行くぞ、水琴」

「泉里さん…、どうしてここに…」

ほんの三十分ほど前、メッセージを送ったばかりだ。無視してしまった電話も、仕事先からかけてきたものだとばかり思っていた。それに何故、水琴も初めて訪れたこの店の場所がわかったのだ？

混乱する水琴に、泉里は無言で自分のスマートフォンを操作し、画面を向ける。そこには詳細な地図が表示されており、この店の中で赤いマーカーが点滅していた。

「君の居場所は、常に把握している」

「……！」

その一言だけで理解してしまった。泉里は水琴のスマートフォンにアプリを仕込み、監視していたのだと。とうに仕事も終え、水琴がまっすぐ帰ってくるのを待っていたのだろう。

だが、身勝手なと詰ることは出来ない。

「次は君の番だ…俺の言い付けを破ってこんなところに来た理由、しっかり聞かせてもらおうか」

「っ……」

いつも澄んで優しい黒い瞳の奥に、怒りの炎がちらついている。ぞくりと背筋を震わせながらも、水琴は促されるがまま席を立った。

近くのパーキングに停めてあった車に乗り込むまでも、マンションに到着するまでの間も泉里は無言だった。

やっと口を開いたのは、水琴をリビングのソファに座らせてからだ。自分は水琴の前に立ったまま、むっつりと腕を組んでいる。

「どうしてあのカフェに居た？」

まずそれを説明しなければ、泉里の事情についても話してくれる気は無さそうだ。水琴はびくびくしながら、帰り道に偶然慧と出逢ったこと、いけないと思いつつも一緒にカフェに入ったことを説明していく。

聞き終えたとたん、泉里は前髪を掻きむしった。

「……そんなことのために、危険を冒したのか」

「そんなこと、って…僕は少しでも泉里さんの役に立ちたくて…それに、僕はこれでも男です。危険なんて…」

「…君は、全くわかっていない」

苛立たしげに吐き捨て、泉里は水琴をソファから抱え上げた。リビングの隅に置かれた等身大の姿見の前で下ろし、自分が贈ったシャツを乱暴に引っ張る。

ちぎれたボタンがいくつも吹き飛び、ほっそりとした肢体が鏡に映し出された。泉里は背後から水琴を抱き込むようにして、白い胸に大きな掌を這わせる。

「——見なさい」

低く微かに甘い声に耳元で命じられ、反射的に従い、水琴はひくりと喉を震わせる。頭一つ近く長身の泉里に抱えられた自分が、ひどく小柄に見えたのだ。

そして男の大きな掌にまさぐられる白い肌が、何と艶めいていることか…。

「俺も君と同じ男だが、君と俺が同じだと言えるか？」

「…ぁっ、…」

「綺麗すぎるんだ、君は。桐ヶ島で初めて会った時は目を奪われた。今は俺に抱かれるたびに艶を増して…時々、本気で閉じ込めたくなってしまう。そしてそうなるのは、俺だけじゃない」

「あ…、あっ……」

耳朶を甘噛みされながら胸の小さな突起をいじられただけで、じわじわと肌が淡く染まっていく。

きっちりスーツを着込んだままの泉里と、上半身をさらけ出し、男の手に乱されている自分。……確かに、同じ男とは思えない。

「君は自覚すべきだ。君に魅了される者たちにとって、自分が極上の獲物であることを。…今の君なら、尚更」

「…あ…っ、泉里、さ…っ…」

「だから、君は俺の役に立つことなんて考えるな。…ただ、自分の身を守ってくれればいい」

水琴だってわかる。囁く泉里が、水琴のためを思ってくれていることくらい。いつもの水琴なら、大人しく頷いただろうけれど。

——可愛い顔して愛人に収まって、えげつないくらい貢がせてるんだし。

「…い、…や…」

慧の嘲笑がよみがえったとたん、ふるふると首を振っていた。

「水琴……？」

「僕は…、…僕は…っ…」

……愛人なんかじゃない。貢がせたりしていない……！

喉元まで出かけた叫びを、水琴は寸前で呑み込んだ。言葉にしたら、事実だと認めてしまうようで怖かった。

「……そうか、嫌か」

それが間違いだったと悟ったのは、泉里が低く呟いた直後だ。

鏡の中の黒い瞳に、狭間の世界と同じ…いや、もっと狂おしい光が宿っている。泉里自身ごと水琴を喰らい尽くしかけた、狂気が。

「…あ…っ……」

「だったら恋人として、嫌でなくなるまで教えてあげよう。君がどれだけ罪深い存在なのか…」

「ち、…ちが、……っ」

顎をくいと掬い上げられ、弁解ごと唇を奪われた。強引な口付けにわななく胸を辿り、泉里の手がズボンの前を器用にくつろげる。

「んー……っ、ん、うぅ…っ…」

下着から取り出された性器に、長い指が絡み付いた。

やわやわと慣れた手付きで数度扱かれ、透明な涙を垂らす先端も、つんと尖って震える胸の突起も、磨かれた鏡は鮮明に映し出す。いっそくずおれてしまえば見なくて済むのに、背後からぴったり重ねられた泉里の長身が許してくれない。

……嫌だ、こんなの嫌だ……！

唇を重ねられたまま涙を滲ませる水琴に、気付かないはずがない。

だが泉里は強引に舌を侵入させ、水琴のそれを搦めとる。張り詰めた肉茎を、容赦無く揉みしだきながら。疼く尻に、スーツ越しにも熱い股間を押し当てて。

「うう…、うっ、…ん、……！」

一気に高みへ押し上げられた瞬間、先端を姿見に向けられ、曇り一つ無い鏡面にびしゃりと白い蜜がぶちまけられた。

ゆっくり伝い落ちていくそれに、こんな時でさえ感じてしまう自分の淫らさを突き付けられる。

「ど…、して、こんな……」

解放されたとたん、唇から嗚咽が溢れた。泉里は痛みを堪えるように目を細めたが、くたりと力の抜けた水琴の身体をカーペットに横たえ、ジャケットを脱ぎ捨てる。

片手でネクタイを緩める仕草は、何度目にしてもぞくぞくするくらい艶めかしい。常にスーツを隙無く着こなす泉里の乱れた姿を拝めるのは、きっと水琴だけだ。

「…恥ずかしがらなくていい。好きなだけ乱れなさい」

「…あ…、あっ…」

「君は俺の恋人だ。恋人の手で感じるのは、当たり前のことなのだから…」

泉里は水琴のズボンを下着ごと脱がせ、余裕を見せ付けるようにゆっくりと覆いかぶさってきた。太股を辿った手が、蜜に濡れた性器を包み込む。

「あ…、あんっ…」

「水琴…、…水琴…」

かろうじて纏わり付いているだけのシャツをかき分け、泉里は水琴の胸に顔を埋める。すぐに探り当てられた突起は、更なる愛撫を待ちわびていた。甘く歯を立てられるや、痺れにも似た快感を全身に走らせる。

「…ああっ、や、ああ…」

自分でも恥ずかしくなるくらい甘ったるい喘ぎは、泉里の劣情をこよなく煽ったらしい。熱い吐息が敏感になった胸をくすぐり、ざわめかせる。

「あぁ、…っ、あ、…泉里、さんっ…」

何とかやめて欲しくて呼びかければ、応えの代わりに突起を吸い上げられた。同時に肉茎の先端をぐりりと抉られ、水琴はたまらず背筋を反らせる。

「…や…っ…、…や、やぁぁっ……」

　だが、二度目の絶頂は寸前でせき止められた。泉里が肉茎の根元を長い指で素早く縛めたのだ。

「な…、…泉里さん？」

　わななわなと震える水琴には何も答えず、泉里はもう一方の突起に喰らい付く。びくんと跳ねる肉茎を、縛めたまま。

「…や…っ、ああ、あ…」

　待ち焦がれた愛撫を与えられ、淡く色付いた突起は熱い口内でぷっくりと膨らみ、蹂躙する男を歓ばせる。

　淡く微笑む気配と共に、根元を縛める力が緩んだ。渦巻いていた熱がようやく出口を見付け、溢れ出ようとしたとたん、泉里は再び指に力を込める。

「や…ぁっ、泉里さん…、嫌ぁ…っ！」

　いきそうになっては縛められるのを何度も繰り返されれば、否応無しに悟る。

　…わざとだ。泉里はわざと水琴を焦らし、愉しんでいる。

「……いきたいのか？」

　泉里は顔を上げ、濡れた唇を舐め上げる。成熟した大人の男だけが持つ色香にむせ返りそうになりながら、水琴はどうにか首を上下させた。

「大丈夫だ、ちゃんといかせてやる。…君がいい子に、俺を銜え込めたらな」

「…え…、っ…」

嘘だと思いたかった。泉里は冗談を言っているだけなのだと。

だが泉里がネクタイを首元から抜き取った瞬間、嫌な予感が胸いっぱいに広がった。それは正しかったのだと、水琴はすぐに確信する。…張り詰めた肉茎の根元を、ネクタイで縛り上げられて。

「や、やだ…っ！　嫌、こんなの嫌です、…泉里さん…！」

いやいやと、聞き分けの無い子どもみたいに訴える水琴に、泉里は笑みを深める。

「そんな顔も、君は美しいな」

「何を…、言って……」

「…いっそ二目と見られないくらい醜くなってくれれば、少しは安心出来るものを…」

黒い瞳の奥に揺らぐほの暗い闇以外、いつもと変わらない笑みが恐ろしくてたまらないのに、何故かちくりと胸が痛んだ。無意識に伸ばしそうになった手が、空中でびくりと跳ねる。

「…泉、里さ…、あ、…あっ！」

おもむろに抱き起こされたかと思ったら、くるりと上下を入れ替えられた。

カーペットにうつ伏せにされ、下肢だけを起こされる。背後の泉里に、裸の尻を突き出す格好だ。

欲望を閉じ込められた肉茎が、ネクタイごと股間でぶらぶらと揺れている。

「…ひぁ…っ…」

　割り開かれた尻のあわいを、ぬめった生温かい何かが這った。それが泉里の舌だと理解する前に、閉ざされていた蕾は舐め溶かされ、ほころばされていく。

「……あ、…あぁ…んっ…」

　濡れた肉襞をかき分け、尖らせた舌先がぬるりと入り込んでくる。そうされたのは初めてではないのに、羞恥で頭がおかしくなってしまいそうだった。

…だって…、映っている。水琴の蜜で汚された姿見に、上気して蕩けそうな顔も、男の舌を差し込まれて歓喜に震える白い尻も…目を背けてしまいたい、何もかもが。

「せ…ん、りさ…んっ、あ、や、やあっ…」

　泉里によってすっかり性感帯に変えられてしまった媚肉を、肉厚な舌が舐め上げ、こそぎ、しとどに濡らしていく。

　行き場を失った快楽の熱はそのたびに体内を荒れ狂い、水琴の正気を食い散らす。はち切れんばかりに育った肉茎にネクタイがぎりぎりと食い込み、その痛みすら新たな快楽に変化し、水琴を追い詰める。

　……もっと、欲しい。

　溶かされてしまいそうな頭の奥に、渇望が滲み出る。

……もっと大きくて、太いものに貫かれたい。中でいっぱい出されたい。そうすれば…、そうすれば、きっと……。

「お…ね、がい…、泉里、さん…」

途切れ途切れの懇願に、応えは返らない。だが絶対に届いているはずだ。水琴の尻たぶに、指がぐっと食い込んだから。

「泉里さんの、…を、入れて。僕の中で…、いって、下さい…っ…！」

水琴が叫ぶのと、濡れた舌が出て行くのは同時だった。泉里は普段の冷静さの欠片も無い獰猛な笑みを浮かべ、素早くズボンをくつろげる。

「水琴…、…俺の水琴…」

「あ、あ、ああー……！」

高く抱えられた尻のあわいに、脈打つ肉の杭が打ち込まれた。指や舌とは比べ物にならない質量を誇るそれは、水琴の願い通り、腹の虚ろを一息に満たしていく。

「…は…、あぁ、あ…っ…」

歓喜にさざめく媚肉が、ようやく与えられた肉杭に絡み付く。

ひとりでに揺れてしまう尻をあやすように撫で上げ、泉里は腰を使い始めた。抜けるぎりぎりまで引いては浅いところを擦り、また一気に最奥を貫く。

感じるところを知り尽くした動きに水琴は翻弄され、がくがくと揺さぶられるしか出来ない。絶え間無く溢れる甘ったるい嬌声と、肉と肉がぶつかる音が混じり合う。

「あんっ…、あっ、あっ、…あぁ…っ」

カーペットに爪を立て、髪を振り乱していると、この一週間頭から離れなかった桜庭の絵も、慧に投げ付けられた言葉も、鮮烈な快感に塗り潰されてゆく。

腹をぐちょぐちょとかき混ぜる泉里の情熱を受け止め、暴れ狂う熱を放出することしか考えられなくなる。まるで世界に、自分と泉里の二人だけになってしまったかのように。

「…水琴…っ…」

「……あ、……あぁぁぁ……！」

ぐっと捻じ込まれた先端が、最奥で弾けた。おびただしい量の精液を媚肉に浴びせられ、びくんびくんと震える水琴の股間に、泉里は深々と繋がったまま手を伸ばす。

「…やっ…あ、あ、あぁ……」

ネクタイを解かれ、切望していた解放の瞬間が訪れる。未だ腹の中に吐き出され続ける精液を受け止め、自分も蜜を零しながら、水琴は涙を流した。

……何て顔、してるんだろう……。

白く汚れた鏡に映る自分——破れたシャツを纏っただけの姿で這わされ、尻を犯されて蕩けきった顔は画家の卵なんかじゃない。甘やかされた愛人そのものだった。…慧が揶揄した通りに。

「う、……うぅっ……」

堰を切って溢れた涙が、ぽたぽたと床を濡らした。最後の一滴まで注ぎ込み、萎えた性器を扱いていた泉里も、異変に気付いたようだ。ぴたりと動きを止め、水琴の顔を覗き込んでくる。

「…そんなに、嫌だったのか…?」

後悔とかすかな諦念の滲んだ問いに、水琴は首を振った。宙に散った涙の雫が、きらきらと輝きながら床に落ちていく。

「…違い…、ます。ただ、…悲しくて…」

「悲しい…?」

「だって…、僕はもう、…が、…画家の卵じゃ、なくなって…、刑部さんが…、…っ、う、うっ…」

しゃくり上げているうちに、ここ一週間で降り積もった不安やら心労やらがごちゃ混ぜになり、溢れ出した。泣きやまなければと思えば思うほど、涙は止まらなくなる。

…恥ずかしい。みっともない。自分が自分じゃなくなってしまったみたいだ。血の繋がった祖父の前でさえ、こんなふうに泣き喚いたことなんて無いのに。

「…水琴…、水琴。俺が言えたことではないが、落ち着きなさい」

背中をさすってくれる泉里の声音は優しく、さっきまでの暗い響きはどこにも無い。嗚咽しながら振り返れば、泉里は濡れた頰をそっと撫で、ゆっくりと腰を引いた。

「……あ…っ……」

いっぱいに満たしていたものがずるりと抜けていく感触に、背筋がひとりでにわなないた。腹の奥からどろどろと流れ出るものをハンカチで拭い、手早く衣服の乱れを直すと、泉里は水琴を抱き上げる。

「…泉里、…さん…？」

ぱちぱちとしばたたきながら見上げると、頬に優しい口付けを落とされた。泉里は近くのソファに移動し、腰を下ろす。横抱きにした水琴を膝に乗せたまま。

「刑部だったか。…あの青年に何を言われた？　貝原昭人を追い返すよう、要求されただけではないだろう」

「あ……」

貢がせ放題の愛人だと罵られたことは、泉里には伝えていない。告げ口をすればそれこそ甘ったれた愛人そのもののようだったし、何より恥ずかしかったからだ。

今も言いたくはなかったが、思い切り目を泳がせてしまっては、何かあったと白状したようなものだろう。冷静さを取り戻した泉里の瞳が、きらりと光る。

「言いなさい、水琴」

「…っ、で、でも…」

「言うんだ。…また俺を、狂わせたくなければ」

剝き出しの尻を撫で上げられながら迫られ、さっきまで太いものを受け容れさせられていた蕾が疼いた。またさっきみたいに無茶苦茶に犯されたら、今度こそおかしくなってしまうかもしれない。

観念した水琴が全てを吐露するや、泉里ははあっと嘆息した。

「甘ったれた愛人、か。それで君はあんなに隙だらけだったわけだ」

「…ごめんなさい…」

「何故君が謝る？　謝らなければならないのは、俺の方だろう。くだらない勘違いで君を傷付けた。……すまなかった」

「せ、泉里さん…っ！」

すっと頭を下げられ、水琴はあたふたと手を振った。

「頭を上げて下さい。確かに怖かったけど、もとはと言えば僕が悪いんです。泉里さんに要らないって言われちゃうかもしれないって、不安になってたところだったから…」

「……俺に？」

顔を上げた泉里が、きょとんと目を見開いた。そんな表情をすると、二十八歳という実年齢より少し幼く見えて新鮮だ。

「どうして俺が、君を要らないと言い出すと思ったんだ？」

「…この一週間、ろくに描けなかったから…こんなこと初めてで、このまま描けなくなったら、描けない僕は泉里さんの傍（そば）に置いてもらえないって…」

想像しただけで恐ろしくなり、ぶるりと震える水琴の頭を、大きな掌が撫でた。何度も何度も、ほんの少し前まで容赦無く水琴を追い詰めていたとは信じられないほど優しく。

「馬鹿だな。描けなくなったからって、俺が君を手放すはずがないだろう」

「…、えっ…?」

「確かに、最初は君の絵に魅了された。君の才能は、君しか持ち得ない唯一無二の宝だ。これから先、数多の人間がこぞってその輝きの前にひれ伏すだろう。…だが、俺にとってはあくまで君を構成する要素の一つでしかない」

「…僕の…、一つ…?」

呟いた水琴の手を取り、泉里は恭しく口付けた。こちらに流された眼差しは温かく、それでいてどきりとするくらいの艶を帯びている。

「この手が、俺を暗い死の淵から引き上げてくれた」

「…あ…、っ…」

「この目が、冷たい土の底に埋められた母さんを見付け出してくれた」

小さく跳ねる手の次は、まぶたに。そして唇に、泉里は口付けを落としていく。

「この唇が俺に命を吹き込み、目覚めさせてくれた」

「せ…、泉里さん…っ…」

「才能だけじゃない。君の全てに…胡桃沢水琴という存在に、俺は日々魅せられている。愛している——何があっても離せないくらい、強く」

力強い宣言に、胸の奥に巣食っていた不安が溶かされていった。伝わってくる温もりをもっと感じたくて、水琴は泉里の胸に顔を擦り寄せる。

「…泉里さん…、僕も、です。僕も、貴方を愛してる…」

「水琴…、君って子は……」

苦笑を滲ませつつも、泉里は水琴を抱き締めてくれた。薄手のシャツ一枚を羽織っただけの身体に、心地好い温もりが染み渡る。

「あれだけの仕打ちを受けておいて、あっさり許す奴が居るか。そこは『しばらく口もききたくない』と突き放すところだぞ」

「…僕が突き放したら、泉里さんはどうするんですか?」

「許しを請うよ。何度でも、君が許してくれるまで。…君が傍に居るのに声も聞けないだなんて、生き地獄だからな」

口調こそ冗談交じりだが、水琴の背に回された腕はわずかに震えている。

……泉里さんも、怖かったのか……。

親子、下手をすれば祖父母と孫くらい歳の離れた顧客と対等に渡り合い、昭人のような招かれざる客すらたやすく追い返した泉里をこんなふうに怯えさせられるのは、水琴だけかもしれない。

しばらくの間、二人は言葉も無く抱き合っていた。バスルームで身体を清め、寝室に移動した方がいいのはわかっていたが、どうしても離れがたかったのだ。

頭や背中を優しく撫でられ、眼差しが合えば唇を重ねる。そんな甘い時間が、愛おしくてたまらなかった。

「…刑部くんは、幸せではないんだろうな」

何度目かもわからなくなった口付けの後、泉里は水琴の前髪を梳きやりながら呟いた。

「幸せではない…、ですか…?」

「曙さんから聞いたが、警察に被害届を提出したところ、あの貝原という男はさる広域指定暴力団の準構成員…まあ、ヤクザの使い走りのような存在だったそうだ。曙さんやうちに押しかけてきたのも、桜庭さんのものとおぼしき作品を闇ルートで手に入れたためだと思っていいだろう」

昭人は相当血の気が多いらしく、あちこちで事件を起こしていたそうだ。そういう男だからすぐに犯人だと目星がついたが、警察もただの傷害事件に貴重な人手を割いてくれるわけもなく、今のところ曙オーナーは泣き寝入りの状態だという。

……そうか。だから泉里さんは、何も教えてくれなかったんだ。

汚いもの全てから水琴を遠ざけようとする泉里が、暴力団関係者だと判明した昭人について口を閉ざすのは当たり前のことだ。妙に納得してしまった水琴のつむじに口付け、泉里は続ける。

「刑部くんの方は、前科こそ無かったようだが、あんな場面に付き合わされるくらいだ。貝原には逆らえない事情があったんだろう」

「…腐れ縁の、幼馴染みだって言ってました」

だが実際は、主従関係…いや、隷属関係と呼ぶべきなのかもしれない。昭人と行動していた時の慧と、水琴にぽんぽん皮肉をぶつけてきた時の慧はまるで別人だった。きっと後者の方が本来の慧なのだろう。

「おそらく彼の周りには、貝原のような人間しか居なかったんだろう。だから他人にも、自分と同じところばかり見付けようとする。…君を俺の愛人だと決め付けたように」

「…あ…」

――俺、ウリやってるんだよ。

水琴と同じ十八歳なのに、客の男性を手慣れた様子であしらっていた。そうしなければ生きてこられなかったのだ。

文字通り身体で稼いできた慧には、水琴が泉里に甘やかされるだけの鼻持ちならない子どもに見えたのかもしれない。

水琴だって高祖母譲りの異能ゆえに両親に見捨てられ、決して恵まれた生まれ育ちではないのだが、それは見ただけではわからないことだ。

「そうやって自分を守ろうとしているんだ。もちろん、だからと言って初対面の人間を貶めていいわけじゃないが…」

唇を歪めた泉里が、いたわるように水琴の腕をさする。

嵌めたままの腕時計が目に入り、水琴はあっと声を上げた。とんでもないことを思い出してしまったのだ。

「そう言えば泉里さん、この腕時計…！」

「…どうした？」

「車が一台買える金額だって、刑部さんが言ってました。服やバッグもみんな高いものばっかりだって…」

「君に相応しいものを揃えたら、そうなっただけだが…」

それが何か？ と眉を顰められると、こちらが理不尽な文句を付けているような気持ちになる。うっかり『すみません』と引き下がりそうになり、水琴は気を引き締めた。

「だ、駄目です。こんな高いもの、頂くわけにはいきません」

「何故だ？ 気に入ったから、毎日着けてくれていたんだろう？」

「そんなに高いものだなんて、知らなかったからです。…それに…」

車と同じ金額の腕時計だなんて、水琴には分不相応なものをほいほいともらったりしたら、それこそ甘ったれた愛人そのものではないか。

口には出せなかった葛藤も、泉里にはお見通しのようだった。

「君も刑部くんも、勘違いをしているんじゃないか？」

「…勘、違い？」

「君が俺に貢がれてるんじゃない。…俺が、君に捧げさせてもらっているんだ」

目を瞠る水琴に、泉里は自信たっぷりに断言し、ふっと目元を和らげた。水琴のおとがいを掬い上げ、眼差しを重ね合わせる。

「君は俺の自己満足に付き合ってくれているだけだ。美しく愛らしい君を、俺の捧げたものだけで飾り立てたいという、な」

「…泉里さん…」

「つまり俺は君の下僕だ。刑部くん風に言うなら、ただの脂下がったエロ親爺だな」

端整な顔に行為の後特有の気だるさを漂わせた泉里は、こんな時でさえ見惚れてしまうほど妖しく艶めいている。

……こんなエロ親爺、居るもんか！

「…あっ……」

心の中で叫んだ時、太股の内側を生温かいものがどろりと伝い落ちた。拭いきれなかった泉里の精液が溢れ出てきたのだ。

とっさに蕾をすぼめるが、そんなことで卓越した観察力の持ち主をごまかせるわけがない。

泉里は震える太股の内側を辿り、己の精液に濡れた指先で蕾をなぞる。

「…んぅっ…」

「バスルームで洗ってあげよう。…それとも、このまま寝室に行くか？」

「バ、…バスルームでお願いします…！」

真っ赤に染まった顔を胸に押し付ければ、泉里は珍しく声を立てて笑った。軽々と抱き上げられた腕の中、水琴は布越しに伝わる泉里の鼓動に耳を澄ませる。

たとえ描けなくなっても、泉里は水琴を見捨てない。それは嫌になるくらい、思い知らされたけれど。

……いつか、この鼓動が止まってしまう日は必ずやって来る。

そして順当に行けば、その日は水琴が死ぬよりも早く訪れるのだ――。

慧との思いがけない再会から一週間後。

その日は専門学校の授業が無かったので、水琴は泉里と共に午前中から『エレウシス』に詰めていた。

水琴がバックヤードにこもり、出された課題を淡々とこなす間、泉里は奥の保管庫で顧客から預けられた美術品のチェック中だ。作品によって湿度と室温を微妙に調整する必要があるため、泉里自ら定期的にコンディションを確かめなければならないのである。

預かりものとはいえ、貴重な作品を直接拝める機会だ。これまで水琴も何度か便乗させてもらい、泉里の解説を聞きながら名画を眺めてきたが、今日の泉里は一人で保管庫に入っていった。

……たぶん、今日チェックする分には桜庭さんのあの絵が含まれてるんだ。

だから泉里は水琴を誘わなかったし、水琴も敢えて行きたいとは言わなかった。泉里のおかげで不安は薄れつつあるけれど、桜庭の絵をじかに見るほどの勇気はまだ湧いてこないのだ。打たれ弱い自分を、情けないとは感じない。きっとこれは橋本が言った通り、神様に与えられたチャンスだと思うことにしたから。

…桜庭は潰され、ゴヤは打ち勝った。ならば水琴は…。

「…あ…、いらっしゃいませ」

正面の扉が開き、水琴は慌てて立ち上がった。入ってきたのは、スーツ姿の男性二人だ。一人は泉里の父親くらいの年代で、もう一人は二十代半ばだろう。

「失礼。私たちは蒲田西署から参りました」

頭を下げようとする水琴を押しとどめ、年かさの男性は黒い身分証を広げてみせた。水琴に釘付けになっていた年下の男性も、あたふたと倣う。

「…刑事さん…、ですか？」

桜花のエンブレムに彫刻された『POLICE』の文字を凝視しながら問えば、年かさの男性は無表情に頷いた。

「はい。刑事課の川内と申します」

「同じく、刑事課の桑野です」

きらきらと目を輝かせながら敬礼する桑野を肘で小突き、店内を見回すと、川内は水琴に向き直った。

「お忙しいところ申し訳ありません。先日、こちらを訪れた刑部慧について伺いたいことがあるのですが…オーナーはいらっしゃいますか？」

「…は、はい。少しお待ち下さい」

わざわざ刑事が来るなんて、慧の身に何が起きたのだろうか。嫌な予感に胸をざわめかせながら保管庫に内線を入れ、泉里に頼まれた通り、刑事二人を応接室に案内する。

人数分のコーヒーを淹れてから戻ると、応接室には泉里の姿もあった。どうやら水琴を待っていたらしい。水琴が泉里の隣に腰を下ろし、一通りの自己紹介を終えると、川内はおもむろに切り出す。

「奥槻さんは画家の桜庭廉太郎さんをご存じですか？」

「それは、もちろん存じております。あいにく面識はありませんが…桜庭先生がどうかなさったのでしょうか？」

「一昨夜、遺体で発見されました。我々は遺体の状況から他殺と判断し、重要参考人として刑部慧の行方を追っております」

「……っ⁉」

思いがけない名前に、水琴はひゅっと息を呑んだ。いぶかしげな視線を向ける川内から、泉里がすかさず庇ってくれる。

「申し訳ありません。刑部くんたちが当ギャラリーを訪問した時、最初に応対したのがこの子なので、ショックだったようです」

「ああ…。それは可哀想に…」

桑野が同情たっぷりに呟くと、川内はごほんと咳払いする。

「お尋ねしたいのですが、一昨日の十九時から今日までの間、刑部慧はこちらに立ち寄りませんでしたか？　もしくは、近辺で姿を見かけたことは？」

「立ち寄っていませんし、見たこともありませんね」

「…僕も見てないです。…あの、刑事さん」

隣の泉里に大丈夫だと頷いてみせてから、水琴は勇気を出して問いかけた。

「重要参考人って…、つまり、刑部さんが犯人だと疑われてるってことなんですか？　刑部さんと桜庭さんに、一体何の関係が…」

「現段階では、あくまで参考人です。彼が重要な情報を有している可能性が高いので、事情を聞きたいんですよ」

川内は言葉を濁すばかりで、肝心なことは何一つ語ろうとしない。

もどかしさに歯噛みした時、ピリリリ、と高い電子音が響いた。失礼、と詫び、川内がスマートフォン片手に席を立つ。

「…刑部は、ここ半年ほどガイシャのアパートに入り浸っていたんですよ」

相棒の刑事が消えた扉を見遣ってから、桑野がひっそりと口を開いた。子犬を思わせる丸い目は、何故か泉里ではなく水琴に据えられている。

「よほど金払いが良かったんでしょう。同じアパートの住人に、ひんぱんに出入りするところを目撃されていました」

「金払い…、とおっしゃいますと？」

泉里が短く尋ねる。慧が男相手に身体を売っているのは水琴からすでに聞いたはずだが、警察がどこまで把握しているのか、探りを入れたのだろう。

「養護施設を出てから、刑部は同性相手にウリをやっていました」

さすが警察と言おうか、桑野は水琴よりもはるかに多くの情報を有していた。

慧と昭人が同じ養護施設の出身であること、今年施設を出て町工場に就職したもののすぐに辞めてしまい、ウリを始めたこと。慧の口からは語られなかった事実が次々と明らかにされてゆき、やがて一昨日の事件にたどり着く。

——一昨日の十九時頃、桜庭の隣の部屋の住人が『殺してやる！』という怒鳴り声に驚き、部屋を出てみると、すさまじい形相の慧が共用廊下を走り去るところだった。見れば、桜庭の部屋のドアが開きっぱなしになっている。

不審に思った隣人が室内を覗き込むと、血まみれの桜庭が倒れていた。通報を受けた所轄の蒲田西署はすぐさま捜査を開始し、聞き込みに回っているのだ。『エレウシス』には、曙画廊のオーナーが提出した被害届からたどり着いたのだろう。

「……後頭部を鈍器で殴られ、即死だったと思われます。傍には犯行に使われたとおぼしき灰皿が落ちており、刑部の指紋が検出されました」

「そ…、それじゃあ…」

嫌な予感は的中してしまった。警察は犯人が慧だとほぼ断定し、行方を追っているのだ。かろうじて重要参考人止まりなのは、桜庭の隣人が犯行の瞬間を目撃したわけではなく、証拠も灰皿しか無いからに過ぎない。

「…仮に刑部くんが犯人だとして、動機は何なのでしょうか？」

問うたのは泉里だが、桑野は水琴から視線を離さないまま答える。

「金銭トラブルでしょう。ガイシャの銀行口座には、数千万円の残高がありました。その事実を知った刑部が金の無心をしたところ、断られて逆上し、殺してしまった――我々はそう見ています」

慧は施設を出た後にアパートを借りたが、ここ五か月ほど家賃を滞納しており、今月中に支払わなければ退去するよう大家から通告されていたそうだ。町工場を辞めたのも、指導係の先輩社員とトラブルを起こし、殴った末のことだったらしい。

「…そんな…」

桜庭の銀行預金は、おそらく十年前に売れた時の金が手付かずのまま残っていたのだろう。その事実を知っていたのなら、慧は桜庭が悲劇の画家、桜庭廉太郎だとどこかで気付いたのか？

ならば何故、昭人と共に『エレウシス』を訪れた？　桜庭と面識があるのなら、桜庭自身に自分の作品かどうか確かめさせればいいだけの話なのに。

…そもそも桜庭を客に選んだのは、桜庭廉太郎だと知ってのことなのか？

次々と湧いてくる疑問に、思考をぐちゃぐちゃにかき乱される。あの悪夢（ナイトメア）シリーズを描いた桜庭が、もうこの世の人ではないなんて――しかも、殺したのが慧かもしれないなんて。

……おかしい。

何かがちぐはぐなような気がする。正直、慧に良い印象は無い。あの人はそんな酷（ひど）いことをしない、と断言出来るほど人柄を熟知しているわけでもない。

……でも、おかしいんだ。うまく説明出来ないけど、何かが……。

怯えながらも、桜庭の絵を見せろと迫る昭人を止めようとしていた慧。無視することも出来たのに、わざわざ水琴を引き留め、忠告を残していった慧が頭を過ぎる。

「…え…っ？」

もどかしさに唇を噛み締めると、心配そうに身を乗り出す桑野の肩に陽炎が揺らめいた。みるまにおぼろな人の姿を取るそれに、桑野も泉里も一瞥もくれない。見えているのは水琴だけ――つまり、この世の人間ではないのだ。

初めてではない。これまで何度も彼らの姿を目撃し、事件に巻き込まれることもたびたびあった。

今日に限ってぎくりと固まってしまうのは、宙に浮かぶ彼が覚えのある姿をしているせいだ。インターネットの映像よりもずいぶんやつれ、老けてしまったが、間違い無い。この人は…。

「……桜庭さん……」

「えっ？」

水琴の能力を知らない桑野が、きょとんと聞き返す。しまった、と慌てる水琴に、泉里がすかさずフォローに入った。

「刑事さん、申し訳ありません。この子はあまり神経が太くないもので、少し疲れてしまったようです」

「…あ、ああ…！　そうですよね。こちらこそ、きついことばかり聞かせてしまって申し訳無い」

桑野の眼差しに憐れみが滲んだ。刑事と言えば川内のように冷徹なイメージがあるが、桑野がやたらと親身になってくれるのは、水琴がそれだけ幼く見えるせいだろうか。何かあったら相談して下さい、と名刺までもらってしまった。

そこへ電話を終えた川内が戻ってきたので、二人の刑事は引き上げていった。

「…君が笑顔でねだったら、機密情報でも洗いざらい吐きそうだな」

苦々しげに吐き捨てる泉里に、何のことかと確かめる余裕など無かった。桑野が去っても、水琴だけに見える彼——桜庭はそのまま応接室に留まっているのだから。

「あの二人と一緒に、蒲田のアパートから付いて来たのか…？」

桜庭がそこに居ると伝えると、泉里は疑いもせずに腕を組んだ。泉里にとって、水琴が死した者たちの姿を見ることは、もはや当然の事実なのだ。

「もしかして、亡くなったことに気付いておられないとか？」

「…いえ…、そうじゃないみたいです。何か、焦っているような…」

宙を漂っていた桜庭は水琴と目を合わせ、必死の形相で何かを訴えている。

…もどかしかった。いつもならすぐに鉛筆を取り、桜庭をスケッチしている。そうすれば泉里にも桜庭の姿を見せ、彼が何を望んでいるのか一緒に考えてもらえるのに。

「…た、すけ、て…、『助けて』……？」

動いてくれない手の代わりに目をこらし、水琴は必死に桜庭の唇を読んだ。すると桜庭は表情を和らげ、入り口の扉を指差してみせる。今度は『来て』と訴えながら。

深い闇をたたえた瞳に、『青の悪夢（ナイトメア）』に描かれた黒馬のそれが重なった。生と死の狭間…もしくはあちら側に渡ってしまった者しか持ち得ない瞳は、妻子を失った桜庭自身を写し取ったものだったのだろうか…。

「……水琴？」

呑み込まれそうになった水琴を、泉里の声が引き戻した。肩に置かれた手から伝わる温もりが、冷えた心を癒（いや）してくれる。

「桜庭さんは、どうやら僕をどこかに連れて行きたいみたいです。『来て』って何度も言いながら扉を指さしてます」

「つまり、外に居る誰かを助けて欲しいということか。――君はどうしたい？」

「…行きたい、です」

考えるより先に、口が動いていた。

あの悪夢を描き出した桜庭が、恐ろしくないと言えば嘘（うそ）になる。だが桜庭の訴えを黙殺したら、きっと一生後悔する。そんな気がしてならない。

「そうか」

あっさりと頷き、泉里はバックヤードから車のキーと水琴のコートを取って来た。水琴にコートを渡し、踵を返す。

「行くぞ、水琴」

「…はい、泉里さん」

振り返りざまに差し出された手を取り、水琴はふよふよと外へ出て行く桜庭の後を追い始めた。

力強く握り締めてくれるこの手さえあれば、悪夢に呑み込まれることは決して無いはずだと信じて。

泉里が真っ先にパーキングから車を取って来たのは正解だった。二人が車に乗り込むや、桜庭の姿は消え、代わりにカーナビが勝手にルート案内を始めたのだ。

「…どうやら、御茶ノ水方面に向かっているようだな」

日比谷の交差点を右折した辺りで、泉里はカーナビを一瞥して呟いた。

未だこちらの地理には疎い水琴だが、桜庭のアパートがある蒲田と御茶ノ水では全く方向が違うことくらいはわかる。桜庭が水琴たちを導きたいのは、自分が死んだ現場ではないのだ。

……桜庭さんは、誰を助けたいんだろう。

自分を殺した犯人を捕らえるのでも、報いを受けさせるのでもなく、助けたい者とは誰なのだろう。一番助けたかったはずの妻子は、とうにあちら側へ逝ってしまったのに。

殺されたのが一昨日ということは、当たり前だがそれまでは生きていたのだ。筆を折り、世間から逃げて暮らすうちに、死してもなお助けたいほどの存在を見付けたというのだろうか。

「…警察は、どうしてあそこまで刑部さんを疑うんでしょうか」

カーナビの画面に視線を据えたまま、水琴は首を傾げた。

凶器の灰皿に慧の指紋が付いていたというが、しょっちゅう入り浸っていたのなら、どこかで指紋が付着してもおかしくはない。

真犯人が手袋か何かを用い、犯行に及んだ可能性は、水琴ですら思い付くのだ。桜庭を殺す動機のある人間は、探せば慧以外にも見付かるだろう。隣人の証言と指紋だけで犯人扱いするのは、少々乱暴すぎやしないだろうか。

「それだけ、今の桜庭さんの人間関係が希薄だったということだろうな」

警察も愚かではない。現在の桜庭の人間関係を調べた上で慧以外に不審な人物は見当たらなかったのだろうと泉里は言うが、桑野の言動を思い出すと、水琴はとうてい納得出来なかった。

「あの刑事さん…刑部さんはこれだけ悪いことをしてきたんだから、桜庭さんを殺してもおかしくないだろうって言ってるみたいでした」

「水琴……」

「でも…、僕はどうしても、刑部さんが殺したとは思えないんです」

たった一度話しただけで、何を言っているんだろうと自分でも思う。慧自身すら、お前に俺の何がわかるんだと毒づくかもしれない。

けれど水琴たちを導く桜庭の背中を見ていると、そう思わずにはいられないのだ。その理由はきっと、桜庭が目指す先にある。

車は御茶ノ水を通り過ぎ、更に北へ進んでいった。

赤羽駅(あかばね)からしばらく走った先…川沿いに立ち並ぶビルの中でもひときわ古びたマンションの前で、ルート案内は終了した。一階はテナントだが、現在は空き物件らしく、昼間なのにシャッターが下ろされている。

「あ、桜庭さんが…」

二階に繋がる階段を、ふっと現れた桜庭が上がっていく。水琴は路肩に車を停めてもらい、泉里と一緒に急いで桜庭を追いかけた。

二階は集合ポストが設置されたエントランスホールだ。奥のエレベーターとは、オートロックのガラス扉で隔てられている。

鍵を持った住人でなければ通れないはずの扉は、桜庭が通り抜けると同時にがちゃんと音を立てた。近付こうとした水琴を制し、緊張を漂わせた泉里が扉を押す。

「…開けてくれたようだな」

果たして、扉は何の抵抗も無く開いた。水琴たちが桜庭の後を追ってエレベーターに乗り込むと、小さく揺れながら勝手に上昇していく。

再びエレベーターが開いたのは、最上階の五階だった。桜庭は三つ並んだ扉のうち、真ん中の扉の前で止まり、水琴を振り返ると、唇の動きだけで再び訴える。

――『助けて』。

「…桜庭さんが助けたい人は、ここに居るみたいです」

水琴が告げると、泉里は無言で頷き、そっとドアノブを引いた。内側から鍵の外れる音が響いても、二人とももう驚いたりしない。

「うっ……」

入ってすぐの小さなキッチンには、汚れた食器や弁当のケースが残飯ごと山積みにされていた。

漂う腐臭に眉を顰めた時だ。奥の部屋とキッチンを隔てる扉が開き、若い男がばりばりと頭を掻きながら出て来たのは。

「…あれ？　見ない顔だけど、お前も呼ばれたのか？」

ジーンズを穿いただけの男はきょとんと泉里を見遣ったが、その後ろの水琴に気付くや、喜色満面で前のめりになった。

「おっ、もしかしてかわい子ちゃん追加？　ちょうど良かった。あいつ、さっきから全然反応しなくて、つまんなくなってたとこだったんだよ」

「…何のことだ？」

「は？　お前も昭人に呼ばれたんじゃないのか？」

嚙み合わない会話に、男は首を傾げる。

するとと男の背後から、長身の男がのっそりと姿を現した。

「おいテツ、何やってんだよ」

「何って、お前が追加を呼んだんだろ？」

「追加ぁ？　そんなもん、呼んだ覚えは…」

男の肩越しにこちらを見た目が、驚愕に見開かれる。

驚いたのはこちらも同じだ。何故ここにこの男が——昭人が居るのだ？

「…違う！　そいつは仲間じゃねぇ！」

「え、ええっ？」

混乱する男を押しのけ、昭人は拳を振り上げる。

だが昭人の行動など、泉里は予想済みだったようだ。すっと腰をかがめ、がら空きのみぞおちに拳を叩き込む。

「ぐぉっ……」

「あ、昭人ぉっ⁉　……くそっ！」

男はくずおれた昭人を助け起こそうとしたが、泉里の冷たい眼差しに射られ、裸足(はだし)のまま逃げ出していった。

泉里も水琴も、男を追いかけたりはしない。嫌な予感に突き動かされるがまま顔を見合わせ、部屋の奥に進み——絶句する。

十畳ほどのフローリングのワンルーム。あちこちにアルコールのビンや缶が散乱し、澱(よど)んだ空気が充満する中、全裸の青年が汚れたマットレスに横たわっていた。

その薄い胸が小さく上下していなかったら、死んでしまったのかと思ったかもしれない。ほっそりとした身体には痣(あざ)や火傷(やけど)の痕(あと)が無数に散らばり、水琴たちが踏み込んでもぴくりとも動かなかったから。

大きく開かされた脚の間からは、血の混じった精液がどろどろと溢れ出ている。逃げた男や昭人たちにどんな目に遭わされたのか、容易に想像がついてしまい、水琴は拳を握り締めた。

桜庭はすうっと青年に近付き、泣きそうに顔を歪めながら手を伸ばす。生きた者には決して触れられないとわかっているだろうに、赤黒い痣の浮かんだ頬に何度も何度も…まるで肉体から抜け出ようとする魂を、どうにかして留めようとするかのように。

「…刑部…、さん…」

その顔は無惨(むざん)に腫(は)れ上がっていたが、間違い無く慧のものだ。どうしてここに？　桜庭のアパートから逃走し、警察に追われているのではなかったのか？

「まだ脈はあるな…水琴、救急車を」

「は、…はい！」

素早く脈を取った泉里に促され、水琴は我に返った。スマートフォンを取り出し、震える指でなんとか一一九番をタップする。

応対してくれた救急の係員に状況を説明する間も、桜庭は慧の傍を離れようとしなかった。だがその姿は二重にぶれたかと思えば、みるまに薄れていく。

――死した身で、こちら側の世界に干渉しすぎた代償。

「…刑部さんは、大丈夫ですから！」

奇妙な確信が閃（ひらめ）いた瞬間、水琴は声を張り上げていた。

俯いていた桜庭が、ゆっくりと顔を上げる。深い闇を凍らせたような瞳も、もう恐ろしくはなかった。ここに居るのは、桜庭であって桜庭ではない。彼がこの世に遺したかった思いだ。

…だからこれだけは、絶対に伝えなければならない。

「刑部さんは必ず助かります。…助けてみせますから！」

あ、あ、と喘いだ桜庭の瞳から、黒い涙が溢れ出る。その表情を、何と表現すればいいのだろう。微笑んでいるような、泣いているような――悲しんでいるような、喜んでいるような。

今まで見たことの無い表情に、水琴の胸は高鳴った。

スマートフォンを握った手が疼く。どうして紙も鉛筆も持っていないのだろう。

…描かなければならない。

自分だけが描けるこの表情を描き留めなければならないのに、桜庭はどんどん空気に溶け込んでいく。

「…描か、なきゃ…」

ぐにゃりと視界が歪み、水琴はよろめいた。伸びてきた泉里の腕にもたれたとたん、ぼやけた意識は呑み込まれる。桜庭の瞳に宿っていたのと同じ、光の差さない闇に。

「…水琴！　しっかりしろ、水琴！」

まるで、深い水底に沈められてしまったみたいだ。何度も呼びかける泉里の声さえ、どんどん遠ざかっていく。

……泉里さん……！

闇を溶かしたような水の底に、ちかりと小さな光がまたたく。その光に向かって必死に手を伸ばした時、かすかなサイレンの音が聞こえてきた。

丸く切り取られた淡い光の中、桜庭が小さなスケッチブックに鉛筆を走らせている。かつて一世を風靡(ふうび)した画家とは思えないほどたどたどしい手付きで、描いては休み、休んではまた描き始める。

スケッチブックは霞(かす)みがかってぼやけ、水琴には見えない。けれど、桜庭にとって愛着のあるものを描いているのだと容易に想像がついた。筆先に注がれる瞳は、壊れやすいものを慈しむように、愛おしげに細められていたから。

やがてスケッチブックが閉じられると、切り取られた風景は移り変わる。小さいが、手入れの行き届いた台所だ。

桜庭は踏み台を使い、シンク上の収納棚を開ける。そこには料理のレシピ本が何冊も並んでいた。一番分厚い本にスケッチブックを挟み込み、桜庭は詰めていた息を吐き出す。

『……いつか、あの子に……』

囁きはところどころかすれ、うまく聞き取れない。水琴が身を乗り出すと、丸い光は急速に縮み始め、桜庭の姿を塗り潰していく。

「…駄目…、まだ…」

「……水琴?」

独り言のはずの呟きに、応えが返される。

はっとして目をしばたたけば、視界いっぱいに広がっていた闇は霧散していった。代わりに映し出されるのは、心配そうに覗き込んでくる愛しい男の顔だ。

「泉里さん……？」

「ああ…、良かった。目が覚めたんだな…」

泉里は安堵の息を吐き、水琴にそっと覆いかぶさってくる。

逞しい背中に腕を回し、水琴はぼんやりと周囲を見回した。

見覚えの無い室内は広く、一流ホテルのように豪華な内装だが、かすかに消毒の匂いが漂っている。水琴は淡いグリーンのパジャマに着替えさせられ、清潔なシーツの敷かれたダブルベッドに横たえられていた。

「…ここ、は？」

「病院だ。君は貝原のマンションで倒れ、刑部くんと一緒に搬送されたんだよ」

「……！」

その名前で、ぼやけていた意識は一気に覚醒した。慧を助けてみせると宣言した自分。初めて見る桜庭の表情が、脳裏を駆け巡っていく。

「刑部さんは…、助かったんですか⁉」

「おい、水琴…」

「貝原さんは？　刑部さんは一体どうして、あんな目に…」

「落ち着きなさい。君は酷い熱を出して、丸一日眠っていたんだ。そんなに興奮しては、身体に障る」

「…えっ…？」

驚いて腕を引っ込めたとたん、くらりと目が回った。泉里が慌ててナースコールボタンを押すと、初老の医師が現れ、水琴を丁寧に診察してくれる。

「熱は下がりましたね。血液検査の結果も異常ありませんでしたし、極度の疲労による発熱だったのでしょう。あとはご自宅でゆっくり休養なされば大丈夫です」

「ありがとうございます、先生。…刑部くんは、どうなりましたでしょうか」

泉里の問いに、医師は痛ましそうな表情で首を振る。

「…医療関係者以外との面会は、しばらくは控えておくべきだと思います。先ほど蒲田西署の刑事さんがいらっしゃいましたが、私の判断でお帰り願いました」

「そうでしたか…。もし私たちに何かご協力出来そうなことがありましたら、おっしゃって下さい」

「そうさせて頂けるとありがたい。…では、私はこれで失礼します。どうぞお大事に」

医師が去ってしまうと、泉里は水琴のベッドをリクライニングさせ、上体を起こせるようにしてくれた。冷えたスポーツドリンクを取り出し、ストローを刺してから手渡してくれる。

「飲みなさい。聞きたいことは色々あるだろうが、話はそれを飲み終えてからだ」

「……はい」

相変わらず涼しげな目元には、わずかにくまが刻まれている。

相当心配させてしまったのだろう。水琴が素直に従っても、傍のソファに座った泉里は決して目を離さない。ここ最近ようやく収まりつつあった過保護が、より強力になって復活してしまったようだ。

「…刑部くんも、この病院に入院している」

本当はすぐにでも水琴を休ませたいのだろうが、ドリンクのボトルが空になると、泉里は律義に説明してくれた。

二日前——駆け付けた救急車によって、水琴と慧はこの病院に搬送された。もっと近くにも病院はあったのだが、泉里がこちらを指定したのだそうだ。泉里の義父と院長が古くからの友人で、何かと融通を利かせてくれるからである。さっきの医師が慧の容態を教えてくれたのも、そのおかげだろう。

診察の結果、慧は長時間拘束され、激しい暴力に晒(さら)され続けていたことが判明した。暴力と泉里は言葉を濁したが、身体を痛め付けるだけではなく、昭人とあの若い男に——もしかしたらもっと多くの男たちに——凌辱(りょうじょく)されていたのは明白だ。

その間、慧は食事も水分も与えられていなかったらしく、搬送された時には極度の脱水症状に陥っていた。解放されるのがあと少し遅かったら、命を落としていたかもしれなかったそうだ。

幸い、適切な治療のおかげで慧は危機を脱し、水琴より先に目を覚ましたという。

だが——。

「彼は医師や看護師の呼びかけに一切反応しないそうだ。ろくに食事も取らず、ただぼんやりと天井を見上げているだけだと」

「そんな…、せっかく助かったのに…」

水琴はぎゅっと空のボトルを握り締めた。そんな状態のまま退院しても、再び命を危うくするだけではないか。

それに慧が黙っていては、真実は全て闇の中だ。桜庭殺害の犯人と目されていた慧がどんな経緯で昭人に囚われたのか、桜庭を殺したのは誰なのか、何故昭人は慧にあんな仕打ちをしたのか——桜庭はどうして、慧を助けようとしたのか——。

「…貝原さんは？」

昭人が口を割れば、何かわかるかもしれない。水琴は淡い期待を抱くが、すぐに打ち砕かれた。

「刑部くんに対する傷害と監禁の容疑で逮捕されたが、桜庭さんの件に関しては何も証言していないそうだ。刑部くんをあんな目に遭わせたのも、プレイの一環だと…本人が望んだからだと言い張っている」

「な……っ！」

「もちろん、そんな理屈が通るわけがない。曙さんの被害届もあるし、傷害と監禁の罪は逃れられないだろう」

だが、桜庭殺害に関しては、未だ慧が第一容疑者なのだ。このままでは退院と同時に逮捕されかねない。

……助けてみせると、約束したのに。

「泉里さん。…お願いがあります」

「…何だ?」

身構える泉里に、水琴は二つの願い事をする。一つはスケッチブックと鉛筆を用意してもらうことで、これはすぐに叶えられた。だがもう一つの願い…桜庭のアパートに連れて行ってもらうことには、泉里も渋面を隠さない。

「何故そんなことをする必要がある? 桜庭さんの部屋は、すでに警察がくまなく調べた後だ。何か重要な手がかりが残っているとは思えない」

「…いえ、あります」

ついさっき、目覚める直前まで見ていた光景。あれはきっと、桜庭が自分に見せたのだ。慧を助けるために。…絶望に閉ざされたその口を、開かせるために。

どう説明すれば、泉里にも理解してもらえるのだろう。懸命に考えていると、泉里は溜息を吐きながら立ち上がる。

「君の着替えを取って来る。いくらなんでも、その格好では出歩かせられないからな」

「…泉里さん…！」

破顔する水琴に苦笑し、ただし、と泉里は釘を刺す。寝乱れた水琴の髪に指を埋め、端整な顔をずいと近付けて。

「全てに片が付いたら、今度は俺の願いを叶えてもらうぞ。……いいな」

黒い瞳の奥に、毎夜ベッドで水琴を乱れさせる時と同じ炎が揺らめいている。嫌な予感しかしないが、水琴は頷くしかなかった。慧たちに関わってからというもの、泉里に心配ばかりかけている自覚はある。

泉里は満足そうに微笑み、さっそくマンションから水琴の着替え一式を持ってきてくれた。水琴が着替えている間に退院の手続きを済ませ、車も回してくれる。

「あっ……」

いつものように助手席に乗り込んでから、水琴は己の失敗に気付いた。桜庭のアパートの場所がわからないのだ。蒲田にあることは刑事たちから聞いたが、正確な住所までは不明である。

青ざめる水琴の髪をくしゃりと撫で、泉里はカーナビに住所を入力した。蒲田ということは、もしかして…。

「君が眠っている間、義父に頼んで警察の情報を回してもらっておいたんだ」

「…泉里さん…、もしかして僕がこうするとわかってたんですか？」

「『助けてみせる』と、桜庭さんに言っていただろう。目覚めたらきっと、君は刑部くんのために動き出すと思っていた。俺には君のように桜庭さんの思いを読み取ることも、君の迷いを断ち切ってやることも出来ないが…せめて、刑部くんを助けようとする君を助けたい」

「……泉里、さん……」

熱いものがこみ上げ、水琴はたまらず泉里に抱き付いた。今しもエンジンを入れようとしていた泉里は、ぎょっとしてこちらを見る。

「み、水琴…っ…？」

「…貴方が…、貴方が僕の恋人になってくれて良かった。傍に居てくれて…、本当に、良かった…」

泉里にはきっとわからないだろう。水琴の見たものを信じてくれて、描けなくなっても変わらず支えてくれる恋人が、どれほど得難い存在なのか。

泉里に出逢うまで、水琴の味方は祖父だけだった。祖父の愛情を疑ったことは無い。けれど祖父にとって水琴は、高祖母から異能を受け継いでしまった哀れな子どもだった。水琴が絵を描くことを止めはしなかったが、本心ではきちんとした仕事に就いて欲しいと願っていたはずだ。どうあっても、水琴より祖父の方が先に逝ってしまうのだから。

……泉里さんだけだ。僕のこの力を、才能だって…宝物だって言ってくれたのは。

「君は…、……ああっ……」

泉里は両手を宙で何度も握っては開き、水琴をばっと抱き返してくれるが、すぐに身を離してしまった。もっと抱いていて欲しかったのに、と不満に思ったのが伝わったのだろう。年上の恋人は唇を歪めてエンジンを入れ、今度こそアクセルを踏み込む。

「…今、俺が運転中だったことに感謝してくれ」

「え…、…泉里さん？」

「さもなくば、君を……」

早口で吐き捨てられた言葉を聞き返そうとして、水琴は口をつぐんだ。カーナビが音声案内を始めたのだ。泉里が何を言いたかったのかは気になるけれど、運転の邪魔をしてはならない。

三十分ほど車を走らせ、水琴たちは桜庭のアパートに到着した。駅前からずいぶん離れたせいか、大きなビルや商業施設は無く、代わりに古い住宅が密集している。

少し歩けば商店街もあり、昔ながらの下町といった雰囲気だ。下校途中らしい女子中学生たちが、車から降りた水琴と泉里にはしゃいだ歓声を上げながら通り過ぎていく。

「ここが、桜庭さんの…」

水琴は二階建ての木造アパートをまじまじと見詰めた。この界隈でもひときわ古く、あちこち傷んだ建物は、大きな台風か地震でもあれば崩れ落ちてしまいそうだ。

とてもかつての人気画家の住まいとは思えない。刑事の話が確かなら、金に困っていたわけではないはずだが。

桜庭の部屋は一階の奥にあった。泉里が話を通しておいてくれたおかげで鍵も開いており、水琴たちは手を合わせてからそっと上がり込む。

入ってすぐ台所があり、その隣に六畳一間があるだけの小さな部屋だった。泉里によれば桜庭は台所に倒れているところを発見されたそうだから、おそらく犯人にここで襲われたのだろう。

夢で見た通り、ところどころ錆びたシンクの上に造り付けの収納棚があった。だが、桜庭が使っていた踏み台が無い。警察が現場検証の際に運び出してしまったのだろうか。

棚の中が見たいと言うと、泉里は水琴の背後に回り、高い高いの要領で抱き上げてくれた。おかげでどうにか手が届き、立て付けの悪い棚を開けば、そこには何冊ものレシピ本が並んでいる。

桜庭が手に取っていた一番分厚い本を見付け、水琴はそっと引き抜いた。床に下ろしてもらい、使い込まれたページを開くと、レシピ本より一回り小さなスケッチブックが現れる。

「あ、……あった！」

警察に押収されていたらどうしようかと危惧していたが、さすがにここは盲点だったようだ。

真新しいスケッチブックに、泉里は目を瞠る。

「水琴、これは…？」

「桜庭さんのものです。何を描いていたのかまでは、夢ではわからなかったんですが…」

病院で目覚めるまで見ていた夢についてざっと説明すると、泉里は腕を組み、画商の顔で唸った。

「桜庭さんが、再び筆を取ったというのか…？　だとすればこれは、桜庭さんの遺作ということになるが…」

きっと泉里の頭には、水琴と同じ疑問が渦巻いている。一度は己の業に負け、筆を折った桜庭が、死の前に何を描いたのか。…何が彼に、再び筆を持たせたのか。

全ての答えは、この中にある。

「……ああ……」

真新しいスケッチブックを開いた瞬間、水琴と泉里の唇から同時に溜息が漏れた。水琴は静かに仰向き、まぶたを閉じる。そうでもしなければ、溢れる涙でスケッチブックを濡らしてしまいそうだったから。

……だから、だったのか。

嗚咽する水琴の背中を、泉里がさすってくれる。

……桜庭さん。だから、貴方は……。

桜庭のアパートから引き上げ、病院に戻ってきたのは、夜の八時近くだった。面会時間は過ぎていたが、泉里が受付で名乗ると、わざわざ当直の医師が現れ、慧が入院する個室に案内してくれる。

医師によれば、水琴たちが桜庭のアパートに向かった後、再び刑事たちが訪れたという。やっと桜庭殺害の容疑者が発見されたので、何としてでも事情を聴取したいのだろう。場合によっては、そのまま連行されてしまう可能性もある。

今は主治医が面会を阻んでくれるが、いつまでも入院しているわけにもいかない。桜庭が殺されたあの日、何があったのか。慧自身に語ってもらわなければならないのだ。そしてそれは、桜庭の願いでもある。

慧は点滴の管に繋がれ、窓辺のベッドに横たわっていた。眠ってはいなかったようで、水琴たちが歩み寄ると億劫そうにこちらを向くが、それだけだ。大きなガーゼが貼られた顔には、水琴にずけずけと憎まれ口を叩いていた時の威勢の欠片も無い。

「――こんばんは、刑部さん。僕のこと、覚えてますか？」

「…………」

応えは無いが、代わりに長い睫毛に縁取られたまぶたがゆっくりまばたいた。声は届いているのだ。

泉里は無言で頷き、水琴の斜め後ろに控える。万が一慧が錯乱して暴れ出しても、取り押さえてくれるだろう。

「貴方を助けに来ました。…桜庭さんに頼まれて」

　桜庭の名を出せば、慧の心を揺さぶれるかもしれない。水琴の狙いは的中し、慧は落ちくぼんだ目をかっと見開く。

「…な、…っ、……」

　何か叫ぼうとした弾みで、慧は思い切り噎せてしまった。水琴が慌てて差し出そうとした吸い飲みを払いのけ、まなじりを吊り上げる。

「嘘を…、嘘を吐くな…！　オッサンが、あんたなんかと知り合いなわけがない…！　それにオッサンは…、もう…」

「刑部さん…」

「どうせあんたも、俺がオッサンを殺したって思ってんだろう。だから刑事にでも頼まれて、俺に自白させようとしてるんだろ」

「刑部さん、僕の話を…」

「俺をタダで助けようとする奴なんて、居るわけがない。……もうたくさんだ。俺は…、俺はもう、誰も信じない……！」

　慧はベッドの隅まで這い、サイドテーブルに置かれた時計を掴んだ。血走った目を、ぎらぎらと輝かせて。

「水琴！」

血相を変えた泉里が水琴を庇おうと飛び出した瞬間、真っ赤に染まった慧の顔が悔しげに歪んだ。まるで、親に見捨てられた子どものように。

……ように、じゃない。本当にそうなんだ。

「…僕を信じられなくても、桜庭さんなら信じられませんか？」

「…は…っ？　お前…、何言って…」

「僕は桜庭さんを知りません。会ったことも、話したことも無い。でも確かに、桜庭さんから頼まれたんです。貝原さんに囚われた貴方を、助けて欲しいと」

水琴は持っていたバッグからスケッチブックを取り出した。桜庭のものではない。泉里に頼み、用意してもらったものだ。

「…水琴…、君が無理をする必要は…」

こうすることは事前に打ち合わせておいたのに、泉里はこの期に及んで水琴を苦痛から遠ざけようとする。

水琴がつらいと一言訴えれば、慧がどうなろうと構わずマンションに連れ帰り、抱き締めて眠らせてくれるのだろう。どんな非難からも苦悩からも、守ってくれるのだろう。

そう無条件で信じられるからこそ、水琴は立っていられる。…目を背けていたかった闇と向き合える。

ゆっくりと首を振ってみせ、水琴はベッドの端に腰を下ろした。スケッチブックを広げ、挟んであった鉛筆を握る。

――もしも、桜庭のように愛しい人を喪ったら。

ずっと胸に潜んでいた不安が、むくりと鎌首をもたげる。水琴に嚙み付こうとしたその牙は、久しぶりに鉛筆を滑らせたとたん、ぼろぼろに崩れ去っていった。

…桜庭の思いを慧に伝える。今の水琴の心にあるのはそれだけだ。他の何も、入り込む余地は無い。

……ああ、これは確かに『業』だ。

何だか笑えてしまった。

泉里をあれほど心配させ、慧は心身共に痛め付けられた挙句冤罪に問われるかどうかの瀬戸際なのに、脳裏に浮かぶ姿を描き出していくたび、心が満たされていくのだから。桜庭が筆を折ったのは、妻子を失ったにもかかわらずこんな快感を得てしまい、自己嫌悪で押し潰されそうになったからかもしれない。

大切なものをもぎ取られていくのに満たされる。身の内で繰り返される破壊と再生。この感覚はきっと何かを創造する者しか味わえない。酒も女も賭博も…どんな快楽や贅沢でも、取って代わることは出来ない。

迷い無く動く水琴の手によって、あの日の桜庭が白い紙面に浮かび上がっていく。慧を助けてみせると水琴が約束した時に見せた、微笑みのような泣き顔のような、不思議な表情。

今ならわかる。あれは——。

「…オッ、…サン…？」

手負いの獣のように息を潜めていた慧が、シーツをかぶったままじりじりとにじり寄ってくる。真後ろから食い入るように手元を凝視されても、まるで気にはならなかった。むしろ見ていて欲しいと思う。

そうすれば、わかるはずだから。慧は決して独りではない。水琴に泉里が居てくれるように、死してもなお慧を守ろうとした人が居たのだと。

「…あの日、この人が僕の前に現れ、訴えた。助けて欲しいと」

「あ、…あ、あ…」

「だから僕は、貝原さんに囚われた貴方を見付け出せたんです」

やがて完成したスケッチを差し出すと、慧は震える手で受け取った。慧の手に移った桜庭が安らかに微笑んでいるように見えるのは、きっと水琴だけではない。

「ど…、して……？」

ひく、ひくとわななく喉から、渇いた声が軋(きし)み出た。

泣くのかと思ったが、涙は溢(あふ)れない。もはや身も心も渇ききってしまったのか…いや、泣き方を知らないのかもしれない。

「オッサン…、…はず、なのに…、…どうして、…ここに、居るんだ…？」

「…刑部さん…？」

「殺されたはずなのに…、…昭人が、殺したはずなのに…！」

「――っ！」

はっと息を呑んだのは泉里だ。ベッドの手すりを摑み、鋭く問いかける。

「それは本当か？　事実だとすれば、何故今まで黙っていた？」

「……俺の言うことなんて、誰も信じないじゃねぇか」

巻き付けたシーツの隙間から、慧は泉里を睨み付ける。親に捨てられた仔猫が毛を逆立て、必死に威嚇するかのように。

「ずっと、ずっとそうだった。何か悪いことがあれば俺のせいにされて、いいことをしたって誰かの手柄になる。…警察もそうだ。馬鹿正直に話しても、絶対信じちゃくれない…」

最後の砦とばかりにシーツを握り締める指は、小刻みにけいれんしていた。見れば、左腕に刺されていた点滴の針が抜け、ぶらぶらと揺れている。

看護師を呼ぶべきなのかもしれない。だが水琴はあえて沈黙した。…今を逃したら、真実を知るチャンスはきっと永遠に巡ってこない。そう思えてならなかったから。

そして予想通り、慧は決定的な言葉を放つ。

「だから…、だから俺はこの手でオッサンの仇を…、…昭人を、殺してやろうと…！」

――『殺してやる！』

慧はそう叫び、桜庭のアパートから逃走するところを隣人に目撃されてしまった。だから警察は慧を犯人だと判断し、行方を追っていたのだ。

だが慧が訪れた時、すでに桜庭が殺されていたのだとしたら？　その殺意が桜庭ではなく、桜庭を殺した者に向けられたものだったとしたら？

…状況は、ことごとくつがえる。

「…刑部さん。教えて下さい」

水琴は震え続ける慧の手にそっと触れた。

びくりと大きく跳ねたものの、慧は振り払わない。かすかな光が、濁った瞳の奥に揺らめいている。…桜庭が灯(とも)した、希望の光が。

「桜庭さんが殺されたあの日、何があったんですか？　…貴方と桜庭さんは、本当はどういう関係だったんですか？　刑事さんは桜庭さんが貴方の客だと言っていましたが、僕にはどうしてもそう思えないんです」

「……、…お前…」

「約束します。僕も泉里さんも、絶対に貴方を疑わないと」

そっと横を向けば、泉里も心得たように頷いた。慧は水琴と泉里を何度も見比べ…数分後、何かを吹っ切るようにシーツから抜け出し、ゆっくりと口を開く。

「……俺は……」

俺とあのオッサンがどういう関係だったのかって、そんなの俺にもわからない。最初は確かに客だったよ。…と言っても、一度もヤったことは無いけど。半年くらい前かな。SMプレイを断ったら客に殴られて、顔を腫らしたまま街をふらふらしてた。財布も盗られちまったから帰るに帰れなくて、次の客を適当に探してたんだ。

そしたら、桜庭のオッサンが声をかけてきた。手当てしてやるから家に来い、って。もちろん付いて行ったよ。そういうお誘いだって思ったからさ。

俺、この顔だろ？　何かやたらとそそるみたいで、ガキの頃からいやらしい目で見られてた。施設に預けられたのも、母親の男が俺に手を出そうとして、怒った母親に刺し殺されそうになったせいだ。

施設は最悪だった。職員は隠れて俺に悪戯する変態ばっかりだし……昭人と出逢っちまったから。あいつ昔からやばくて、気に入らないとすぐ暴力を振るうような奴だった。ヤクザの隠し子だって噂もあって、誰も逆らえないんだ。

俺はすぐあいつに目を付けられた。中学生になって少し経った頃、初めてヤられて…それからはほとんど毎日あいつの部屋に引きずり込まれてた。あいつの取り巻きたちに輪姦されるのも、珍しくなかったな。職員はもちろん見て見ぬふりだ。

十八歳になって施設を出て、どうにか就職も決まって…やっと解放されたと思ったのに、あいつは職場にも当然みたいなツラで現れて、物陰でヤられてるとこを先輩に見られた。黙っててほしければ自分にもヤらせろって言われて、断ったら暴力を振るったことにされて辞めさせられちまったんだ。

先輩は社長の親戚だったから、俺の言うことなんて信じてもらえなかった。施設出身の上、暴力沙汰で首にされた高卒なんて、どこでもお断りだろ。万が一雇ってもらえたとしたって、またあいつが現れ、全部台無しにされるに決まってる。でも、稼がなきゃ生きていけない。

結局、俺に出来るのなんて、男に股を開くことくらいだった。どうせさんざん昭人たちにヤられてるんだ。金をもらえるだけ、客の方がましだろ。

たまに酷いのと当たって殺されるかもと思ったこともあるけど…まあ、俺なんて殺されたってどうってことはない。

俺には何も無い。空っぽなんだから。

その点オッサンは暴力なんて振るいそうもなかったし、ひょろひょろだから、万が一襲われたって逃げ出せる。電車代と食費くらい稼げればいいやと思って付いてったんだけどさ、あのオッサン、本当に手当てしただけで俺を帰そうとしたんだよ。

なんかむかついたから無理やりフェラしてやろうとしたら、『君みたいに若い子がこんな真似をしてはいけない』とか真面目に説教かましてくるんだぜ？　電車代にしろって、万札まで寄越してさあ。

…俺、初めてだったんだ。タダで何かしてもらったのって。しかも今日会ったばっかりの奴に。俺が本気で誘えば、男に興味の無い奴だって簡単にその気になったのにさ。

わけがわかんねえだろ？　だから俺、それからオッサンの部屋に通い始めたんだ。

歓迎はされなかったけど、追い出されもしなかった。ゲームも酒も無いし、外の雑音が丸聞こえのぼろい部屋なのに、不思議と居心地が好くてさ。何より、昭人が絶対に来ないのは最高だった。

あいつ、俺より先に施設を出た後、盃をもらって本物のヤクザになりやがったんだ。だったら女もそっちで見繕えばいいのに、しょっちゅう俺のとこに来ちゃあ手酷く犯してくれた。女よりも具合がいいし、妊娠しないからって。

黙ってるのも退屈だったから、そのうちオッサンとちょっとずつ話すようになった。その日あったこととか、…施設のこととか、色々とさ。そしたらオッサンも、余り物だからって飯とか出してくれるようになって…俺が食うところ、何か嬉しそうに見てるんだもん。食わないわけにはいかないじゃん。

俺とオッサンの間にあったことなんて、そんなもの。何も面白くなんかないだろ？

でも俺は、なんかほっとしたんだ。オッサンは俺に何も求めないし、俺もオッサンに何かしてもらいたいとは思わない。そういう時間がずっと続いて欲しかったのに――。

オッサンのとこに通ってること、昭人に知られちまった。俺がしょっちゅう留守にするんで、怪しんで手先に見張らせてたんだ。あいつ、そういう勘はやたらと鋭いんだよな。オッサンのアパートを出たとこで捕まった時には、心臓が止まりそうだった。

でもあいつ、妙に機嫌がいいんだ。てっきりめちゃくちゃに痛め付けられると思ってたのにさ。

けど、安心するのは早かった。あいつは言ったんだ。オッサンが昔売れっ子の画家だったって。絵を描いて、何億も稼いでたんだって。ネットでオッサンを見たことがあったらしい。あいつ、金儲けのネタになりそうなことだけは絶対に忘れないんだ。

信じられなかった。それだけ金があるなら、あんなぼろアパートに住む必要なんて無いだろ。服も食事も質素だったし、金のかかったものなんて何一つ無かったんだ。

だけど昭人に見せられたネットの画像は、やつれてたけど確かにオッサンだった。…あいつ、言ったんだ。オッサンは大金を溜め込んでるはずだから、俺がうまいことねだれば引き出せる。さらに新しい絵を描かせられたら、いくらでも稼げるはずだって。

オッサンが俺の客だって、昭人は信じ込んでた。いくら違うって言っても、聞いちゃあくれない。

ネットじゃオッサンの絵の正確な価値がわからないからって、昭人は検索して出てきた曙画廊とかいう画廊に押しかけた。もちろん俺も付き合わされたよ。それからあんたんとこに回ったってわけ。

　でも結局何もわからなかったから、俺はほっとしたんだ。昭人の奴、最初の画廊のオーナーを殴っちまって、大っぴらには動けなくなっただろ。このまま何もわからなければ、さすがに諦めるんじゃないかと思ったんだ。

　だからあんたに街で偶然会った時も釘を刺した。昭人はオッサンの絵抜きでも、あんたに興味を持ったみたいだったし。

　…甘かったって、すぐに思い知らされたよ。

　あの日——オッサンが殺された日、昭人から電話がかかってきた。これからオッサンのとこに乗り込むって。とにかく絵を描かせちまえば、どっかに売りさばいて金になると考えたらしい。

　もし抵抗でもすれば、オッサンは昭人にぼこぼこにされちまう。俺は大急ぎでオッサンの部屋に行って……そしたらオッサンが血まみれで倒れてて、…な、…何度呼びかけても応えてくれなくて……。

　あいつがやったんだって、すぐにわかった。絶対に殺してやるつもりで、部屋を飛び出したんだ。

　だってオッサンは、いつだったか、身寄りは一人も居ないんだって言ってた。だったらオッサンの仇を取ってやれるのは、俺しか居ない。そのはずだろ。

あいつは隠れ家の一つ…赤羽（あかばね）のあのマンションに居た。…あっさり認めたよ。自分がオッサンを殺したんだって。それから何て言ったと思う？

――俺が悪いんだってさ。オッサンが殺されたのは、全部俺のせいなんだって。

…オッサン、俺に付き纏（まと）うのはやめろって昭人を逆に脅したんだ。探偵みたいなのを雇って、あいつのこれまでの悪事まで調べ上げてた。これを警察に突き出されたくなかったら俺から離れろって、…俺を自由にしてやれって…。

だから昭人はオッサンを殺して、探偵の報告書を持って逃げ出したんだ。…本当に、俺のせいだった。俺にさえ関わらなければ、オッサンは殺されずに済んだんだ。

昭人は俺を何度も殴った後、ダチや手下を呼んで輪姦（まわ）させた。そうやってずたぼろになった俺をどっかの山に連れてって、遺書を書かせてから首を吊らせるつもりだったらしい。

オッサンを殺した後、自棄（やけ）になって男とヤりまくって自殺したように見せかけるんだって、テツと話してたよ。とっさにハンカチ越しに摑んだから、凶器の灰皿には俺の指紋しか残ってないはずだって。

…あんたたちが来なかったら、本当にそうなってただろうな…。

「…なあ…、……どうして？」

長い時間をかけて語る間も、慧の眼差しはスケッチブックの中の桜庭に注がれていた。

「どうして…、俺なんかのために、あいつに逆らったりしたんだよ。そんなことすればどんな目に遭わされるか、調べたんならわかるだろ？」

「刑部さん……」

「俺なんかどうなったって…死んだって、良かったのに…」

かさかさに乾いた指先が、スケッチブックをたどる。桜庭がどうして、文字通り命懸けで慧を守ろうとしたのか。水琴にすらわかるのに、当の慧だけが気付いていないのが悲しい。

泉里は静かに告げた。

「——君を、息子のように思っていたからだろう」

「……え？」

きょとんとする慧は、幼い子どものようだった。誰からも愛されず、慈しまれず、身を守るすべも持たない悲しい子ども。

…桜庭にも、そう見えていたに違いない。

「桜庭さんはかつて、妻子を不慮の事故で亡くしている」

まるで売れなかった桜庭が、どうやって売れっ子画家となり、そして挫折したのか。泉里が淡々と説明するにつれ、慧の目は大きく見開かれていく。

「もしお子さんが生まれ、順調に育っていたら君と同じ十八歳だ。…最初はただの同情だったのかもしれない。だが、共に過ごすうちに、桜庭さんは君にお子さんを重ねていったのだろう」

——生まれてこられなかった。顔も知らない、我が子を。

だから桜庭は、今度こそ必死に守ろうとした。画家としての透徹した眼力で慧のわずかな変化を見逃さず、昭人について調べ、寄生虫のような男だとわかると引き離そうとしたのだ。

ひくり、と慧は喉を震わせた。

「あいつに殴られるって…、下手したら殺されるかもしれないって、わかってても？」

「我が子を守るためなら、絶対に敵わない相手にでも牙を剝く。我が身を盾にしてでも助ける。…親というのは、そういうものだ」

泉里の亡き母もそうだった。死してなおこの世に思いを留め、泉里に真実を伝え…結果的にはそれが泉里を死の闇から救うことに繋がった。

慧はその事実を知らない。だが、こめられた感情は確かに伝わった。

「…そういうこと、してくれるものなのか」

ひく、ひく、と慧は喉をわななかせる。

「親って…、…ちょっとでも口答えしたら気絶するまで暴力を振るったり、ろくに飯もくれずに男の家を泊まり歩いたり、するもんじゃ、なかったのか」

「…それは親じゃない。人の姿をした獣だ」

「そ、…、っか。…そう…、だったのか……」

ぶるりと大きく震え、慧はスケッチブックをかき抱いた。今にも砕け散ってしまいそうな身体を、どうにかこの世に留めようとするかのように。

「…馬鹿だよ…、オッサン…」

くしゃくしゃに歪んだ顔は、幼い子どものようだった。己の殻に閉じこもり、じっと耐えることしか知らない哀れな子ども。

「あんた、すごい画家だったんだろ？　空っぽの俺なんか助けたって…、何の意味も、無かったのに…っ…」

「……違います。貴方は空っぽなんかじゃありません」

そうだ。自信を持って断言出来る。

目を丸くする慧に、水琴はもう一冊——桜庭のアパートに隠されていたスケッチブックを広げてみせる。

水琴のものより一回り小さな紙面で、慧が微笑んでいた。

鉛筆のデッサンだ。タッチは粗く、完成にはほど遠い。技術だけを言えば全盛期の桜庭にはとうてい及ばず、悪夢（ナイトメア）シリーズの持つ禍々（まがまが）しい迫力は欠片も無い。

けれどこのデッサンには、全てがあった。愛情、慈悲、喜び、憂い……親が子に対して抱く何もかもが。妻子と同時に桜庭が失い、そして慧と出逢うことによって得た、全てのものが。

このデッサンを一目で桜庭廉太郎の作品だと見破れる者はほとんど居まい。だが、誰もが疑わないはずだ。これは親が子を描いたものだと。作者である親は、心から我が子を愛しているのだと。

誰もが——そう、慧さえも。

「…オッサンが、これを…？　こんなの描いてるとこなんて、見たこと無い…」

「きっと、刑部さんが帰った後、思い出しながら描いたんだと思います」

いつか、あの子に…と、夢の中の桜庭は言っていた。慧に見付からないようこっそりと、少しずつ描き続けたのだろう。

じくじくと膿んだままの傷口を舐めて癒すように。

いつか慧に贈るために。

「で…、でもオッサンは…、もう絵を描けなくなってたって…」

「…貴方が、描かせたんですよ」

ふと、間近に覚えのある気配を感じた。もはやこちら側には留まれなくなったはずの桜庭の思いが、今この瞬間だけここに在る。水琴の口を借り、慧に伝えようとしている。

死の瞬間まで胸に秘め続けた思いを。最期のはなむけとして。

「一度は絶望に押し潰されてしまった画家に、貴方は再び筆を持たせた。…描きたいと思わせた。空っぽの人間に、そんなことが出来るわけないじゃないですか」

――慧。君はただこの世をさまよっているだけだった私に、大切なものを思い出させてくれた。

「…っ、う、…あ、あ…」

――守らせてくれてありがとう。君のおかげで悪夢は去った。今度こそ胸を張って、妻と子のもとに逝ける。だから君は…。

「だから、…だから、空っぽだなんて、言わないで下さい…」

「あ、…ああ、あああああっ、あ――っ！」

慧の渇いた喉を振り絞り、ほとばしった叫びは産声だったのかもしれない。誰からも愛されず、なぶられ、いたぶられ続け、溜まりに溜まった黒い澱を吐き出し、生まれ変わるための。

「…知って…、た…」

ひたと桜庭のスケッチに据えられたままの双眸から、滂沱と涙が溢れ出る。

「俺…っ、知ってたよ、オッサン…。あんたが、残り物だって言って出す食事は、…俺のために、わざわざ作ってくれたものだったってこと…」

自分のために作ったものだと知れば、慧は素直に食べてくれないかもしれない。桜庭はそう思ったのだろう。台所の棚に隠されていたレシピ本は、慧に少しでも栄養バランスの良い食事を取らせてやるため、研究を重ねた結果に違いない。

出来立てほやほやの、温かい『残り物』。

「……オッサンの馬鹿野郎……っ！」

抱き締めていたスケッチブックを目の前にかざし、慧は力の限り叫んだ。響き渡った哭声に、看護師たちが泡を喰って駆け付けるが、泉里が大丈夫だと追い返してくれる。

「馬鹿野郎…、馬鹿野郎…っ…！　何で死んじまうんだよ…っ、死んだら…、もう何も、…言えないじゃねぇかよ…っ…」

…『ありがとう』も。『心配させてごめんなさい』も。ほんの数日前まで、いつでも伝えられるはずだったのに。

……きっと僕が思うより、生と死の間にある壁は低いんだ。

その気になればひょいと跳び越え、あちら側に渡ってしまえる。…だが、あちら側からこちら側に戻って来ることは出来ない。誰であろうと絶対に。

この世に遺るのは思いだけだ。

だがその思いが、生きる人間を突き動かす。

「馬鹿野郎…っ、…っく、…馬鹿、野郎ぉぉ…っ…」

とうとう顔を覆い、泣き崩れてしまった慧の手から、水琴のスケッチブックが滑り落ちた。水琴が描いた桜庭と、桜庭が描いた慧が白いシーツの上で並ぶ。

血の繋がりは無い。顔立ちも、少しも似ていない。

けれど並んで微笑む二人は、不思議と親子に見えた。


——自宅マンションに戻ってこられたのは、日付が変わった後だった。慧は三十分ほどで泣きやんだが、それから怒濤(どとう)の展開が待ち受けていたのだ。

『……警察を呼んでくれ。俺の知ってること、全部話す』

落ち着きを取り戻した慧が、そう言い出したのだ。ついさっきまで生きた屍(しかばね)のようだったのが嘘のように、生気の漲(みなぎ)った目で。

やがて川内(かわうち)と桑野(くわの)、二人の刑事が現れると、慧は真犯人が昭人であること、昭人と自分の因縁、そして桜庭との関係に至るまで残らず語った。水琴と泉里も主治医と共に立ち会ったが、こんなに冷静な話し方が出来るのかと驚いたものだ。

最初は慧が犯人だと決めてかかっていた刑事たちも、話が終わる頃にはすっかり懐疑的な態度を改め、勾留中の昭人に改めて事情を聞くため署へと引き上げていったのだ。

刑事たちが居なくなるや否や、慧はぐったりと眠り込んでしまった。医師によれば体力の限界を迎えただけだそうなので、目覚めた後、きちんと食事と休養を取れば回復するだろう。

今後は泉里の友人の弁護士が付いてくれることになったから、不当な取り扱いを受ける心配は無い。諸々の手続きを済ませてから帰宅したら、こんな時間になってしまったのだ。

「…貝原さんは、罪を認めるでしょうか」

残る心配事はそれだけだ。あんな状況で逮捕されたのに、慧の望んだプレイだったと言い張るような男である。慧が証言しても、明確な証拠が無いのをいいことに否認する可能性は高いのではないだろうか。

だが、その心配は無いと泉里は断言する。

「貝原は突発的に桜庭さんを殺害したんだ。凶器に指紋を残さないだけの知恵はあったようだが、素人が殺しの痕跡を全く残さず逃亡するのは不可能に等しい。警察が本腰を入れて捜査し直せば、新たな証拠が必ず見付かるはずだ。…それに…」

ちらりと泉里は水琴の背後に眼差しを投げる。何かあるのかと思って振り向くが、そこには今入ってきた玄関の扉があるだけだ。何でもない、と首を振り、泉里は水琴の腰を抱く。

「刑部くんのことは、弁護士に任せておけばいい。何か進展があればすぐ連絡をくれるはずだ。だから君は、自分の心配をしなさい」

「心配って…僕、もう何ともないですけど」

「何を言っているんだ。あんな真似をしておいて、疲れないわけがないだろう」

あんな真似とは、昭人の隠れ家に乗り込んだことだろうか。それともその後、目覚めてすぐ桜庭のアパートに向かったことか、慧に桜庭の思いを伝えたことか。

　思い当たるふしは色々あるが、確かめるのは無理そうだった。靴を脱いだとたんひょいと抱え上げられ、寝室に運ばれてしまったからだ。

　しかも問答無用でパジャマに着替えさせられ、ベッドに押し込まれてしまった。

「あ、…あの、泉里さん…？」

「少し待っていなさい」

　そう言い置いて出て行った泉里は、十五分ほどで戻ってきた。スーツから部屋着のニットとパンツに着替え、大きな椀の載った盆を持っている。

　椀の中身は卵粥だった。病院で目覚めてから何も食べていない水琴のため、買い置きのレトルトを温めてきてくれたらしい。それはありがたいのだが、どうしてベッドに上体を起こした状態で、泉里に食べさせてもらわなければならないのだろうか。

　それに――。

「泉里さん、…あの、僕、泉里さんにお話ししたいことがあって…」

「…明日では駄目なのか？」

「はい。…出来たら、今日のうちに」

　泉里は形の良い眉を顰める。過保護な恋人としては、食べさせたらすぐにでも休ませたいのだろうが…。

「……残さず、全部食べてからだ」

結局、溜息を吐きながらも水琴の気持ちを汲んでくれた。水琴はぱっと顔を輝かせ、温かい卵粥をありがたく頂く。

気付かぬうちに空腹だったようで、大ぶりの椀はすぐに空になった。片付けを済ませると、泉里はベッドに上がり、水琴の隣に座ってくれる。

「…まずは、お礼を言わせて下さい。これまでのこと…本当にありがとうございました」

「当然のことをしただけだ」

そっと下げた水琴の頭を、泉里は大きな掌で撫でてくれる。

優しい感触に、水琴はうっとりと目を細めた。…大丈夫。この人ならきっと、水琴の全てを…他人には眉を顰められてしまうだろう業までも、受け止めてくれる。

「…僕…、今までずっと、描きたいから描いてきました。僕だけに見える彼らは、現実に存在する何よりも魅力的だったから…」

鉛筆を握る水琴の頭にあるのは、純粋な興味と楽しみだけだった。水琴が描くたび悲鳴を上げる母親より、妻と息子の板挟みになっておろおろするだけの父親より、彼らの方がよほど慕わしかった。

…だから、悪夢と狂気に満ちた桜庭の絵とその悲劇を知り、ろくに描けなくなった。描くことが、楽しいことだけではなくなってしまったからだ。

「でも、刑部さんを助けて、桜庭さんが消えていったあの瞬間…生まれて初めて『描かなくちゃ』って思ったんです。桜庭さんが遺した思いを描けるのは、僕だけしか居ない。だったら僕が、刑部さんに伝えなければと」

「……」

泉里は口を閉ざしたままだが、気遣わしげなその眼差しは水琴を柔らかく包み込んでくれている。

水琴を見出し、光の当たる世界に連れ出してくれた人。死の淵に立たされても水琴を求めてくれた人。描けなくても寄り添い続けてくれた人。

――だからこそ伝えたい。こちら側に留まっていられるうちに、この思いを。

「泉里さん。…僕は、これからも描きます。きっと死ぬまで描き続けます」

創造する者なら誰もが持つ『業』。ゴヤは打ち勝ち、桜庭は負けた。自分はどうすればいいのかと、ずっとずっと悩んできた。

その答えは――。

「業が僕を呑み込もうとするのなら…逆に呑み込んでやります。恐怖や不安ごと。そしてその分、大きくなってみせます」

慧の目の前で描いた時、確信した。生きている限り、自分はこの業から逃げられないのだと。

ゴヤのように強くはなれない。…ならば大きくなるしかない。恐怖にも不安にも負けないくらい……支えてくれる泉里に恥じないくらい、大きく。

そう、腹を括った。

「……俺は、特別な力など持たない凡人だが」

しばしの間、眩しそうに水琴を見詰め、泉里はゆっくりと口を開いた。水琴の頭に置かれたままの手がうなじを滑り、背中に回される。

「断言するよ。君は世界じゅうの人々の心を打つ画家になる。きっと、遠くない将来に」

「…僕…、が？　そんな、すごい画家に？」

「ああ。そうなるよう、俺が君を支える。だから…」

力強い予言に胸を揺さぶられ、ぼうっとしていた水琴には聞き取れなかった。小さな、だが切実な泉里の告白が。

「…あ…、泉里さん…」

そっと引き寄せられた時には、黒い瞳に滲む不安の色も消えていた。だから水琴は泉里の肩に頭を乗せ、こてんともたれたのだ。蕩けるような微笑みを浮かべて。

「……ねえ、泉里さん」

安心したせいか、とろとろと眠気が襲ってきた。このまま泉里の温もりに包まれていたら、眠ってしまいそうだ。

でも、その前にこれだけは伝えておきたい。

「一緒に居て下さい。僕が画家になっても、…おじいちゃんになっても、ずっとずっと一緒に」

「…水琴、……」

「泉里さんが居てくれなければ、きっと僕は僕でいられなくなる。泉里さんは僕の全部で…一番大切な人だから…」

「…、…君は、…ああ、もう…っ…！」

苛々と吐き捨てるや、泉里は弛緩しきった水琴の身体をベッドに押し倒した。覆いかぶさり、見下ろしてくる黒い双眸には、欲情の炎がちらついている。

「——せっかく、このまま寝かせてやろうと思っていたのに」

「…え…、…泉里、…さん？」

ついさっきまで甲斐甲斐しく世話を焼いていた手が、着せてくれたばかりのパジャマのボタンを外していく。

熱く猛った股間をぐりっと押し付けられ、胸の突起を吸い上げられれば、さすがの水琴も理解出来た。泉里がこれから何をするつもりなのか。

「あ、……んっ…」

布越しに染み込んでくる熱に、眠気は溶かされていく。

代わりに溢れ出る思いのまま泉里の頭をぎゅっと抱き締めると、小さな肉粒を執拗にねぶっていた舌がぴたりと止まった。

「……嫌じゃないのか？」

どうしたんだろうと思っていたら、泉里が水琴の胸に顔を埋めたまま問いかけてきた。水琴はさらさらの黒髪の感触を指先で堪能しながら、きょとんと首を傾げる。

「嫌って、どうしてですか？　泉里さんに抱いてもらえるのに、嫌なんて思うわけないじゃないですか」

「っ…、…」

「……それに……」

こうして肌を重ね、互いの熱を分かち合えるのは、生きているからこそだ。あちら側に渡ってしまえば、眼差しを交わすことすら叶わなくなる。

だったらその時が訪れる前に、何度でも泉里に抱いてもらいたい。奥槻泉里という存在を、水琴に刻み込んで欲しい。

「…そう、だな…」

どこか猛々しかった泉里の気配が、ふっと和らいだ。つくづく、素肌の触れ合いはすごいと思う。言葉にしなくても、水琴の思いを愛しい人に伝えてくれるのだから。

泉里は息を吐き、水琴の左胸に耳を押し当てる。

「君とこうしている時、生きているんだと心から思えるよ。…もしも君に出逢えなかったらと想像するだけで、恐ろしくてたまらなくなる」

「…泉里さんも、怖くなることなんてあるんですか？」

「もちろんだ。俺はしょせん、凡人に過ぎないからな」

くっと嗤う泉里が、水琴には意外だった。

泉里はいつだって大人で、何があっても慌てず、昭人からも守ってくれた。画廊のオーナーとしても成功し、高い知性と眼力、同性ですら羨むほど端整な容姿まで持ちあわせている。そんな泉里が凡人なら、たいていの人間は凡人未満になってしまうではないか。

「泉里さんは、僕が知ってる誰よりも格好いいのに…」

「そう言ってもらえるのは嬉しいが…君は俺を買いかぶりすぎだ。俺は君と二人きりになれば、抱いて鳴かせることしか考えられなくなる男だぞ」

「…僕も、ですよ？」

水琴は泉里の手を取り、そっと己の股間に導いた。胸にしゃぶり付かれた時から、そこは熱を孕んでいる。

「僕も…、泉里さんにこうしてくっついてるだけで、泉里さんに抱いて欲しくてたまらなくなります…」

「…水琴…、…俺の水琴…」

熱くなるのも、欲しくてたまらなくなるのも、貴方だけじゃない。

いてくる。

——愛してる。

胸に満ちる思いを、互いの熱はまた伝えてくれたようだ。泉里は顔を上げ、ゆっくりと近付いてくる。

「…ん、…う……」

重ねられた唇から入り込む舌を、水琴は従順に受け容(い)れた。舌だけじゃない。パジャマのズボンを下着ごとずり下ろす器用な手も、性器に絡み付く指も、情欲も露(あら)わな眼差しも…泉里に与えられるものは全て、歓喜と共に受け止める。

溶け合う温もり。重なる鼓動。水琴も泉里も生きている——それだけのことが、こんなにも得がたく、愛おしく感じられるなんて。

「…あ…っ……」

さんざん水琴の口内を貪(むさぼ)り、名残惜しそうに離れた泉里が、膝立ちになってニットを脱ぎ捨てる。惜し気も無くさらけ出された逞(たくま)しい胸板に、コットンパンツを押し上げる充溢(じゅういつ)したものに、心臓はどくんと高鳴った。

「……可愛(かわい)い水琴」

眼差しを搦(から)めとるように、泉里は黒い瞳をゆったりと細めた。やっぱりこの男は凡人なんかじゃない。誰も彼もが、艶(つや)めいた微笑み一つで相手をめろめろにさせられるものか。

「せ…、…泉里さ、…ん…」

甘い眼差しに命じられるがまま腰を浮かせば、膝にわだかまっていたズボンを抜き取られた。はだけたパジャマを羽織っただけの姿で、水琴は再び覆いかぶさってくる泉里を抱き止める。

「ま、…待って…」

尻のあわいを長い指先に暴かれそうになり、慌てて背中を叩いた。どうした、と眼差しだけで問われ、水琴はもじもじしながらねだってみる。

「あの、…今日は、僕にやらせて欲しいんです」

「…君、に？」

よほど驚かせたのか、泉里は切れ長の双眸を大きく見開いた。かあああ、と頬が真っ赤に染まっていくのがわかる。

……いやらしい子だって、呆れられたらどうしよう。

不安で、恥ずかしくてたまらない。

でも……。

「してもらうばっかりじゃなくて…僕も、この手で泉里さんを感じたいんです」

「……」

「駄目、……ですか？」

何かを堪えるように震える泉里を、水琴は涙の滲む目で見上げる。泉里はごくりと喉を鳴らし、水琴の額に己のそれを軽くぶつけてきた。

「…駄目なわけがないだろう」

「え、……本当に？」

「ああ。君の好きにするといい」

泉里は身を起こし、片膝を立ててベッドに座った。面白そうな目が、どうすればいいと問いかけている。

「あ、あお向けになって下さい」

恐る恐る命じれば、泉里は素直に従ってくれた。いつもは自分を思うさま翻弄し、揺さぶる裸身が無防備に横たわる光景はどこか背徳的で、何だか背中がぞくぞくする。

「…泉里さん…、…好き…」

水琴はうっとりと呟き、泉里にのしかかった。自分でやりたいとは言ったが、水琴の知る愛撫も作法も、全て泉里に教えられたものだ。

だから水琴は、忠実になぞっていく。泉里に愛され、可愛がられた記憶を。

「泉里さん…、泉里さん、泉里さん……」

——好き。大好き。愛してる。僕だけの泉里さん。

泉里がそうしてくれるように、溢れる思いを口ずさみながら、なめらかな肌に手を這わせる。

筋肉の隆起する胸がぴくんぴくんと震えるのはいつもと逆で、全身の血が沸々と滾っていく。

「み…、こと…」

「泉里さん…、愛してる、泉里さん…」

水琴のそれより少し淡い色の突起に、そっと舌を這わせる。たちまち尖った粒を、水琴はちゅうちゅうと吸い上げた。

肌を重ねる時、泉里は好んで水琴のそこを執拗に愛撫する。指先で、舌先でこね回し、吸い上げ、水琴を喘がせる。水琴はそれだけで達してしまうほど感じてしまっても、泉里は何が楽しいのだろうかと、ずっと疑問だったけれど。

「…っ…、く、……」

秀麗な顔を快感に歪め、あえかな声を漏らす泉里を眺めるうちに理解してしまった。愛しい人が自分の手で乱れてくれるのは、自分が快楽を得るよりもずっといい。

「…は、…っ、あ、ん…、泉里さん……」

左右の突起を交互にしゃぶっていると、ろくに触れられていない水琴のそこまでぷっくりと尖ってきてしまった。泉里の胸に顔を埋めたままいじってみるが、じくじくと疼く肉粒は自分の手では治まってくれそうもない。

ならば——。

「あっ、あん…っ、泉里さん…、ああっ…」

水琴は羽織っていたパジャマのシャツを脱ぎ落とし、泉里と自分の胸をぴったりと重ね合わせた。水琴に舐め回されたそこは唾液で濡れそぼち、腰を揺らすたび、互いの突起がぬるぬると擦れ合う。

「…あ…っ、んっ、ああ、あっ、あ…」

……気持ちいい。気持ちいい…っ…!

自分の手でいじるのとは、比べ物にもならない。濡れた突起と突起が押し潰し、押し潰される感触に、水琴は酔い痴れる。いつの間にか張り詰めていた性器を、夢中で泉里のそこに擦り付けながら。

もちろん、泉里はこんなことなんてしなかった。でも、まだ穿いたままのパンツの布地がざらざらと擦れるのが、たとえようもないほど気持ち良いのだから仕方が無い。

「…、水琴…っ…」

されるがままだった泉里が、荒い息を吐き、水琴の肩を掴んだ。重なった股間から、どくんどくんと脈動が伝わってくる。

「泉里さん……?」

「…頼む。…頼むから、…もう…」

いっそう熱く、硬くなったそこを押し付けられれば、泉里の願いは明らかだ。いつもは水琴がいかせて欲しいとねだるのに、今日は泉里が水琴に懇願している。

高鳴る鼓動のまま、水琴は身を起こし、泉里のコットンパンツの前をくつろげた。下着をずらせば、予想通り…いや、ずっと大きく隆々とした肉刀が現れる。

「…お…、おっきい…」

毎夜のように肌を重ねていても、こうしてじっくり拝む機会などそうそう無い。こんな大きなものが、自分の中に入っていたなんて。

思わず呟きを漏らせば、臍（へそ）につくほど反り返っていたそれはますます怒張し、先走りを垂らした。こんな状態で閉じ込められていては、さぞつらかっただろう。

……僕が、慰めてあげたい。

普段の水琴ならありえない衝動に襲われたのは、かすかに潤んだ泉里の黒い瞳のせいだろうか。

起き上がった泉里の脚の間に跪（ひざまず）き、水琴はそそり勃（た）つ肉の刀身を両手で包んだ。びゅくん、と透明な雫（しずく）を溢れさせる先端に、唇を近付けていく。

「う、…っ…」

大きく、熟したそれを含むのは勇気が必要だったけれど、押し殺した呻（うめ）きが背中を押してくれた。いつもは水琴がされていることを、今夜は泉里にしてあげたい。

「ん、…んっ……」

限界まで口を開け、ずっしりと重たげな先端を迎え入れる。濃厚な雄の匂いに、尻のあわいに息づく蕾（つぼみ）がひくついた。

ああ……早く、これを。

「…ふ…、んぅっ、んっ、ん……」

舌を滑らせ、刻み込まれた愛撫を懸命にたどるが、泉里のように上手(うま)く出来ている自信は無かった。だって、血管が脈打つ刀身を頬張っているだけで、全身の疼きが止まらなくなってしまうのだから。

粘膜を擦れ合わせ、硬く弾力のある先端に喉奥を突かれるたび、快感の波に呑み込まれそうになる。全裸で跪き、健気(けなげ)に奉仕する自分の姿が男の目にどう映るのかなんて、考える余裕すら無い。

泉里に比べればずいぶんとささやかな性器は、いつの間にか張り詰め、泉里と同様透明な涙を流していた。左右の乳首もまだ物足りないと訴えるかのようにぽってりと腫れ、貪欲(どんよく)に愛撫を求めている。

ふと強い気配を感じ、顔を上げれば、欲情の炎を揺らめかせた泉里と目が合った。

「…あぁ、…あ…」

泰然とした昼間の姿からは想像も出来ない狂おしい眼差しが、無言で命じていた。同じところに来いと。…水琴も、泉里に全てを差し出せと。

泉里がおもむろに上体を倒す。

水琴はいったん肉刀を解放し、泉里の目の前に尻をさらす格好で跨(また)った。乱れたシーツに手を突き、唾液と先走りに濡れた刀身に再び喰らい付く。

「……あ…っ！」

　同時に尻たぶを割り開かれ、まだ慎ましく閉ざされている蕾に熱い吐息を吹きかけられた。

　それだけで砕けてしまいそうになる腰を、水琴は必死に支える。脈打つ刀身を、口内に咥(くわ)え込んで。

「う、んん…っ、ん……！」

　たっぷり唾液を纏わせた舌で、泉里は蕾を舐め解(ほぐ)していく。

　かすかな笑みの気配を感じ、水琴は頬を真っ赤に染める。…見られてしまった。早く泉里に貫かれたくて、一番奥に熱い飛沫(ひまつ)を浴びせて欲しくてうごめく、淫(みだ)らな蕾を。

「…ん…、う、…う、うぅ…」

　解れた入り口から長い指を差し込まれ、隘路(あいろ)を拡(ひろ)げられるたびに尻を揺らしてしまうのでは、肉刀を頬張っているだけで精いっぱいだ。わななく喉を、硬い先端が容赦無く突き上げる。まるで尻のあわいに泉里を銜(くわ)え込まされ、揺さぶられる時のように。

　……もっと……。

　もっと奥で、泉里と繋がりたい。身も心もどろどろに溶け、一つになりたい。…生きているのだと、確かめ合いたい。

　そう切望したのは、水琴だけではなかったのだろう。泉里は水琴の中に埋めていた指を引き抜き、尻たぶを撫で上げながら口付けを落とす。

「あ…ぁ、泉里さん……」

今にもくずおれてしまいそうな身体を引きずり、水琴は半ば倒れ込むようにしてベッドに横たわった。投げ出された白い脚は、すぐさま力強い手に開かされる。

見下ろしてくる黒い瞳に、背筋がぞくぞくした。泉里は水琴が狭間の世界から救ってくれたと言うが、きっと救われたのは水琴も同じだ。

高祖母から受け継いだ異能ごと水琴を受け容れ、守ってくれる唯一の人。

――水琴をこちら側の世界に引き留めてくれる、ただ一つの楔。

「…早く来て…、僕の中に…」

「っ、……水琴……！」

ぎりりと歯の軋む音は、わずかに残されていた理性が崩壊する音でもあったのだろうか。

「……あ、ああ、あぁぁー……！」

圧倒的な質量を求めてうごめく蕾に、猛り狂う肉の楔が打ち込まれた。一息に根元まで埋められたそれは、歓喜にざわめく媚肉の抱擁を振り切り、奥の奥にたどり着く。

「あ…、…あ、泉里さん…、泉里さんが…」

「ああ。…ここに居る」

わななく白い腹を無意識にまさぐれば、泉里の手がそっと重ねられた。ゆさ、と揺すり上げられ、腹の中に収まった泉里の脈動と水琴の鼓動までもが重なり合う。

「ずっと、君の傍に居る。…俺の全ては、君のものだ」

「…泉里さん…、…僕も、…僕も全部、貴方だけのものです」

こちら側とあちら側に分かたれるまで——否、分かたれてもきっと、この人とは離れられない。…離れたくない。

胸を満たす思いが、濡れた瞳から溢れ出てしまったのだろう。泉里は触れるだけの口付けを落とし、水琴の両脚を担ぎ上げる。

「水琴…、愛している……」

「あ、…あぁっ、泉里さん……！」

緩やかだった突き上げは瞬く間に激しくなり、水琴は泉里の首筋に縋った。

解されたとはいえ、水琴の小さな蕾に泉里のそれは大きすぎ、忙しない抜き差しのたびにぎちぎちと軋む。身体を二つに引き裂かれてしまいそうだ。

けれどかすかな痛みさえ、水琴を頭の芯から蕩かす快楽に変わる。痛みも熱も、腹の中をかき混ぜられる感覚も…全て、生きているからこそ味わえるものだから。

「……あ、あ、……あぁ……！」

内側から食い破られそうなほど充溢した肉刀が、最奥で大量の精液をぶちまける。

自分でも触れられない場所をしとどに濡らされ、水琴はうっとりとまぶたを閉ざした。果てでもなお衰えず、物欲しそうにしゃくり上げる肉杭も、のしかかってくる泉里の重みも、何もかもが愛おしい。きっと泉里も、同じ思いを分かち合ってくれているはずだ。

――そうやって互いに無言のまま抱き合い、どれくらい経った頃だろうか。

「…だ、…め」

ゆっくりと身を離そうとした泉里を、水琴はしがみついて止めた。身動きを取るたび、たっぷり出された精液がたぷりと揺れる。

「水、琴……?」

「離れちゃ、…駄目。放さないで」

……今夜はずっと、ずっと繋がったまま、泉里さんを感じていたい。身体の中まで、泉里さんで満たされたい。

「……っ、……」

耳元でねだると、泉里は息を呑み、忌々しげに何かを呟いた。早口だったので聞こえなかったが、機嫌を損ねたのではなかったらしい。水琴の腰を抱き、抜けかけていた肉杭を再び奥まで嵌め込んでくれる。

「……可愛い水琴。何があっても俺を忘れられないようにしてあげよう」

蜜がしたたるように甘く、泉里は微笑む。

…水琴は知らなかった。この後、本当に朝までほとんど休み無く犯され続けることも…桜庭のアパートに出発する前、交わした約束を盾に、一週間以上もの間マンションから出してもらえないことも。

——全てに片が付いたら、今度は俺の願いを叶えてもらうぞ。……いいな。

うかつに泉里に言質を与えてはいけない。ひょっとしたらそれこそが、今回の一件で水琴が得た最大の教訓かもしれなかった。

慧が呼び出された刑事たちに真実を告白してから、半月後。

泉里は慧の入院先の病院を訪れていた。晴れて今日退院することになった慧を、出迎えるためだ。当然、水琴も一緒である。

『…それが、人が変わったみたいにぺらぺらと喋り始めたっていうんだよ。刑事たちも気味悪がるくらいで…』

慧を任せた友人の弁護士から電話があったのは、一昨日のことだった。昭人が桜庭殺害を認め、逮捕されたと報告してくれたのだ。

——慧から事情聴取した後、刑事たちは署に戻り、昭人を桜庭殺害の容疑で再び尋問した。どうせ言を左右にし、言い逃れようとするに決まっている。そんな刑事たちの予想は見事に裏切られた。取調室に引き出されるや、慧の証言を聞かせるまでもなく、昭人は『俺が殺した』と自白したのだ。

　小さな物音にもいちいち怯え、おどおどと辺りを窺い、取り調べを終えて留置所に戻されても、眠るのを異様に恐れて布団に入ろうともしなかったらしい。時折、睡魔に負けてはうたた寝し、悲鳴を上げながら目覚めては眠り込み…を今も繰り返しているそうだ。

　さすがに罪の意識に苛まれたのだろうか、と弁護士は善意的に解釈していたが、泉里にはあの昭人がそんな柔な玉だとは思えない。

　だが、どんな事情があったにせよ、昭人の自白によって慧の容疑は完全に晴れた。水琴の前で号泣してからこちら、慧はめきめきと回復してゆき、今日めでたく退院の運びとなったわけだ。

「……あ、刑部さん！」

　ロビーで待つこと十分近く。病室を引き払った慧が、小さなスポーツバッグを片手に現れた。やつれ果てていた身体は健康的な肉付きを取り戻し、駆け寄る水琴に向けられた表情もずいぶんと柔らかい。

「あの、……色々と、ありがとうございました」

　水琴をゆっくりと追いかけた泉里に、慧は深々と頭を下げた。

「弁護費用とか、入院費とか…色々、骨を折ってくれたって弁護士さんから聞きました。それに、働き口まで…」

「礼には及ばない。俺はほんの少し、手助けをしただけだ」

そう、泉里は友人の弁護士に慧が町工場を辞めさせられた経緯を話しただけだ。

すると友人は、雇用主が慧の給与から何割かを指導費や借りてもいない社宅費などといった不透明な名目で天引きしていたこと、その分は慧を襲った先輩社員に流れていたことを即座に調べ上げたのである。

先輩社員が慧を襲ったことの証明は今となっては困難だが、法律で定められた以外の理由での天引きは明らかに違法である。訴えられれば、弁解の余地も無い。

青ざめた雇用主は、今まで天引きしてきた分に加え、相当額の慰謝料を支払うから和解して欲しいと泣き付いてきたそうだ。無視することも出来たが、慧はもう関わり合いになりたくないとのことだったので、和解に応じたのである。

おかげで慧のもとには、まとまった額の金が入ったのだ。弁護報酬や入院費、それに滞納中の家賃を支払っても、しばらく生活に困ることは無いだろう。そして落ち着いたら、ひとまずは泉里が口を利き、都内の喫茶店でアルバイトをすることになっている。

「…でも…、俺、大人にここまでしてもらったの、初めてだったから。だから…」

ありがとうございます、と再び頭を下げる慧を、水琴が心配そうに見詰めていた。さんざん嫌味をぶつけられても、怒りは微塵（みじん）も無いようだ。何とも水琴らしい。

「それと、あんたにも……ごめん」

「え…、…ど、どうしたんですか？」

泉里の次は自分にまで頭を下げられ、水琴はきょとんとする。

……全く、これだから目が離せないんだ。

あれだけのことをしておきながら、全く自覚が無いらしい。泉里を一瞥した慧の目が、どこか同情的なのは気のせいではないだろう。

「あんた…、本当に画家の卵だったんだな。それもただの卵じゃなくて、金の卵だ。…俺、絵を見て泣いたのなんて、生まれて初めてだったよ」

「刑部さん…」

「…これ…、返す」

スポーツバッグから取り出されたのは、水琴が桜庭を描いたあのスケッチブックだった。慧が抱き締めて離さないので、置いたまま帰って来たのだ。

水琴は柔らかく微笑み、首を振った。

「要りません。それは刑部さんのために描いたものですから、刑部さんのものです」

「で…、でも…」

「刑部さんが持っていてくれる方が、桜庭さんも喜びます」

逡巡していた慧が目を見開き、おずおずと尋ねる。

「…そう…、思うか…？」

「はい。きっと」

「そうか。……そうかぁ……」

安堵の息を吐き、慧はスケッチブックを愛おしそうに抱き締める。退院したら返さなければならないとわかっていても、本当は返したくなかったのだろう。

「…実はさ、俺、ずっと枕元にこの絵を置いてたんだけど。そうしたら、何か変な夢を見てさ…」

「…変な夢、ですか？」

「ああ。…俺、昔から嫌な夢ばっかり見てたんだけど、あの夢は何か違ってて…」

小さい頃別れたきり会っていない母親や、母親が連れ込んだ男や昭人などが次々と登場し、痛め付けられる夢に慧はしょっちゅううなされていたそうだ。だが、水琴のスケッチを枕元に置いて眠った夜、いつものように夢に現れた昭人たちは、どこからか駆けてきた青毛の馬に蹴散らされてしまったという。

「気が付いたら俺は澄んだ泉の中に立ってて…馬も、どっかに行っちまってた。それだけなのに、どういうわけか気になるんだ…」

澄んだ泉。…青毛の馬。かつて狂気に陥った桜庭が描いた、青い悪夢。

はっと振り向いた水琴に、泉里は頷いてみせた。水琴もまた、泉里と同じことを考えたのだろう。

……悪夢を、連れて行ってやったのか。

そして慧のもとを去った悪夢は、それを受けるに相応しい者…昭人のもとへ届けられたに違いない。

昭人が桜庭殺害を自白したのは、おそらく濃縮された悪夢から逃れたい一心だったのだ。だが当分の間は…少なくともこれまで犯した罪を償うまで、悪夢は昭人にまとわり付いて離れないだろう。

刑期を終えて自由の身になった後は、慧を逆恨みする余裕すらなくなっているはずだ。そんな昭人が、今まで踏みにじってきた人々からどんな扱いを受けるか…そこまでは、泉里たちの考えてやることではない。

「…それ、きっといい夢ですよ」

そう、慧にとって大切なのはそれだけだ。水琴につられ、慧も不安そうな表情を緩める。

「あんたが言うなら、そうなんだろうな」

笑う慧は、すさんだ空気が失せたせいか、十八歳という年齢より少し幼く見える。

慧の新しいアルバイト先は、古くからの住宅街にある、老夫妻が切り盛りする小さな店だ。常連客は夫妻と同年代の、気のいい老人ばかり。今の慧なら、きっと孫のように可愛がってもらえるだろう。

「…桜庭さんのスケッチのことだが、君はどうしたい？」

和んだ空気を壊す無粋を承知で、泉里は切り出した。

桜庭は多額の預貯金を遺したが、亡き妻子以外に係累が居ないと判明したため、遺産は全て国庫に帰属することが決まった。これは法律の定めなので、誰にもくつがえしようは無い。

だが、桜庭の遺産はもう一つここにある。絶望から筆を折り、消えたはずの桜庭廉太郎が最期に描いたスケッチ——扱いようによっては、数千万円の貯金などはした金にもなりうる遺産が。

「弁護士から説明は受けただろうが、そのスケッチには非常に高い価値がある。もしも君が売却を望むなら、私が…」

「——売れません」

みなまで言わせず、慧は断言した。売れば死ぬまで働かずに暮らせると、わかっているはずなのに。

「どれだけ高値をつけられても、誰にも売れません。…さんざん世話になっておいて、申し訳無いと思いますが…」

「いや、念のために聞いただけだ。君が望まないのなら構わない」

あのいけすかない『ギャラリー・ライアー』の槇怜一（まきれいいち）あたりが居合わせたら、どうしてそこで退（ひ）くのかと舌打ちしただろう。泉里とて、桜庭の遺作を世に出す方が画商として正しいことくらいは承知している。

「良かった。…本当に、良かった…」

だが愛しい恋人が慧と笑い合う光景を見れば、俗な欲望など霧散してしまうのだから仕方無い。

やがて受付に呼ばれた慧が入院費の精算を済ませると、三人はロビーを出た。十月も半ばを過ぎ、空気は慧と昭人が『エレウシス』に押しかけた時よりもだいぶ冷たくなっている。

「あー…、生き返る……」

慧は思い切り上体を伸ばし、息を吸い込んだ。ずっと病室に閉じこもっていたのだ。久しぶりの外の空気は、さぞ美味(うま)いだろう。

これから泉里は、水琴と共に慧を車でアパートに送り届ける予定だ。弁護士にも頼めたし、今の慧なら一人でも帰宅くらい出来るだろうが、水琴がどうしても出迎えたいと言うのでやって来た。

正直、気は進まなかった。だが完全に立ち直った慧と、純粋に喜ぶ水琴を眺めていると、これで良かったのだと思う。…思うことが出来る。

……本当は、俺は……。

溜息を呑み込み、地下駐車場へ向かおうとした時、ジャケットの裾を後ろから引っ張られた。慧だ。水琴はロータリー前のベンチに座り、泉里を待っている。

「…どうしたんだ？」

「あの、俺、これだけは言っておきたくて…」

慧は息を整えると、まっすぐに泉里を見上げた。凛としたその目に、半月前の狂気は欠片も無い。

「俺、…いつか、人のために何か出来る仕事をしたいと思ってます。何でもいいから、誰かを助けられる仕事をしたいって」

「君は…」

「…もしも、あいつに何かあって…俺が助けられることがあれば、教えて下さい。どんな時でも駆け付けますから」

泉里の返事を待たず、慧は水琴のもとに戻っていった。

水琴の能力について、慧から尋ねられたことは無いが、あんな場面に遭遇したのだ。水琴がこの世ならざる力の主であることは、一番間近に居た慧なら確信せずにはいられなかっただろう。

きっとその上で、慧は沈黙を保ったのだ。面と向かって問えば、水琴は能力について説明せざるを得なくなる。それは水琴の負担になるだけだと、わかってしまったから。

ずいぶんと思い遣り深くなったものだ。いや、元々そういう人間だったのを、水琴が取り戻させたのか。

――桜庭の姿を描きながら、水琴が微笑んだ瞬間を、今でもまざまざと思い出せる。きっと忘れられる日は来ないだろう。

目を奪われるほど妖艶で、それでいて神々しい微笑みだった。あの瞬間、水琴はそれまで押し潰されそうだった不安を呑み込んだ…いや、屈服させたのだ。

そしてあの日以来、今度は泉里が不安に苛まれるようになった。

……死者の思いを写し取るたび、水琴の能力は確実に強くなっている。

おそらく水琴本人は気付いていまい。だが泉里にはわかる。日に日に輝きを増すばかりの恋人を、一番傍で見詰め続けているのだから。

——ああ。そうなるよう、俺が君を支える。だから…。

あの夜。

——だから、俺を置いて行かないでくれ。

そうみっともなく縋りそうになったのを、どうにか堪えた。力を増すたび、こちら側の世界から遠ざかっていくように感じるなんて、本人に告げたら本当にそうなってしまいそうだったから。

今もそう。水琴をあちら側に行かせたくないと…それくらいならいっそ画家になどさせず、ずっと腕の中に囲っておきたいと切望する自分が居る。水琴の才能を見出したのは泉里なのに。

……その才能に最も魅せられているのも、泉里なのに。

…それでも、水琴の力になりたい。高祖母から受け継いだ異能の一番の理解者でありたいという気持ちは、紛れも無く本心なのだ。

慧と二人、楽しそうにお喋りをする水琴に背を向け、泉里は空を見上げる。

あの日と同じうろこ雲の浮かぶ青い空を、軽やかに駆け上がっていく青毛の馬が見えた気がした。

足音

車窓を覆い尽くさんばかりに茂る木々が、唐突に途切れた。開けた視界に瀟洒な洋館が飛び込んできて、水琴は思わず歓声を上げる。

「綺麗な洋館…！　泉里さん、あれが『リアンノン』ですか？」

「ああ、そうだ。すぐに着くから、降りる準備をしておきなさい」

助手席の恋人に愛おしそうな眼差しを送り、泉里はシフトレバーをセカンドからドライブに入れ替えた。背の高い木々が植えられた前庭は降ったばかりの新雪に覆われているが、石畳で舗装された洋館へのアプローチはしっかり除雪されてある。

「わあ……」

近付いてくる白亜の洋館に、水琴はうっとりと見惚れた。

剝き出しの筋交いが芸術的な模様を描くチューダー様式の邸は、パンフレットによればわざわざ本場のイギリスから有名建築家を招いて建てさせたという。クリスマスを五日後に控え、雪の結晶や星々のオーナメントでライトアップされた姿は、さながら純白のドレスを纏った姫君のようだ。ホテルというよりは、貴族の邸といった方がしっくりくる優雅かつ堂々たる佇まいである。

……こんな豪華なホテルに、泉里さんと泊まれるなんて……。

東京に移り住んでから、創作に役立ちそうな場所や高級なレストランのたぐいにはあちこち連れて行ってもらったけれど、泊まりがけの旅行はこれが初めてだ。しかも、恋人同士になって初めてのクリスマスである。

……ううん、駄目だ。

いやが上にも高まりそうになる期待を、水琴は拳をぐっと握り締めながら抑え込んだ。しっかりしなくてはならない。こんな山奥のホテルまで、東京から三時間近くかけて遊びに来たわけではないのだから。

「いらっしゃいませ。『リアンノン』へようこそおいで下さいました。失礼ですが、招待状をご提示頂けますでしょうか」

泉里がうっすら雪の積もった煉瓦造りの門の前で車を停め、サイドウィンドウを下げると、ロングコートを着込んだ従業員がすかさず駆け寄ってきた。奥槻泉里様、と宛名が記された招待状を差し出されるや、従業員は深々と腰を折る。

「これはこれは、奥槻様。遠路はるばる足をお運び頂き、お礼を申し上げます。よろしければ、お車を駐車場までお運びいたしましょうか」

「ああ、頼む。トランクの荷物は、後で部屋に持って来てくれ」

「かしこまりました。どうぞごゆっくりご滞在をお楽しみ下さいませ」

恭しく請け負った従業員に車を任せ、泉里と水琴は石畳のアプローチに進んだ。周囲で笑いさざめきながらエントランスへ向かうのは、水琴たち同様プレオープンに招かれた招待客たちだろう。いずれもきらびやかに着飾り、富裕層の客であることが一目でわかる。

「水琴、これを」

歩き出そうとした水琴の首筋に、泉里はふわりと純白のマフラーを巻いてくれた。きょとんとしているうちに両手に手袋を嵌められ、フェイクファーの白いイヤーマフまで装着させられる。旅行用にとプレゼントされたコートもブーツもニットのセットアップも白だから、あっという間に全身真っ白にされてしまった。

「泉里さん…、ここまでしなくても大丈夫ですよ。玄関はすぐそこですし」

「駄目だ。こっちは東京より十度は低いんだから、少しの間でも防寒しなければ風邪を引いてしまうだろう」

そう言う泉里はいつもよりややカジュアルなジャケットとパンツに、黒のチェスターコートを羽織っているだけだ。全く説得力は無いのだが、水琴は大人しく従うことにした。雪山の空気が身を切るように冷たいのは確かだし、心配してもらえるのは素直に嬉しい。

「いい子だ。…さあ、行こうか」

「はい、泉里さん」

泉里は満足そうに微笑み、するりと腰に手を回してくる。ごく自然に身を任せた水琴は気付かなかった。水琴に見惚れてふらふらと近寄ってきていた中年の招待客が、泉里の肩越しに鋭い一瞥を投げ付けられ、凍り付いていたことに——雪の妖精のような少年が泉里の庇護下にあるのだと、周囲に認知されたことにも。

クリスマスツリーの飾られたエントランスまではほんの三十メートルほどだが、あちこちに配置された橙色のガーデンライトが手入れの行き届いた庭園を幻想的に浮かび上がらせ、目を楽しませてくれる。

輝く星々のようなリングライトをちりばめられた樅の木の下にはテント付きのティーワゴンが置かれ、従業員が温かい飲み物を配っていた。今まで祖父と二人きりで静かに過ごしてきたから、こんなに華やいだクリスマスは初めてだ。しかも泉里と一緒とあっては、どうしても気が緩みそうになってしまう。

表情を引き締めようとする水琴に、泉里は苦笑した。

「…あまり肩に力を入れすぎるな。今からそんな調子では、最後までもたないぞ」

「泉里さん…、でも、僕のせいで……」

「君のせいではないし、君に降りかかる火の粉を払うのは俺の役目だ。君はただ、楽しんでいてくれればいい。せっかくこんなところまで来たんだからな」

泉里は従業員を呼びとめると、手にしたバスケットから可愛らしくラッピングされた小さな包みを受け取った。星模様のセロファンを手早く剥がし、出て来たのはクリスマスツリーのオーナメントをかたどった赤く丸いチョコレートだ。口元に差し出され、水琴はひな鳥のように口を開ける。

「……美味しい！」

つるりとしたチョコレートの中は何層にも分かれ、イチゴのジュレやレモン風味のクリーム、ビスクなどがたっぷりと詰まっていた。思わず笑顔になってしまう水琴の少しだけ汚れた唇を、泉里は長い指先でなぞる。

「…それに俺も、あの件のためだけに来たわけではないからな」

「……っ…」

指先を舐め上げながらちらりと流される眼差しの艶めかしさに、腰が甘く疼いた。平日でも二日と空けずに抱かれているけれど、ギャラリーを遠く離れて二人きりになってしまったら、きっといつもよりも…。

「奥槻様、胡桃沢様、いらっしゃいませ」

頬を真っ赤にしたまま楕円形の扉をくぐると、仕立ての良いスーツにグリーンのポケットチーフを挿した青年が出迎えてくれた。穏やかに微笑む顔はまだ若く、泉里とさほど変わらないだろうにどこか影が薄く、生気に欠けて見える。

「私は当ホテルの支配人、加佐見影志と申します。記念すべきプレオープンにお迎え出来て光栄です」

「加佐見……というと、崇会長の？」

泉里の問いに、影志は恭しく頭を下げた。

「はい、息子でございます。入院中の身ゆえご挨拶には上がれませんが、お義父上の藤咲様にくれぐれもよろしくお伝え願いたいと、父が申しておりました」

影志の父、加佐見崇は貧しい母子家庭の出ながら、日本でも有数のホテルグループ・カザミリゾートを作り上げた成功者である。泉里の義父であり、旧財閥の当主でもある藤咲博雅とも親交を結んでいたおかげで、今回のプレオープンの招待状を手に入れられたのだ。

法的な親子にこそなっていないものの、博雅が実子より泉里に目をかけているのは周知の事実である。わざわざ支配人自ら出迎えたのは、泉里がカザミグループにとっても特別な客である証拠だろう。

「ご丁寧にありがとうございます。私の義父も、近いうちにお見舞いに伺いたいと申しておりました」

「ありがたいお言葉、痛み入ります。父も喜ぶことでしょう。…さて、お二人のお部屋は二階に用意させて頂きましたが、ご案内は…」

「――必要ありませんよ。私が案内しますから」

重厚な飴色の階段を下りてきた男が、悠然と割り込んだ。すでに荷解きも済ませてくつろいでいたのか、ハイネックのセーターに細身のパンツという砕けた格好だが、芸能人よりも華やかな容姿はロビーじゅうの人目を惹き付ける。

「槇(まき)さん……」

「お久しぶりです、水琴さん。……それと、奥槻さんも」

思い出したように付け足し、『ギャラリー・ライアー』のオーナー、槇怜一(れいいち)は唇をほころばせる。

誰もが魅了される麗しい微笑みに、同業者である泉里だけが忌々しそうに眉を顰(ひそ)めた。

――あの『妖精画家』、とうとう姿を現す。その正体は、何と絶世の美女⁉

そんな見出しの躍るインターネット記事を泉里から見せられたのは、ほんの一週間ほど前だった。桜庭廉太郎(さくらばれんたろう)の事件も落ち着き、アルバイト先で良くしてもらっていると刑部慧(おさかべけい)から連絡をもらい、ほっとしていた頃だ。

記事には浴衣姿の少女や今にも飛び立ちそうな鶴、母親に手を引かれた男の子などのスケッチが掲載されていた。いずれもタッチは水琴に――かつて無断でSNSにアップされた水琴のスケッチにそっくりだ。水琴本人を知らなければ、水琴自身が描いたものだとほとんどの人間が信じてしまうだろう。

「…ち、違います。僕、こんな絵は描いてませんし、泉里さん以外の人に絵を渡したりしてません」

リビングのソファに並んで座り、さあぁっと血の気が引いていくのを感じながら訴えれば、泉里は力強く頷いてくれた。

「もちろん、わかっている。これは君の描いた絵じゃない。タッチを真似ただけの偽物だ」

苦々しげに吐き捨て、水琴の膝に置いたタブレットの液晶画面をタップする。表示されたのは、若い女性のスナップ写真だ。

「彼女は百川結衣。…さっきの絵を描き、自分こそが妖精画家だと名乗り出た女性だ」

「この人が…？」

水琴は思わず目を瞠った。シンプルなオフホワイトのワンピースを纏った結衣は透明感のある楚々とした美人で、てっきり芸能人か何かだと思ったのだ。長い髪を物憂げにかき上げるポーズも、プロのモデルのようにさまになっている。

泉里によれば、結衣は十九歳になったばかりの新人アーティストだそうだ。その経歴は、田舎に引きこもっていた水琴とは比べ物にならないくらい華やかである。

父親は都内有数の弁護士法人を経営しており、裕福な家庭で何不自由無く育てられた。二人の妹たちと共に美人三姉妹としてSNSでも有名で、偏差値と授業料の高さで名を馳せるお嬢様学校に通う間にスカウトされ、モデルや女優も経験したらしい。

だが結衣が最も惹かれたのは芸能界ではなく、芸術の世界だった。父親と同じ大学に入り、モデルとしても活動する傍ら、独学でひそかに描き続けていたという。結衣は絵で身を立てたいと願っていたが、厳格な父親は娘たちにも自分と同じ弁護士になることを望んでおり、絵を描くことなど趣味以外では許してくれそうもなかったからだ。

「去年の秋、一人でスケッチ旅行に赴いた時、たまたま若い夫婦に声をかけられ、スケッチの写真を撮られた。それが知らないうちにSNSで話題になり、妖精画家と騒がれていたのは知っていたが、怖くて黙っていた。しかし秘密を明かした妹たちに励まされ、勇気を出して名乗り出た…記事の中のインタビューで、彼女はそう語っている」

「…それって…」

「彼女を君に入れ替えれば、そのまま事実になるな」

水琴…妖精画家と旅先で偶然出逢(であ)ったことは、水琴のスケッチをSNSにアップした夫婦が明らかにしている。泉里のように実際にその夫婦とコンタクトを取り、夫婦の旅先が桐ヶ島(きりがしま)であったことまでは突き止められなくても、そこまでわかっていれば妖精画家と偽れるのかもしれないが…。

「……あれ？　でも、僕のスケッチの写真をSNSにアップしたご夫婦は、僕が男だって知っているはずですよね。桐ヶ島で実際にお会いしたんですから」

女の子と間違われそうになり、否定したらひどく驚かれたのを覚えている。女性の結衣が妖精画家だと名乗り出たのに、あの夫婦は何も異議を唱えなかったのだろうか。自分たちが会ったのは結衣ではないと主張すれば、結衣の嘘(うそ)はたちまち露見しただろうに。

「ああ。俺もそう思って、ご夫婦と連絡を取ってみたんだ。…すると、意外な事実が明らかになった」

「意外な事実…？」

「君が桐ヶ島で出逢ったご夫婦…その奥さんの方は、橋本くんの実のお姉さんだったんだ」

「…ええっ⁉」

思わず立ち上がりかけ、水琴は床に落ちそうになったタブレットを慌てて受け止めた。姉が居るなんて、橋本からは一度も聞いたことが無いのだ。

「俺も驚いたよ。橋本先生…橋本くんのお父上は、自分の子どもは息子一人だけだと公言されていたから。ご家族の絵もいくつか描かれているが、奥方か息子さんだけで、娘さんを描いたものは俺の知る限り一枚も存在しないはずだ」

「…娘さんを、居ない者扱いしてるってことですか？　どうしてそんな…」

「さすがに突っ込んでは聞けなかったが、物心ついた頃から折り合いが悪かったようだ。早くにご実家を飛び出してから今まで、一度も帰ったことは無いらしい」

だが姉と弟の仲は良好だったようで、橋本の姉は実家を飛び出してからもひそかに弟と連絡を取り合っていたのだそうだ。だから水琴が弟の友人であることも知っていた。結衣が妖精画家だと名乗り出た時は、当然、偽者だと証言するつもりだったという。しかし、弟に相談したところ、今はやめておいて欲しいと止められてしまったのだ。

「橋本くんは、どうして止めたりしたんでしょうか？」

「…たぶん、君を守りたかったんだろう。百川さんは偽者だとお姉さんが証言すれば、だったら本物はどこの誰なんだと大騒ぎになる。お姉さんご夫妻は小規模なモデル事務所を経営されているそうだから、芸能界のお偉方から圧力をかけられれば、白状せざるを得なくなるかもしれないだろう？」

「…そう…、だったんですね…」

苦いものがこみ上げ、水琴は己の二の腕をぎゅっと摑んだ。実は昨日の学校帰り、どこかでお茶でも飲まないかとメッセージをもらったので、橋本と会ったばかりだったのだ。

一度遊びに来てくれと誘われていたし、橋本にも紹介したいと思っていたから、慧のアルバイト先の喫茶店で落ち合うことにした。正反対の境遇ながら慧と橋本は不思議なくらい打ち解け、別れ際には連絡先を交換していた。水琴にも楽しいひとときだったが、時折何か言いたそうにしていた橋本が、結局何も語らぬまま別れてしまったのが気になっていたのだ。

……橋本くん、きっとこのことを言おうかどうしようか迷ってたんだ。

迷った末に沈黙を選んだのは、水琴を不安にさせたくなかったのもあるだろうが、恩を着せるような真似をしたくなかったからだろう。橋本は淡白なようで、一度懐に入れた人間にはとても思い遣り深い人だから。

「なのに僕は、何も気付けなくて…」

「知らなかったんだから仕方が無いさ。橋本くんだって、君がそんなふうに気に病むことなんて望んではいないだろう。次に会った時、礼を言えばいい。…友達なんだから」

「…、…はい！」

頭を優しく撫でられ、水琴ははにかみながら頷いた。友達、の一言に、胸がほんのりと温かくなる。祖父や桐ヶ島の住人たち、そして泉里。今まで水琴に良くしてくれる人はたくさん居たけれど、友達と呼べる存在は橋本が初めてだった。さりげなく手を差し伸べ、何の見返りも求めない。友達って、何てありがたい存在なのだろう。

「いつか橋本くんが困った時は、僕、絶対に力になります」

「そうするといい。……もう、彼はじゅうぶん助けてもらったと言うだろうがな」

ぼそりと付け足された呟きは、泉里のスマートフォンの着信音にかき消された。無視出来ない上得意客からだったらしい。かすかに眉を顰めた泉里が応対しているうちに、水琴はタブレットを操作し、結衣が描いたというスケッチを表示させる。

「……すごい」

見れば見るほど、水琴のタッチを完璧に再現している。水琴も専門学校で学ばせてもらっているからわかるのだが、ささいな癖に至るまで他人のタッチを模倣するのはなかなか難しい。水琴のように手本となるスケッチが一枚だけしか無いのなら、難易度は跳ね上がるだろうに。

「こら。感心している場合か」

通話を切り上げた泉里が、水琴の手の甲をつんとつついた。

「だって、本当にすごいと思ったんです。たった一枚のスケッチから、僕のタッチをそっくりそのまま真似てみせるなんて…」

それに、結衣も水琴の高祖母譲りの能力までは真似出来ないだろうから、モデルはきっと現実に存在する人々だ。もし自分に生きた人間が描けたらこんなふうになるのかと思うと、感慨深くすらある。

「…全く、君という子は…」

泉里は呆れと愛しさの入り混じった笑みを滲ませたが、すぐに冷徹な画商の顔を取り戻した。

「模倣から始まる創作もある。模倣の全てを否定するわけではないが、彼女…百川さんを認めるわけにはいかない。百川さんは君の絵を下敷きにして新たな世界を構築するのではなく、君に成り代わろうとしているだけなんだからな」

「…僕に成り代わる、って…そんなことをして、何の意味があるんでしょうか」

本気でわからなかった。絵とは、描きたいものを描きたいように描く——いや、描かずにはいられないものだ。二か月前の桜庭の一件で、つくづく思い知らされた。どんな苦難に襲われようと、血の涙を流しながら絵筆を握り続ける業が、この身体には宿っているのだと。

結衣にだって本来のタッチや作風、描きたいものがあるだろうに、己を殺してまで水琴に…妖精画家になりきって、何がしたいというのか。

「――創作に関わる全ての人間が君のような心の持ち主なら、何の問題も起こらないんだろうがな」

　首を傾げる水琴をまぶしそうに見詰め、泉里は眉根を寄せた。

「残念ながら現実は、何かを創りたくて創作の世界に飛び込む人間ばかりじゃない。そこから滴る甘い蜜を吸いたいがゆえに筆を取る、そういう者も珍しくはないんだ」

　君には酷かもしれないが――そう前置き、泉里は説明してくれた。

　一年以上経っても、未だに妖精画家が数多の人々の関心の的であること。芸術関係者も持てる伝手を総動員し、妖精画家の正体を探り続けていること。……己の描いた絵の価値を高め、高値で売るためだけに、冷めやらぬその熱狂を我が物にしようと企む者が出るのは、ある意味当然であることも。

「何をもって、画家として成功したと言えるのか。その判断基準は人それぞれだが、描いた絵に付けられる値札を基準とする人間は、君が考えるよりもはるかに多いんだ。…描き手にも、買い手にも」

「…自分の絵を高く売りたいから、百川さんは僕に成り代わろうとしているってことですか？」

「他にも理由はあるのかもしれないが、おそらくはそれが一番大きいだろうな」

　もちろん、画商としてもパトロンとしても、そんな結衣の暴挙を黙って見過ごすわけにはいかない。泉里はただちに弁護士と連携し、結衣に警告と抗議を行う準備を進めていたのだそうだが、ここへ来て難題が持ち上がったというのだ。

カザミリゾートがN県に新しくオープン予定のホテル『リアンノン』のメインホールに飾る絵を、結衣に依頼したのである。むろん、結衣を妖精画家と認めた上でのことだ。

N県の山間(やまあい)に建てられた『リアンノン』は、徒歩圏内に大型商業施設は無く、ふもとの村に出るにも車を三十分以上走らせなければならないという、どこか水琴の故郷の桐ヶ島を思い出させる不便極まりない立地である。

代わりにホテル内にはエステやスパなどの施設が充実しており、広大な敷地ではキャンプやトレッキングを楽しめるし、送迎車で近隣のスキー場へくり出すことも出来る。都会の喧騒(けんそう)から離れたい富裕層をターゲットにした、滞在型のリゾートホテルだ。国内外でいくつもの宿泊施設を再生させたカザミリゾートが手掛ける初のラグジュアリー路線ということもあり、業界の内外から注目を集めている。ホテルの顔とも言えるロビーに絵を飾られれば、画家としての結衣の立場は万全のものとなるだろう。

「つまり、百川さんはカザミの後ろ盾を得たということだ。SNS上では、今のところ彼女が本物の妖精画家と信じる者と信じない者の割合は拮抗(きっこう)しているが、カザミの支援を受けた状態で大きな仕事を完成させれば、流れは一気に彼女に傾くだろう。そうなってからこちらこそが本物だと主張しても、偽者扱いされてしまう可能性が高い。…腹立たしいことだが、人間はより声の大きい者に流されるものだからな」

　だからその前に、泉里は直接結衣と対面することにしたのだという。妖精画家と偽ったことを認めさせ、絵画の世界からも手を引かせるためだ。

「直接対面するって…どうやって…？」

「ホテルの正式オープンは来年だが、クリスマス前から上得意客を招いてのプレオープンが開催されるんだ。百川さんもその間ホテルに滞在して絵を完成させ、クリスマス当日、招待客にお披露目する予定になっている」

　幸い、カザミリゾートは泉里の義父、藤咲家とも親交があるから、プレオープンの招待状はたやすく入手可能だ。招待客に紛れて結衣に接近し、不意討ちで説得する。それが考えうる限り最も穏便かつ有効な解決手段だと、泉里は言った。『リアンノン』へは、自分一人で赴くつもりだとも。

　泉里の言葉に嘘も間違いも無い。年上の過保護な恋人が、いつだって水琴を最優先に行動してくれることも承知している。泉里が敢えて一人で結衣と対面するというのなら、水琴が同席しない方がいい理由があるのだろう。

　でも――。

「……僕も、一緒に行きます。行かせて下さい」

「水琴……」

「泉里さんが僕のためを思ってくれていることは、わかっています。…でも…」

そもそも、今回のトラブルが起きたのは水琴のせいだ。水琴が何の考えも無しにスケッチの写真を撮らせてしまったから、回り回って結衣という偽者が現れたのに、当の水琴が全てを泉里に任せきりにするなんて耐えられない。それに、もしも結衣が素直に偽者だと認めなかった場合、水琴という動かぬ証拠を同行させていれば言い逃れは出来なくなるはずである。

水琴は懸命に言い募り、泉里の手を両手で握り締めた。

「お願いします。僕だって、泉里さんの力になりたいんです…！」

苦虫を嚙み潰したような顔の泉里を、縋るように見上げる。泉里は引き結んだ唇をかすかに震わせていたが、やがてはあっと大きな溜息を吐いた。

「……君を誰よりも先に見付けられたことは、間違い無く、俺の人生最大の幸運だったんだろうな」

「えっ…？」

「何でもない。こちらのことだ」

泉里は自由な方の腕でそっと水琴を抱き寄せた。大人しくその広い胸に収まれば、二度目の溜息に項をくすぐられる。

「…君がそこまで言うのなら、仕方が無いな」

「っ…、じゃあ、連れて行ってくれるんですか⁉」

「ホテルの中では絶対に一人で出歩かない、不審な人間とは話さない、何と誘われようと付いて行かないと約束出来るか?」

まるで小さな子どもに言い聞かせるような口調は、真剣そのものだ。いくら田舎育ちだからって、水琴もそこまで無分別ではない。それに一流ホテルのプレオープンに招かれるような客に、不審な人間など居るわけがないだろうに。

「もちろん、約束します」

少し呆れつつも迷わず頷いたのは、泉里の気が変わるのを恐れたから…だけではない。両親に疎まれ、見捨てられたせいなのだろうか。結局のところ、水琴は嬉しいのだ。画商としてどんな客とも対等以上に渡り合う有能で冷徹な男が、自分にだけは苦しいほどの執着と愛情をくれることが。

「…では、君の分も招待状を手配させよう。二十日の朝にこちらを発ち、戻って来るのは二十六日の夜以降になるだろうから、学校や友達に連絡しておきなさい」

「はい、わかりました」

専門学校は、確か年内の授業は二十日までだったはずだから、休むのは一日だけで済むだろう。友達は…と考え、真っ先に橋本の顔が浮かぶ。出発する前に、姉を止めてくれたことに礼を伝えておきたい。

……橋本くん、何のことだってとぼけそうだけど。

「…自分のせいだなんて、言わないでくれ」

照れ屋な友人を思い浮かべていると、大きな掌に背中を撫でられた。

「泉里さん…？」

「俺が君と出逢えたのは、あの時、君が絵を撮らせてやったおかげだ。…もし今も君を知らないままだったらと思うだけで、ぞっとする」

「あ……」

密着した胸から伝わる鼓動は速く、包んでくれる腕はわずかに震えている。もし水琴と出逢わなければ、泉里は生と死の狭間の世界から還れなかったかもしれない。

「…僕も同じです、泉里さん」

胸がきゅっと締め付けられるように痛み、水琴は泉里の背中に縋り付いた。優しく抱き返し、どんな災厄からも守ってくれる力強い腕。水琴の居場所は、この腕の中以外には存在しない。

「貴方が見付けてくれたから、僕はこの力を受け容れられた。誰かに絵を見てもらいたい…画家になりたいって思えたんです」

「…水琴…」

高鳴る鼓動と思いがぴたりと重なった。そっと顔を上げれば、愛おしそうに細められた目に水琴が映っている。何かをねだるような、自分でもはっとするほど艶めいた表情――。

「…ん…っ、う、…っ…」

かぶりつくように口付けられ、容赦無く貪られるうちに、身体の力が抜けていく。もう数えきれないくらい唇を重ねてきたのに、慣れるどころか受け止めるのが精いっぱい。そんな初心さと、裏腹のなまめかしさこそが欲望の炎を煽り立てるのだと知らぬまま、水琴は泉里の腕にくたくたともたれかかる。

ごくりと喉の鳴る音がした。

「……可愛い、俺の水琴。君を脅かすものは、何であろうと許さない」

「あ…っ、泉里さ、…んっ」

項を吸い上げられ、わななく身体を柔らかなソファに押し倒される。シャツの裾から入り込み、みずみずしい肌をまさぐる掌はいつにも増して熱く、爪先が勝手にびくんびくんと跳ねてしまう。

……もしかして、泉里さん、怒ってる……？

いつもより少し性急な愛撫に、水琴は戸惑う。だが全身に回る熱は問いかける余裕すら与えてくれず、押し寄せる情欲の波に呑み込まれていった。

部屋に荷物を運び入れるとすぐ、泉里は支配人室に赴いた。影志から結衣の情報を聞き出すためだ。

すると泉里が居なくなったのを見計らったように、怜一がティーワゴンを押してやって来た。怜一の部屋は、水琴と泉里にあてがわれた二階角のジュニアスイートの隣だ。もちろん偶然ではなく、怜一と泉里との親交を考慮し、影志が手配したのだろう。案内された泉里が嘆息したのは言うまでもない。

誰が来ても無視するよう言われてはいたが、さすがに怜一を締め出すわけにはいかず、迎え入れた。怜一もまた、水琴が本物の妖精画家だと知る数少ない一人であり、今回の協力者でもあるのだから。

「それは怒っているでしょうね。何せ、私の同行を受け容れたくらいですから」

何だか泉里が結衣に対し怒っているような気がする、と打ち明けると、怜一はテーブルの向こうで苦笑した。白磁のティーカップに香り高い紅茶を注ぎ、イチゴジャムをひとさじ落としてから、水琴の前に差し出してくれる。

「あ、ありがとうございます。…同行を受け容れた、って…槇さん、ご自分で招待状を手に入れたんですよね？」

「ええ、亡き養父の伝手で。ですが奥槻さんがその気なら、カザミに手を回し、私に招待状を送らせないようにすることも出来たでしょう。そうしなかったのは、あの方が怒っているからですよ」

——私も一緒に行きます。

水琴が結衣の存在を知らされた翌日、怜一は泉里にそんなメッセージを送ってきた。

妖精画家の偽者について知っているのは泉里と同じく美術界に人脈を張り巡らしてあるからだとしても、何故水琴たちが『リアンノン』で結衣を説得するつもりであることまで把握しているのか。驚いたのは水琴だけだった。泉里は渋面で怜一に電話をかけ、しばらく和やかとはほど遠い会話を続けた後、『リアンノン』で合流することになっていたのである。

泉里の怒りの理由を、怜一はすでに悟っているようだ。どんな顧客にも…無知な田舎の少年に過ぎなかった水琴にすら誠実に向き合う泉里と、目的のためならば法を犯し、他人を傷付けることすらためらわない怜一。画商としても人間としても対極に在る二人なのに、恋人の水琴よりも深く理解し合っているのではないかと思ってしまうのはこんな時だ。腹を割ってじっくり話せば、親友になれるのではないだろうか。

……でも、どうして槇さんの同行を受け容れると、泉里さんが怒ってるってことになるんだろう？

水琴の疑問を察したように、怜一は尋ねた。

「お聞きしたいのですが…水琴さんは何故、奥槻さんがこんな形で妖精画家の偽者と対決することにしたと思いますか？」

「え…、百川さんがカザミの後ろ盾を得てしまったからじゃないんですか？」

「それだけなら、奥槻さんにとっては何の障害にもなりませんよ。法的な親子ではないとはいえ、あの方は今でも旧藤咲財閥に絶大な影響力を有する博雅氏の寵児です。実子があんなことになった今、養子に収まり、次の後継者に指名されるのではないかとすら囁かれている。たかが偽者一匹、法廷に引きずり出し、その愚かしさに相応しい制裁を加えるくらいたやすいことでしょう。何と言っても奥槻さんは、本物の妖精画家を後見しているのですから」

偽者一匹。忌々しそうに吐き捨てる怜一は優雅な微笑をたたえたままだが、長い睫毛に縁取られた黒い瞳には隠し切れない怒りと侮蔑が滲んでいる。まるで道端に転がる虫の死骸を踏み付けてでもしまったかのように。

「ですがそうなれば、水琴さんは偽者騒動の当事者として認識され、否応無しに世間の注目を浴びることでしょう。まかり間違って水琴さんの容姿まで漏れてしまえば、欲望にかられた人間たちによって水琴さんが危険に晒されかねない。それを恐れたから、こんなに回りくどい手段を取った。私はそう見ています」

「…そんな理由があるなんて、泉里さんは一言も…」

「おっしゃらないでしょうね。あの方は貴方を壊れ物か何かのように腕の中に囲い、そよ風にも当たらないよう、大切に守っていらっしゃる。…貴方が画家ではなくなっても、決して放しはしないでしょう」

——才能だけじゃない。君の全てに…胡桃沢水琴という存在に、俺は日々魅せられている。愛している——何があっても離せないくらい、強く。

真摯(しんし)な告白が脳裏によみがえり、水琴は反論を呑み込んだ。…怜一の言う通りだ。泉里は水琴を囲い込み、つらいこと、醜いものから徹底的に遠ざけようとする。時に、当の水琴さえも戸惑うくらいに。頼もしい、ありがたいことだと感謝しているけれど……。

怜一は紅茶で喉を潤し、肩をすくめた。

「まあ、奥槻さんのお気持ちもわからないではありませんが。才能のみならず容姿まで極上とくれば、芸術に興味の無い人間の欲望をも煽り立て、要らぬトラブルを招きかねませんから」

「……百川さんは、何も問題なんて起こしていないみたいですけど」

結衣が未だにモデルの仕事も続けており、熱心な男性ファンを中心としたファンクラブが存在することは水琴も知っている。自分で調べたのではない。出発前に電話をしたら、橋本が教えてくれたのだ。

『あー…、姉貴のやつ、奥槻さんにしゃべっちまったのか……』

お姉さんを止めてくれてありがとうと礼を告げたとたん、電話口で嘆かれてしまった。あの日水琴を呼び出したのは、やはり結衣について警告してくれるためだったのだ。

『べ、別に、お前のためだけってわけじゃないから。あんな偽者なんかのためにお前が貴重な時間を浪費するはめになるなんて、許せないってだけだから』

予想通り、盛大に照れまくりつつも、橋本は結衣の情報を色々と教えてくれた。結衣の人となりを調べるため、偽名でファンクラブに入会までしたというから驚きだ。

『ファン層は九割がた男だな。SNSは匂わせも多いし、同性には毛嫌いされるタイプと見た。本人もそれは自覚してて、清楚を装いつつターゲットを男に絞ってる感じ。で、見事にファンの男どもを仕切ってるんだよな。あの女のためなら犯罪に走りかねない奴らも居る』

見た目通りの女じゃないから気を付けろ、と何度も念を押されたが、今のところファンクラブは順調そのもので、波風一つ立っていないという。結衣ほどの美人でもそうなのだから、水琴がトラブルを起こす心配など無いだろうに。

「……奥槻さんの苦労が偲ばれますね。ずっと山奥で暮らしていたから、仕方の無い部分もあるとはいえ……」

水琴の言い分を黙って聞いた後、だいぶ経ってから怜一は疲れたように指先で眉間を押さえた。やがてまっすぐに向けられた眼差しの鋭さに、ごくりと喉が勝手に上下する。

「水琴さん。貴方とあの偽者は全くの別物です」

「別物……？」

「ええ。あの偽者が石ころなら、貴方は宝石です。今はまだ粗削りの原石でも、隠し切れない輝きを放っている。叩けばぼろしか出ない偽者など、足元にも及ばない」

眼差しを据えたまま、怜一は立ち上がった。テーブルをゆっくりと回り込み、水琴の隣に腰を下ろす。隣に居るのが泉里ではない。湧き上がった強烈な違和感に戸惑う間も与えられず、恐ろしいくらい整った顔をずいと近寄せられた。

「真の才能とは、奉仕させるものです。あの偽者のように己を売り込まなくても、そこに居るだけで誰もが魅せられ、かしずく。そういうものです」

「…か、買いかぶりすぎです。かしずくだなんて、僕は…」

「かしずかせているじゃありませんか。私を……そして、奥槻さんを」

唇を不敵に吊り上げる怜一が、かしずいているようには見えないだろう。だが、その瞳の奥に息づくのは、紛れもない憧憬の光だ。

「あの程度の偽者、部下に処理させても良かった。私自ら赴いたのは貴方が宝石であり、私がその信奉者だからこそですよ。…それに、奥槻さんだけに任せておいたら、貴方が何も知らないうちに全てを終わらせてしまいそうでしたから」

「槇さん……」

「水琴さん。——貴方は、画家としてのご自分をどう扱われたいのですか？」

完全に、予想外の方向からの一撃だった。言葉が出ずにいる水琴に、怜一は容赦無くたたみかける。

「たぐいまれな原石をどう磨き、どう輝かせるかは私たち画商の腕の見せどころです。その手法が原石である本人の意志に合っていれば良いのですが、奥槻さんを見ていると、時折不安を覚えずにはいられません。世間の害悪から守り、絵に専念出来る環境を作るのはいい。ですが奥槻さんは水琴さんを傷付けたくないあまり大切に大切に仕舞い込んで、そのまま潰してしまいそうで…」

「…っ…、泉里さんは、そんなこと…」

「しないと言い切れますか？　本当に？」

即答出来なかったのは、泉里がわざわざこんなところまでやって来た本当の理由を明かされたばかりだったせいか……それとも、狂おしさを増すばかりの夜を思い出してしまったせいなのか。

どこにも行かせないとばかりに水琴を囲う腕。わずかな隙間も無く重なる熱い肌。最奥まで深々と貫く肉杭。

……違う。泉里さんは……。

「…泉里さんは、僕を守ろうとしてくれているだけです。泉里さんが居てくれるから、僕は安心して描くことが出来るんです」

震える喉から絞り出された応えに、怜一はふっと微笑んだ。かすかに滲む憐憫は、水琴の中の迷いを見抜いたせいなのか。ずっと喉元にあった抜き身のナイフを食い込まされるような圧迫感が、ゆっくりと失せていく。

「――まあ、いいでしょう。今のところはそういうことにしておいて差し上げます。私も貴方を虐めたいわけではありませんから」

「…じゃあ、何がしたいんですか」

こちらの心をぐちゃぐちゃにしておいて、今のところとか、そのからかい混じりの口調は何なのだ。思わず苛立ち混じりに睨んでしまったが、怜一は機嫌を損ねるどころか、面白そうに笑みを深める。

「貴方という原石を正しく研磨し、世に送り出したい。私の望みはそれだけです」

「……」

「もしも息苦しさに耐えられなくなったら、思い出して下さい。貴方をこの手で守り、磨きたいと願っている画商はここにも居るのだと」

水琴の応えを待たず、怜一は自分の使ったカップやポットを手早く片付け、ティーワゴンを押しながら悠々と退出していった。扉が閉まる音を聞いたとたん、水琴はソファに沈み込む。

「……はあ……」

無意識に詰めていた息を吐き出す。誰かと言い争うことなんてめったに無いせいか、胸が妙に重苦しい。

……槇さんって、ああいう人だったのか。

数か月前の事件で出逢って以来、ちょくちょく『エレウシス』を訪れたから、対面したことは何度もある。だが、事件が解決してから泉里抜きで話したのは、考えてみれば今日が初めてだった。皮肉めいた物言いをする人なのは承知していたけれど、水琴に対してもあんな言い方をする人だったとは…。

「っ…、何を考えてるんだ、僕は…」

赤らんだ頬を、水琴は両手で覆った。きつい言い方をされてショックを受けるなんて、特別扱いをされるのが当然だとでも思っていたのか。自意識過剰にもほどがある。

きっと、画商としては怜一が普通なのだろう。怜一は水琴の才能を認め、ひざまずいているのかもしれないが、くっきりと一線を引いている。怜一なら泉里のように、水琴の心を傷付けないためだけにひっそりと結衣と対決しようとはしない。状況を的確に判断し、多少水琴が傷付こうとも、最も効果的かつ迅速な手段を取るはずだ。

……おかしいのは、泉里さんじゃなくて僕かもしれない。

ここまでやって来たのは、妖精画家の…自分の偽者と対決するためだ。同じ屋根の下にその偽者が居るのに、水琴を騙って成功を収めようとする彼女よりも、泉里の方が気になって仕方が無いなんて——。

あえかに梅の香りが漂う闇の中、月白の着物を纏った美女がこうこうと輝く夜空の月を見上げている。

青白い満月。欠けたところの無いそれに何故か胸騒ぎを覚えてしまうのは、美女も同じらしい。舞い降りた天女を思わせるろうたけた横顔は、不安に彩られている。

『……、が……』

花びらのような唇が紡いだ声音は夜風にかき消され、ほとんど聞こえない。もっとよく聞きたくて踏み出せば、美女はゆっくりと振り向いた。結い上げた髪に挿した銀の簪が、月光を反射してきらめく。

突然現れた水琴に驚くでもなく、美女はすっと虚空を指差した。白魚のようなその指先にあるものは――。

『……月……？』

呟いた水琴に、美女は微笑む。不思議と泣いているようにも見えるその笑みを、水琴は知っていた。…当たり前だ。枕元に飾り、毎日眺めているのだから。彼女と同じ血が、自分にも流れているのだから。

名前を呼ぼうとした瞬間、視界は闇に包まれた。…雲だ。にわかに垂れこめたひと群れの雲が、月を…月の化身のような美女までも覆い隠していく。

「……琴音さん！」

勢いよく起き上がるや、首元まできっちりかけられていたブランケットが滑り落ちた。

レースの帳に囲まれた薄暗いベッドの中には、妙に不安を掻き立てる月も雲も、たおやかな美女の姿も無い。ただ水琴がぽつねんと横たえられているだけだ。

着ていたはずの服は、手触りのいいパジャマに着替えさせられている。こんなことをするのは泉里だけだ。どうやら怜一が去った後、ソファでそのまま眠り込んでしまったらしい。帰って来た泉里が寝室に運んでくれたのだろう。

……全然、気付かなかったなんて……。

怜一との会話で、それほど疲れてしまったのだろうか。いや、疲労というよりは、意識を眠りに吸い込まれたような…。

「…貴方が、呼んだんですか？」

サイドテーブルに置かれていたスマートフォンをタップすれば、夢の中と同じ、月を眺める和服姿の美女が現れる。『眺月佳人(ちょうげつかじん)』――夭折の天才画家、宮地圭月(みやじけいげつ)が水琴の高祖母・琴音を描いた絵だ。泉里によれば三千万円は下らないというこの絵は、東京に移り住む際に祖父から譲り受け、今は水琴の部屋に飾られている。お守りにしたくて、写真を待ち受けに設定してきたのだ。

絵の中の夜空には雲一つ無く、月光は水琴に生き写しだという高祖母の顔をほのかに浮かび上がらせている。…あの夢はいったい何だったのだろう。高祖母は水琴に、何かを伝えたかったのか。

いくら考えても答えは出ず、水琴は諦めてベッドを抜け出した。最小まで絞られたスタンドライトの灯りを頼りに、リビングに繋(つな)がる扉をそっと開くと、馴染(なじ)んだ低い声が聞こえてくる。

「泉里さ…」

呼びかけようとして、水琴はとっさに口を閉ざした。えんじ色のソファで長い脚を組んだ泉里が、誰かと通話している。形の良い唇から紡がれるのは日本語ではなく、英語だ。相手は外国人の顧客らしい。

水琴に気付くと、泉里はかすかに眉を顰め、相槌を打ちながら手招いた。仕事中なのに、いいのだろうか。迷いつつも近付けば、ぽんぽんと隣を叩かれる。座れということらしい。

「あ、っ……」

素直に従うや、肩を抱かれ、ぐいと引き寄せられた。薄いパジャマ越しに染み込んでくる温もりに、水琴はうっとりと目を細める。

……あったかい。

逞しい腕に身を預け、なめらかな英語を聞くとはなしに聞いているだけで、胸に巣食いかけていた不安が溶けていく。さっきここで怜一と話した時とは大違いだ。

すり、と胸に頬を擦り寄せ、力強い鼓動に耳を澄ませる。つかの間、大きく跳ねたそれはすぐに規則正しさを取り戻し、水琴を安心させてくれる。

相手はまだ話し足りなそうだったが、泉里は間も無く通話を切り上げ、スマートフォンをテーブルに置いた。お疲れさまでしたとねぎらう前に、髪をくしゃくしゃと渋面でかき混ぜられる。

「そんな薄着で出て来て、身体を冷やしたらどうするんだ。ガウンがベッドに置いてあっただろう」

言われてみればあった気もするが、空調がほどよく利いているから寒さなど感じなかった。それに。

「…泉里さんが居なかったから不安で、早く会いたくて…」

「…、……っ…」

何かを堪えるように震わせた唇を、泉里は水琴のそれに重ねた。唇の次は頬、頬の次は額にと、甘く優しい口付けの雨を降らせる。

「……すまなかった。急ぎの問い合わせが入ってしまったんだ。俺も終わったらすぐ寝ようと思っていたんだが」

「寝る？　こんな時間に？」

こちらに到着したのは午後の四時くらいだったはずだ。怜一が引き上げてから一時間ほどうたた寝したとして、今は午後六時くらいだろうと思っていたのだが…蔓薔薇をかたどった銀細工の壁掛け時計を見上げ、水琴はぎょっとする。

「…じゅ、十時過ぎてる…!?」

「気付いていなかったのか？」

「ちょっとうたた寝しただけだと思っていたので…」

お客さんから電話がかかってくるくらいだし、まさか五時間近く眠り込んでいたとは思わなかった。赤面しながら白状すれば、泉里はくくっと喉を鳴らす。

「ロンドンのギャラリーからの電話だったからな。あちらはまだ午後の一時だ」

「そ、そうだったんですね。…ごめんなさい。夕ご飯、もう終わっちゃいましたよね？」

プレオープンの初日のディナーは招待客同士の親交も兼ね、食堂で立食パーティーが催される予定だと聞いていた。例によって泉里は『パトロンとして捧げさせてもらう権利』を主張し、この日のために新しいスーツを仕立ててくれていたのに。

「長時間車に乗っていたから、疲れたんだろう。無理をしてまで参加するほどのパーティーじゃないさ」

「でも…、せっかく泉里さんがスーツを作ってくれたのに…」

「これからいくらでも着る機会はある。そんなことより、夕食を食べそびれて腹が空いただろう？」

内線でルームサービスを頼む泉里は上機嫌だ。水琴が寝過ごしてしまったことを、どこか喜んでいるようにも見える。

――ですが奥槻さんは水琴さんを傷付けたくないあまり大切に大切に仕舞い込んで、そのまま潰してしまいそうで…。

怜一の言葉がふと胸に影を差す。あの男ならうたた寝する水琴を起こし、パーティーに参加させただろう。いずれ画家になるのなら、顔繋ぎも大切だと言って。画商としてなら、きっとそっちの方が当たり前の行動なのだ。

「さあ、どうぞ」

やがてルームサービスが届くと、泉里は手際よくハーブティーを淹れた。パジャマを纏ったきりの水琴にガウンを着せ、膝にはブランケットをかけ…と、かいがいしく世話を焼いてくれる。

聞いてみたことは無いが、泉里ほどの画商なら、水琴以外にも後援する画家は居るのだろう。でも、こんなふうに公私にわたって尽くしてくれるのは水琴だけに違いない。…水琴は画家の卵であると同時に、泉里の恋人だから…。

……あれ？　今、何で胸が痛くなったんだろう？

「…水琴？　どうした？」

「あ、…何でもないんです。夜なのに、こんなに豪華なご飯を用意してもらえるなんてすごくなって、びっくりしちゃって」

テーブルに並べられたのは、三段もあるシルバーフレームのケーキスタンドだ。ホテルのアフタヌーンティーなら何度も連れて行ってもらったが、スイーツが中心のアフタヌーンティーと違い、こちらは一段目は野菜、二段目はシーフードと肉のセイボリーで、一番下の三段目だけがスイーツである。

「ミッドナイトハイティーだよ。夜に楽しむお茶だ」

「夜に楽しむお茶…」

「まあ、大人の特権だな」

ちょん、と唇をつかれると不安は消え、わくわくした気分になる。周辺に飲食店の無い『リアンノン』はレストラン部門に力を入れており、オーベルジュ並みの料理が売りの一つだと聞かされれば尚更（なおさら）だ。

「いただきます…！」

昼から何も食べていないから、確かに腹がぺこぺこだ。美味しそうな匂いに食欲を刺激され、水琴は一段目…ピックに刺されたピクルスに手を伸ばす。ピックの先端には雪の結晶があしらわれ、クリスマスムードをさりげなく演出していた。よく見れば一段目のセイボリーはそれぞれ先端の尖（とが）った楕円形（だえんけい）の器に盛り付けられており、上から見ると花の形になる仕組みだ。

「美味しい…！　泉里さん、これすごく美味しいです」

「良かったな。足りなければもっと頼むから、たくさん食べなさい」

勧められるがまま、水琴はひとくちサイズに品よく盛られたセイボリーを次々と味わっていく。トリュフクリームを載せたキノコのキッシュも、牛肉の赤ワイン煮込みも、ホタテ貝のポワレも手が込んでいて、舌の上でとろけるようだ。それでいて全くくどくないのは、夜の胃を慮（おもんぱか）り、全体的に味付けを控えめにしてあるおかげだろう。水琴も同年代の男としてはかなり料理をする方だが、この味は真似出来そうにない。

「…泉里さん、お酒じゃなくて良かったんですか？」

泉里が優雅に傾けるフルートグラスの中身はシャンパンではなく、炭酸水である。ミッドナイトハイティーにはアルコールも頼めたのだが、泉里はあえて炭酸水を選んだのだ。

「未成年者の前で、堂々と飲酒するわけにはいかないだろう」

「いつもそう言いますけど、僕に飲ませなければいいんじゃないですか？」

毎日晩酌を楽しむ祖父を見て育ったから、大人は酒をたしなむものだという意識がある。せっかくこんなに美味しい料理があるのに飲まないなんて、つまらないのではないだろうか。

「必要無いさ。……アルコールなんかより、もっと魅力的なものに酔っているからな」

いつもは禁欲的な黒い瞳に色香をしたたらせ、そっと膝の上に手を置かれれば、それは何かなんて無粋な質問をするまでもない。

ことん、とテーブルにグラスの置かれる音が、やけに大きく響いた。水琴だけに見せてくれる甘い笑みを浮かべ、泉里は水琴のおとがいを指先で掬い上げる。

「……んっ？」

口付けられると思った瞬間、半開きになった口の中に細長いものが押し込まれた。反射的に咀嚼すれば、チョコレートの甘さとオレンジの酸味が口いっぱいに広がる。三段目のスイーツに添えられたオランジェットだ。砂糖漬けのオレンジをビターチョコレートで包んだそれは、付け合わせにするのがもったいないくらい美味しいけれど。

「甘くて美味しいだろう?」

「…もう、泉里さん…!」

肩透かしを喰らった水琴に睨まれ、泉里は珍しく声をたてて笑う。本人の言う通り、確かに酔っているようだ。アルコールよりも魅力的なものに——水琴に。

……そっちがその気なら……!

めら、とやる気の炎を燃え盛らせた水琴も、珍しい恋人の笑顔に酔ってしまったのかもしれない。まだ笑っている泉里の両頬を掌で挟み込み、ぶつけるように唇を重ねてやる。

「……っ…」

薄く開かれた隙間から舌を差し入れ、泉里のそれと絡める。相当驚いているのか、泉里はされるがままだ。…心臓がどくどくと脈打っている。いつも水琴を余裕たっぷりに翻弄する大人の男が、今夜は水琴にもてあそばれているなんて。

混ざり合う唾液。オレンジの酸味とチョコレートの甘さ。

「……甘くて、美味しかったでしょう?」

そっと口付けを解きながら濡れた唇を舐めれば、見開かれた黒い双眸に情欲の炎が燃え上がった。伸びてきた腕が両脇に差し込まれ、軽々と持ち上げられる。

「…悪い子だ、君は」

「あ…っ…」

後ろ向きで膝の上に乗せられたとたん、項に甘く歯を立てられた。

そのまま強く吸い上げられ、ちり、とかすかな痛みが走る。柔く白い肌にはきっと、痕が刻まれたに違いない。長めに整えられた襟足を梳きやり、泉里にだけ見ることが許された……紅い花のような痕が。

わななく細い背中を、泉里はおもむろに抱き締める。小さな尻のあわいに、布越しにも明らかなほど硬く、熱を帯びたものを押し当てて。

「二人きりで居ると、君を腕の中に閉じ込めておくことしか考えられなくなってしまう…」

——本当に悪い子だよ、君は。

耳元で囁かれ、怜一の忠告が頭をかすめたのはつかの間。パジャマの裾から入り込んだ手に胸の小さな肉粒を摘まれ、くりくりと先端を押し潰すように愛撫されれば、理性は淡雪のように溶けていってしまう。影志からどんな話を聞き出したのか、教えてもらわなければならないのに。

「…や…っ、あっ、あ…んっ…」

唇からこぼれるのは、甘ったれた喘ぎだけ。耳朶を食まれ、かぷりと噛まれるたびに腰を震わせ、泉里の猛る股間に尻を押し付けてしまう。もっと可愛がって欲しいと、おねだりをするように。

「水琴…、……欲しいのか?」

パジャマの上から震える尻たぶをいやらしく揉み込み、泉里は耳朶の付け根を舐め上げる。ずるいと、反射的に詰りたくなった。ただの飾りに過ぎなかった乳首をいじられるだけで全身が疼いてしまう性感帯に躾けたのは、泉里なのに。太く逞しいものに最奥まで貫いてもらわなければ極められない身体にしたのも、泉里なのに。

「…欲し、い…」

なのに、水琴はさえずってしまう。泉里の望むまま。尖った乳首を、うごめく指先に擦り付けて。

「欲しい…です、…泉里さん…っ」

「……あぁ…っ…」

興奮しきった吐息と共に、泉里はパジャマのズボンのウエストに手をかける。反射的に腰を浮かせれば、ズボンは下着ごと膝頭まで一気にずり下げられた。触れられもしないのに緩く勃起した性器は、外の空気に晒され、ぶるりと震える。

「可愛いな…、君は……」

己のものと比べればささやかすぎる肉茎を、泉里はびくつく双つの嚢ごと大きな掌に乗せ、やわやわと握り込んでいく。耳の穴に舌を差し入れ、奥までねっとりと侵しながら。

「…は…っ、あ、あん、あっ…」

ぴちゃぴちゃ、ぐちゅりと淫らな水音を奏でるのは揉みしだかれている肉茎か、それともみっちり奥まで侵された耳の穴か。きっと両方なのだろう。さっきからいじられ続けている乳首はぷっくりと尖り、もっといじめて欲しいと訴えているはずだ。

沸騰した血が、性器から全身をぐるぐると駆け巡っていく。

けれど、達することは出来ない。…いや、許されない。疼く蕾に泉里のものを突き立てられ、奥の奥に熱い飛沫を浴びせられるまでは。

「お…、願い…、泉里さん…奥、奥に…っ…」

性器をまさぐる腕に縋り、剝き出しの尻を熱い股間に擦り付ければ、すぐに求めるものを与えられる――はずだった。少なくとも、今までなら。

「……槇に、何を言われた？」

だが、耳に甘く注ぎ込まれたのは睦言ではなかった。びくりと跳ねる肩に、泉里はねっとりと舌を這わせる。

「…な、…んで…」

怜一は自分の使った茶器を持ち去ったから、泉里が戻って来た時、怜一の痕跡は残っていなかったはずだ。怜一がわざわざ水琴のもとを訪れたと、泉里にばらしたとも思えない。

なのに、何故――？

「君のことなら何でもわかる。俺は君のパトロンで、恋人なんだから」

「あ…、…ぁ…っ」

「だから隠しても無駄だ。…答えなさい。あの男は、君に何を吹き込んだ?」

……そんなの、言えるわけがない……!

今にも上がりそうな息を呑み、水琴はいやいやをするように首を振る。その反応こそが、聡明な男にある程度の確信を抱かせたとは気付かないまま。

「そうか…、言いたくないのか」

「ち…、違…っ、そうじゃなくて…」

「なら……お仕置きだな」

一瞬、何を言われたのかわからなかった。囁く声音が、あまりに艶めかしかったせいで。

「お…、お仕置き、って…」

「誰が来ても無視するようにと言っておいたのに、俺に答えられないようなことのために、槇と会ったんだろう?」

「…や…ぁ、あ……!」

スコーンに添えられていたクリームを掬い取り、泉里はひくつく蕾をなぞる。クリームのぬめりを借り、長い指はほとんど何の抵抗も無く蕾に入り込んだ。歓喜にざわめき、締め付けようとする媚肉をかき分け、クリームを馴染ませていく。

「あ…、んっ、せ…んり、…さんっ、あ、あっ…」

決して自ら濡れることの無いそこが潤いを帯び、くちゅくちゅと音をたてながら泉里の指に絡み付く。

泉里はほとんど服装を乱していないのに、水琴はどうだろう。パジャマのズボンだけを下ろされ、剝き出しにされた尻に指を深々と差し込まれ、もっと太いものが欲しいと男の膝で腰を揺らしているなんて。…そんな自分に、たとえようもなく興奮してしまうなんて。

「水琴、……俺の水琴…っ…」

泉里は濡れた指を引き抜くと、手早くパンツの前をくつろげ、熟しきった先端を蕾にあてがう。持ち上げられた腰がゆっくりと下ろされた。…入ってくる。待ちわびていたものが、水琴の中に。

「あ……、あぁぁぁ……っ！」

入り口でつかえた大きすぎる先端は、両側から鷲摑みにされた腰を強引に下ろされれば、柔な媚肉にめり込んでいった。隘路を一気に満たし、ずん、と最奥を突き上げる。肌の下でくすぶり続けていた熱が、出口を求めて全身を駆け巡る。

「……あ…っ、や…っ、あ…っ…」

やっといかせてもらえると安堵した瞬間、反り返った肉茎の根元に長い指がするりと絡み付いた。きつく縛められ、今にも溢れそうだった熱が無理やり押し戻される。

「…く…、っ……」

そのくせ泉里は快楽と紙一重の苦痛に打ち震える尻に容赦無く肉杭を打ち付け、最奥に思いのたけをぶちまけるのだ。達してもなお充溢したままの肉杭はずっぷりと蕾に食い込み、注がれるおびただしい量の精液を一滴たりともこぼさせてくれない。

「…やぁ…っ、…ど…、してぇ…っ……」

振り返った肩越しに涙目で抗議すると、泉里は極上の肉を喰らった獣のように熱い息を吐いた。いつもの冷静さの欠片も無い欲望に底光りする瞳を、ゆったりと細める。

「言ったはずだ。…これは、俺の言い付けを破ったお仕置きだと」

「あ、…あっ、…やだ…っ、やっ……」

「すぐにいかせてしまっては、お仕置きにならないだろう?」

囁くそばからぬかるんだ腹の中をぐちゅぐちゅとかき混ぜる肉杭は、みるまに逞しさを取り戻し、出されたばかりの精液を奥へ奥へと押し流していく。

衰える気配の無い肉の凶器に突き上げられ、身体ごとゆさゆさと揺さぶられるうちに、水琴は否応無しに悟った。泉里が満足するまで、今宵はこうして抱かれ続けるのだと。…渦巻く熱の奔流の出口を塞がれたまま、泉里の欲望を注がれ続けるのだと。

「あ……、……あぁ……」

串刺しにされたまま、水琴は震える背中を逞しい胸板にもたれさせた。…胸をざわめかせるこの感情は、何なのだろう。悲しみでも、嫌悪でもない。囲い込み、閉じ込めようとする腕は恐ろしいのに、狂おしい熱に全身を包まれていると、いつまでもこうしていて欲しいと願ってしまうなんて。

——自分の心がわからない。雲がかかっている。夢の中で高祖母が指差していた、あの月のように。

『貴方は、画家としてのご自分をどう扱われたいのですか？』

そんなの、突然聞かれたってわからない。…でも、わかっている。描き続けたいのなら、いつかは考えなくてはならないことだと。

ただ描きたいだけなら、何もプロの画家になる必要は無い。本業を別に持ち、趣味として描く方が心は穏やかでいられるだろう。絵だけで食べていける画家はごく一握り。水琴がその中に入れる保証はどこにも無い。たとえ泉里が全力でバックアップしてくれたとしても。

なのに何故、水琴は画家になりたいのだろう？　描いて描いて、描き続けて……どこにたどり着きたいのだろう？

「…愛している、水琴…。愛しているから…」

囁かれる睦言と愛撫の熱に巻き込まれ、水琴の意識はだんだん遠のいていった。

翌朝、まぶた越しに感じる陽光で目覚めると、水琴は寝室のベッドに寝かされていた。全身が重く、蕾はまだ何か太いものを銜え込まされたような違和感があるが、汗と精液まみれにされたはずの肌はさっぱりとして、新しいパジャマを着せられている。

水琴が思い出せるのは二度目の精液を注がれ、繋がったままソファに押し倒されたところまでだから、きっとあれから泉里がバスルームに連れて行ってくれたのだろう。

その泉里はといえば、水琴を向かい合わせに抱き締め、かたくまぶたを閉ざしていた。寝過ごすことなどほとんど無い泉里が、水琴が起きても眠ったままなのは珍しい。

「……泉里さん？」

そっと呼びかけてみても、泉里は目を覚まさない。よほど疲れているのだろう。長時間車を運転した上にあんな激しい行為に及んだのだから、当然といえば当然だ。

――もしも息苦しさに耐えられなくなったら、思い出して下さい。

脳裏によぎった怜一の不敵な笑みは、苦しげな呻(うめ)きにかき消された。安らかとは言いがたい泉里の寝顔が、苦悶(くもん)に歪(ゆが)んでいる。

「う…、……っ…」

「…だ…、…水琴…」

自分の名が聞こえ、水琴は揺り起こそうとした手を止めた。じっと動かずにいると、抱き締める腕に少しずつ力がこめられていく。

「…どこだ、水琴…」

「え……」

どこも何も、水琴はここに居る。泉里の腕の中に、すっぽりと収まっているではないか。

「水琴…、…行くな…」

だが泉里の夢の中の水琴は、泉里を置いてどこかへ行ってしまおうとしているらしい。いつも余裕たっぷりの態度を崩さない大人の男が儚く消えてしまいそうで、水琴はたまらず伸び上がった。

「…泉里さん、僕はここに居ます」

呻く唇に己のそれを重ね、広い背中に腕を回す。ぎゅっと力を込めれば、うるさいくらいだった鼓動はだんだん鎮まっていった。

「どこにも行きません。傍に居ますから…」

「…う、……ん……?」

眉間のしわが解け、かたく閉ざされていたまぶたが震える。やがて現れた黒い瞳はしばらくぼんやりしていたが、焦点を結ぶや、驚愕に見開かれた。

「み、水琴…?」

「はい。おはようございます、泉里さん」

微笑む水琴を泉里はまぶしそうに見詰め、布団の中の脚をそっと絡めた。水琴の肩口に押し当ててきた額は、かすかに震えている。

「…昨日は、すまなかった」

その一言で、喉が枯れるほど喘がされ続けた行為の記憶がよみがえる。…繋がったまま何度も最奥を濡らされ、気を失っても揺さぶられた。身体は清められても、抱き潰される感覚は色濃く残っているけれど。

見た目よりも柔らかな黒髪に、水琴は指を絡めた。

「…いいんです。僕も、泉里さんの言い付けを破ってしまったから」

「だが…」

「確かに昨日、槇さんはここにいらっしゃいました。でも、どんな話をしたのかまでは言えないからおあいこです。…それで、いいですか？」

怜一が水琴に何を言ったのか。知りたいのなら、泉里が怜一に直接尋ねるべきだ。

言外の言葉はきちんと伝わったらしく、泉里はゆっくりと額を離した。

「ああ。…もちろんだ」

安堵にほころぶ端整な顔は、すっかりいつもの泉里だ。ほっとする水琴の頬に優しく口付け、枕元に置かれていたスマートフォンを引き寄せる。

「八時か。朝食はどうしたい？　ここに運んでもらうことも出来るし、食堂か、外でも食べられるはずだが」

「じゃあ、外に行ってみたいです」

せっかく自然豊かな山間まで来たのに、部屋から一歩も出ていないのだ。閉じこもりきりなのはもったいないし、外の空気も吸いたい。それに…客席同士が離れた外なら、結衣についての話もしやすい。

水琴の提案を、泉里はあっさりと受け容れた。身繕いを済ませて一階に下りると、賑わうロビーでスタッフに指示を出していた影志がめざとく振り返り、慇懃に腰を折る。

「おはようございます、奥槻様、胡桃沢様。昨日はよくお休みになれましたか？」

「おかげさまで。朝食は外で頂きたいのですが、構いませんか？」

「はい、もちろんでございます」

影志は女性スタッフに案内を命じると、他のスタッフに呼ばれ、恐縮しながら去っていった。プレオープン中とあって、支配人でも動き回らないわけにはいかないようだ。

「……あれ？」

水琴は思わず目をこすった。ベージュのカーペットに、黒い足跡が点々と付いていたのだ。しかもそれは水琴が見守る間も刻まれていく。その先に居るのは…。

……加佐見さん？

足跡は影志が立ち止まれば停止し、歩き出せばまた動き始める。まるで、影志の後を追いかけるように。

だが、二十センチにも満たないだろう小さなそれは、影志のものではありえない。そもそもオープン前のホテルのカーペットが汚れていれば、客の目に触れる前に交換されるはずだ。

忙しそうに立ち働くスタッフも、ロビーのあちこちで談笑する客たちも、足跡に気付いた様子は無い。あの足跡が見えているのは、水琴だけなのだ。つまり、あちら側に渡った者…死者によって刻まれたものということになるが…。

「…水琴?」

そっと手を握ってくれる泉里が、何か見たのかと眼差しだけで問いかけてくる。水琴は大きな手を握り返し、小さく頷いた。案内役の女性スタッフが傍に居るのに、うかつに足跡のことを話すわけにはいかない。

「…で、では、ご案内いたします」

笑みを滲ませて頷き返す泉里に目を奪われていたスタッフは、さっそく水琴たちを外に案内してくれた。

ホテルを囲む雑木林には石畳の小路を巡らせてあり、緑豊かな自然を堪能(たんのう)すると同時に、他の客と鉢合わせせずに済む工夫が凝らされているらしい。泉里に教えてもらい、なるほどと感心した。あんなに招待客が宿泊しているのに、どうりで誰とも遭遇しないわけだ。

水琴たちが通されたのは、雑木林の最も奥にある席だった。赤いパラソルが差しかけられた丸いテーブルにはナプキンやカトラリーがセットされ、クリスマスシーズンらしく薔薇やポインセチア、小さなリンゴ、松ぼっくりなどをあしらったアレンジメントが飾られている。この季節の屋外だから寒さは覚悟していたが、それぞれの席に設置されたパティオヒーターのおかげでほど良く暖かい。うっすらと雪化粧をした山々を遠くに眺めながらの朝食は、最高のぜいたくだ。

　オリジナルブレンドのハーブティーと野菜スープ、焼き立てのパン、半熟卵を載せたガレットに自家製のハムとソーセージ。運ばれてくる朝食はシンプルだがどれも素材の良さが際立ち、水琴はうっとりしながら味わった。澄んだ空気と木漏れ日が食欲を倍増させてくれるせいか、パンを二度もおかわりしてしまったほどだ。

「良かったら、これも食べなさい」

　デザートに出されたフルーツヨーグルトを、泉里は水琴に譲ってくれた。こんなに美味しいのに、もらってしまっていいのだろうか。ためらっていると、泉里はくすりと笑みを漏らす。

「すまない。前にもこんなことがあったと思って」

「あ…、そう言えば…」

　水琴も思い出した。まだ桐ヶ島で暮らしていた頃、泉里が持参したランチのデザートを譲ってくれたのだが、その時にも同じような遣り取りをしたのだ。

　ほんの一年ほど前のことなのに懐かしいのは、恋人同士という関係が加わったせいだろうか。目を細める泉里も、同じ感慨に浸っているに違いない。

「あの頃の君も見惚れるほど美しかったが…今の君は、まぶしいくらいだよ」

「せ…、泉里さん…」

「少しでも目を離せば、どこかに連れ去られてしまいそうだ…」

すっと膝の上に伸びてきた手が、水琴の右手に重ねられる。指を絡められ、水琴は頬が真っ赤に染まっていくのを感じた。己の容姿には無頓着な水琴だが、もしも変化したというのなら、変えたのは確実に泉里だ。愛しさが溢れ出る眼差しを水琴にくれたのは、祖父を除けば泉里だけなのだから。

泉里はカットされたイチゴごとヨーグルトを掬い、銀の匙(さじ)を水琴の口に運んでくれる。人目のあるところで食べさせてもらうなんて、行儀が悪いけれど。

……利き手がふさがってるんだから、しようがない、よね。

己に言い訳しながら、水琴は差し出されるヨーグルトを食べていった。ちらと見上げれば甘く微笑む泉里と目が合うのが気恥ずかしくてたまらないのに、やんわりと絡められた手を振り解けない。

……槇さんは、泉里さんに昨日のことを話すのかな。

甘やかしてもらっていても、怜一によって植え付けられた不安はちくちくと胸を刺す。水琴に何を告げたのか、泉里はきっと怜一に問いただすだろう。怜一は面白がって話す気もするし、沈黙を保つような気もする。謎めいた微笑みと同様、あの男の行動は水琴にはとうてい予想がつかない。

つかの間、抜き身のナイフを食い込まされるようなあの感覚が喉元に絡み付き、するりと解けていった。

　泉里に気取られないよう、水琴は肺の奥底に沈んでいた空気を吐き出す。画家として、どう扱われたいのか。…結論を出さずに逃げるなど、怜一は決して許してくれないだろう。あの男は水琴の絵に商品価値を見出し、丁重に扱いはしても、甘やかしはしない。近いうちに必ず答えを求められるはずだ。

　自分の中にぼんやりとした何かはあるのに、上手く言葉になってくれない。考えに没頭しかけ、水琴は思考を振り払った。泉里は鋭いから、悩んでいたらすぐに勘付かれてしまう。ただでさえ水琴のせいで面倒をかけているのだ。これ以上、よけいな心配をかけたくない。

「…泉里さん、さっきのことなんですけど」

　やがてヨーグルトのグラスが空になり、食後のコーヒーが運ばれると、水琴はさっき目撃した足跡について説明した。

「……足跡だけの死者、か。それはまた、奇妙なものを見たな」

「はい。僕もたくさんの彼らを描いてきましたが、足跡だけっていうのは初めてで…加佐見さんに付いて歩いているみたいなんですが…」

　単に水琴には見えないだけなのか、死者自ら姿を消しているのか。だとすれば何故、足跡だけがくっきりと浮かび上がるのか。

　泉里はブラックコーヒーを啜りながら記憶をたぐり、しばらくして口を開いた。

「小さな子ども……ひょっとしたら、弟さんかもしれないな」
「弟さん…、ですか？」
「ああ。…加佐見さんには弟さんが居たんだ。二十年前、ある事件に巻き込まれ、亡くなってしまったんだが…」

影志とその三歳違いの弟…光次(こうじ)は、とても仲の良い兄弟だったそうだ。母親が光次を産んですぐ亡くなり、父親の崇が仕事で留守がちだったのもあり、影志は幼いながらも親代わりのように弟を可愛がっていたという。

だが二十年前——九歳と六歳の兄弟は揃(そろ)って誘拐され、山奥の小屋に監禁されてしまった。二人は犯人が身代金を受け取りに出た隙を突き、どうにか小屋から脱出したものの、季節は今と同じクリスマス目前の真冬。山には雪が降り積もっており、兄弟は必死に下山する途中ではぐれてしまったのだ。

幸い、ふもとまで下りてきた影志は地元の住人に救助され、病院に搬送されたおかげで一命を取り留めた。…しかし光次は必死の捜索も虚(むな)しく、崖下で遺体となって発見されたそうだ。兄とはぐれて雪山をさまようちに、誤って滑落してしまったのだろう。

「誘拐犯は、二人の父親の運転手だった。多額の借金に悩んだ末、身代金目当てで二人を誘拐したんだ。学習塾帰りの兄弟を迎えに行き、そのまま連れ去ったらしい」
「…ずいぶん、詳しいんですね」

二十年前といえば泉里もまだ九歳なのに、よく覚えているものだ。感心する水琴に、泉里は素早く操作したスマートフォンを見せてくれる。

表示されているのは、新聞のデータベースだ。『無惨、運転手の凶行』の大きな見出しに目を引かれる。

「当時はメディアでずいぶんと騒がれたからな。藤咲の義父も気を揉んでいたし、よく覚えている」

促されて記事を読んでいくうちに、水琴にも世間を騒がせた理由がわかってきた。犯人――運転手の七瀬大和（ななせやまと）は身代金を受け取った後に姿を消し、逮捕されなかったのだ。指名手配はされたものの、泉里によれば今もなお逃走中だという。当時二十五歳だから、生きていれば四十五歳だ。

日本において誘拐事件の検挙率は九割を超えるのに、何故犯人を逃がしてしまったのか。

それはひとえに、兄弟の父である崇が原因だった。崇は事件を警察に届けなかったのだ。身代金の受け渡しも、七瀬に指示されるがまま、崇が一人で行った。誘拐事件が発覚したのは、逃げ出した影志が発見された後だったのである。

警察は慌てて捜査に乗り出したが、初動捜査の遅れが最後まで祟り（たた）、七瀬の逮捕には至らなかった。記事によれば、監禁場所の山小屋には何故か身代金が手付かずのまま残されていたそうだ。

一通り記事を読み終えると、水琴は何ともやるせない気持ちになった。

「…どうして、崇さんは警察に通報しなかったんですか？　事件が起きてすぐ捜査を始めれば、犯人は捕まって、二人とも助かったかもしれないのに」

「当時のカザミリゾートは、ちょうど急成長期に入ったところだった。信頼していた運転手に子どもを誘拐されたことが公になれば、イメージダウンは避けられないと判断したんだろう」

だが結局犯人は捕まらず、幼い息子の一人は無惨な死を遂げるという最悪の結末を迎えてしまったのだ。しかもそれが大々的に報道されるに至り、崇は激しいバッシングを受けた。カザミリゾートの業績にも少なからぬ影響が出たというが、国内有数のホテルチェーンとして名を馳せるまで盛り返したのだから、経営者としての崇は確かに優秀なのだろう。

でも、父親としては……。

「…ひどいことを…」

信じていた運転手に裏切られ、誘拐された。それだけでも子どもには酷なのに、父親がスキャンダルを怖れるあまり助けてもらえず、自ら雪山を逃げ回らざるを得なかったなんて。どんなに恐ろしかっただろう。助かった影志の心にも、深い傷が刻まれたはずだ。ましてや、たったの六歳で命を絶たれた光次の無念は察するに余りある。水琴自身、実の両親に見捨てられたも同然だから、尚更。

「水琴、…水琴？…」

水琴の心の傷を知る泉里は、右手を握り締める手にきゅっと力をこめる。…この心配性の恋人や優しい祖父、不器用だが面倒見のいい友人たちのおかげで、水琴は孤独と無縁でいられるのだ。

しばし無言で互いの温もりを分かち合ってから、泉里は静かに問うた。

「君が見た足跡は、弟さんの…光次くんのものだと思うか？」

「…まだ、わかりません」

高祖母から受け継いだこの目に映るのは、死者――彼らの遺した思いだ。

だとすればあの足跡にはいったいどんな思いがこめられているのか、見当もつかなかった。せめて足跡を刻んでいる当人の姿が見えれば何かわかるのかもしれないし、気にならないと言えば嘘になるが…。

「でも、今回の僕は泉里さんの力になるために来たんですから」

「…気持ちは嬉しいが、君の本分は絵だ。惹かれるものがあるなら、そちらを優先すべきだろう」

「いいえ、優先すべきなのは僕の…妖精画家の偽者の方です。加佐見さんから、百川さんについて何か聞けたのなら教えて下さい」

……泉里さんや槇さんがわざわざこんなところまで来たのは、僕のせいなんだから。僕が妖精画家だとはっきり名乗り出ていれば、百川さんだって僕のふりは出来なかったのに。

水琴は恋人の大きな手をぎゅっと握り締める。

気が進まないようではあったが、泉里は影志から聞き出せた情報を教えてくれた。結衣はプレオープンの招待客より早くホテルに入り、基本的に作画に専念しているそうだ。時折用意された自室から出てはホテル内を散策し、ファンたちとも交流しているらしい。

「ファ、ファン…、ですか…」

まだ本格的なデビュー前なのに、ＳＮＳの影響力とはすごいものだ。目をぱちくりさせる水琴に、泉里は苦笑する。

「と言っても、モデル時代のファンだ。彼女はローティーンの頃からモデル活動をしているからな。古くからのファンに画家デビューの瞬間を見届けて欲しいという彼女たっての希望で、特に熱心なファン三人にも招待状を送ったそうだ」

「そこまでしてくれるなんて…カザミリゾートは、百川さんが妖精画家だと確信しているってことですよね…」

急な寒気に襲われ、水琴はぶるりと震える。

自分の偽者について、今まではどうしてそんなことをするのだろうという疑問しか抱かなかった。水琴を騙ったところで、水琴になれるわけではない。心に虚しさしかもたらさないはずなのに…と。

だが、全てを承知の上で水琴になりきろうとする人間が居て、それを全力で支援する者たちが居る。いざその事実を目の当たりにすると、丸腰で飢えた獣の前に放り出されたような不安に陥ってしまう。

「大丈夫だ。君には俺が居る」

知性と情熱の溶け合う黒い瞳が、まっすぐに水琴を射貫(いぬ)いた。

「君を利用しようとする者も、それを助ける者も、俺は絶対に許さない。ことを荒立てはしないが、君を不安にさせた報いはきちんと受けさせる」

「泉里さん……」

——それは画商(パトロン)としてですか？　それとも恋人として？

口を突きそうになった質問を呑み込み、水琴は頷いた。

「ありがとうございます。…僕も、泉里さんを助けられるように頑張ります」

「傍に居てくれるだけで、じゅうぶん助けになっているよ」

冗談とはほど遠い口調で言い、泉里は水琴の頭を撫でた。

「おはようございます、お二人とも。いい朝ですね」

ホテルに戻ると、ロビーの壁を見上げていた怜一(れいいち)がさわやかな笑顔で振り返った。傍らの若い女性スタッフに短く礼を告げ、唇を引き結んだ泉里(せんり)が引き返そうとする前につかつかと歩み寄ってくる。

「お、おは…」

「…スタッフの買収とは、誉められたことではないと思いますが？」

挨拶を返そうとする水琴の前に、泉里は渋面のまま進み出た。ギャラリーの横柄な客すら怯ませる冷たい声音にも、怜一は笑顔を崩さない。

「買収だなんて、とんでもない。お茶に誘うついでに、お二人がどこにいらっしゃるのかお尋ねしただけですよ」

「それが買収でなくて、何なのでしょうね」

「こう見えて生来の寂しがりやでして、一人ではお茶も楽しめないんですよ。いい歳をした大人が、困ったものですが」

物憂げにまぶたを伏せる怜一を名残惜しそうに振り返り、去っていくスタッフは、よく見れば水琴たちを外に案内してくれたあの女性スタッフだ。怜一に甘く微笑まれ、水琴たちがどこに行ったのか教えてしまったらしい。己の容姿の威力を知り尽くした怜一の行動力は、すさまじいものがある。

「…あいにく、私たちは朝食を頂いたばかりですので」

「まあ、そう冷たいことをおっしゃらずに」

怜一は再び笑顔になり、泉里の肩を摑むと、振り払われる前に素早く唇を寄せた。小さく吹き込まれた言葉は水琴には聞こえなかったが、泉里ははっとして怜一を見返す。

「いかがでしょう。お茶に付き合う気になって下さいましたか？　出来れば、二人きりがいいのですが」

「…水琴を、一人にするわけには参りませんので」

「そのことでしたら、ご心配には及びませんよ」

怜一が手を挙げると、心得たコンシェルジュがやって来て、折り目正しく頭を下げた。

「水琴さんはまだろくに館内も探索していらっしゃらないでしょうから、一通りガイドして下さるようお願いしておきました。こちらの敷地は山道にも繋がっていて、知らなければ危険ですし」

「しかし…」

「泉里さん、行って下さい。あちこち見て回りたいと思っていましたから、ちょうどいいです」

水琴はそっと泉里のジャケットの裾を引いた。心配を隠そうともしない恋人に大丈夫だと微笑んでみせると、生真面目そうなコンシェルジュは赤面し、通りがかったカップル客は棒立ちになって水琴に見入る。

「…水琴さん、それでは逆効果ですよ…」

「えっ？」

額に手をやった怜一にたしなめられるが、何がいけなかったのか。戸惑う水琴をよそに、怜一と泉里は見交わし、頷(うなず)き合った。ついさっきまであれほど険悪だったくせに、やけにわかり合っているのはどうしてなんだろう。

「——でしたら、私が胡桃沢(くるみざわ)様をご案内いたしましょうか」

納得出来ずにいると、チェックインの客をさばき終えた影志(えいし)が柔らかな物腰で申し出た。招待客がホテルに到着する日時はまちまちなので、基本的にロビーから離れられないようだ。対応に追われながらも、周囲の人の動きに神経を張り巡らせるのはさすがである。

たかが案内のために、多忙な支配人を駆り出すなんてありえない——と、水琴は断ろうとしたのだが。

「加佐見(かざみ)さんにお願い出来るのなら、ありがたいですね」

「よほどの身のほど知らずでない限り、近寄って来ないでしょうからね」

怜一が受け容(い)れれば、泉里もすぐさま同意する。何故(なぜ)かコンシェルジュまで頷いており、困惑しているのは水琴だけだ。

それからあっという間に話はまとまり、泉里が怜一の部屋で話す間、水琴は影志にホテル内を案内してもらうことになった。何かあったらすぐ連絡するよう何度も言い含め、泉里たちはようやく二階へ上がっていく。きっと結衣(ゆい)についての情報を交換し……そして、泉里は昨日のことを怜一に尋ねるのだろう。

画家としての自分をどう扱われたいのか。怜一と同じ問いを、泉里から問いかけられたとしたら――？

再び考え込みそうになり、水琴は首を振った。悩むのは後だ。影志は結衣を妖精画家と認め、依頼したカザミリゾートの次期後継者である。もしかしたら、結衣について何か情報を漏らしてくれるかもしれない。

「加佐見さん、申し訳ありません。お忙しいのに、僕なんかのためにお時間を割いて頂いて…」

恐縮する水琴に、影志はとんでもないと首を振った。

「他でもない奥槻様のお連れ様でいらっしゃいますから。…朝食はお楽しみ頂けましたか？」

「はい、とても。特にパンとヨーグルトが美味しくて、お代わりしちゃいました」

「ありがとうございます。そうおっしゃって頂けると、シェフも生産者の皆さんも喜びます」

地産地消を目指し、ホテルでは可能な限り地元の食材を使用しているそうだ。契約農家にはホテルを囲む雑木林の落ち葉を腐葉土にし、肥料として使ってもらっているのだという。

「当ホテルでお出ししているワインは、腐葉土を使って育てたシャルドネを、ホテルスタッフ自ら醸造したものでございます。来年胡桃沢様が成人されましたら、ぜひまたご宿泊頂き、奥槻様とご一緒に味わって下されば幸いです」

「…僕の歳を、ご存知なんですか？」

藤咲家の一員である泉里は大切な客だろうが、水琴はその連れに過ぎないのに。しかも、泉里がアルコールのたぐいを口にしていないことまで把握済みのようだ。

「ホテルを統括する者として、当然のことでございます。…では、まずは館内からご案内いたしましょうか」

感じのいい笑みを浮かべ、影志はきびすを返した。姿勢良く歩き出す足元に、またあの小さな足跡が刻まれていく。

……あれは、光次くんの……？

じっと目を凝らすが、それらしき姿はどこにも見えない。

「胡桃沢様？」

「あ…、すみません。今行きます」

水琴は慌てて影志に追い付いた。ちらと盗み見た影志の横顔は泉里や怜一のような華こそ無いが、それなりに整っているのに、ひどく存在感が薄い。

ホテルマンという職業柄か、それともあの誘拐事件の影響なのだろうか。二十年の時が経とうと、可愛がっていた弟を亡くした傷が完全に癒えたとは思えない。しかし、どんなに気になっても、ただの客がいきなり事件について突っ込んだ質問をするわけにもいかない。

もどかしさを抱えたまま、水琴は影志と共に館内を巡った。

カザミリゾート所有の山の中腹にある森を切り拓いて建てられた『リアンノン』は、一万坪以上の敷地に二階建ての一棟だけというぜいたくな空間の使い方をしている。スキー場が集中するこの地域一帯はN県屈指の観光地であり、ホテル周辺の森はスキー場の喧騒や観光客を寄せ付けないための障壁も兼ねるらしい。

貴族のマナーハウスをイメージしたというホテルの客室は、一階と二階両方合わせても三十部屋だけだそうだ。それ以上多くすると、スタッフの目が細やかに行き届かなくなってしまうのだという。

「お客様には森の息吹に包まれて過ごし、おいでになった時より心身共に癒やされてお帰り頂く。それが当ホテルのコンセプトでございますから」

「…確かに、外で朝ご飯を頂いたら、いつもよりたくさん食べられました」

「ホテル周辺は除雪してありますから、晴れていれば森林浴をお楽しみ頂けますよ。五月の連休に入る頃には、山岳ガイド同行でのトレッキングも開催する予定なのですが…」

スパやエステ、遊戯室など、館内のめぼしい施設を案内し終えると、影志はホテルの裏庭に回った。こちらも自然の森を活かす格好で整えられ、蔦を絡ませたあずまやが点在するが、寒さのせいか客の姿は見えない。

裏庭の北側からは山頂に向かって細い道が延びている。幅は大人がようやくすれ違える程度で、車はとても乗り入れられそうにない。両側にロープの手すりを巡らせたその道と庭の境目には太い鎖が張られ、『冬季期間中、立ち入り禁止』の札が下げられていた。

「頂上に繋がる山道は、ご覧の通り、現在は封鎖されております。お客様の安全のためでございますので、ご理解下さい」

「はい、わかりました」

水琴も山村育ちだから、冬山の恐ろしさは祖父やその友人たちから耳にたこが出来るほど聞かされている。都会の人間でも、この寒いのにこんもりと雪の積もった山道にわざわざ出て行くはずはないと思ったのだが…。

「あれ……？」

「いかがなさいました？」

水琴と同じ山道に目をやった影志が、ぎくりとこめかみを引きつらせた。

ということは、あれは——立ち入り禁止のはずの山道に点々と刻まれた足跡は、影志にも見えているらしい。つまり、生きた人間のものなのだ。招待客の誰かが、禁を破って山に入ったのだろうか。

「あ、……あ……」

「…加佐見さん？」

水琴が呼びかけると、かすかに唇を震わせていた影志は何度か深い呼吸を繰り返し、頭を下げた。穏やかな表情はさっきと変わらないはずなのに、どこか幼く見えるのは何故なんだろう。

そう、まるで水琴にしか見えない小さな足跡の主のように。

「失礼いたしました。立ち入り禁止ではございますが、念のため係員が定期的に見回っておりますため、その際についたものだと思われます」

「…そう、なんですか」

支配人である影志は、見回りのスケジュールを把握しているはずだ。取り乱すのは不自然なのだが、水琴は追及しなかった。いや、出来なかった。影志の顔色が、さっきより明らかに悪かったせいで。

……こっちの足跡は、見えていないはずなのに。

影志の足元には相変わらず小さな足跡が続いているが、歩いてきたルートを浮かび上がらせるようなそれに、影志の視線が向けられることは無い。影志の目に映るのは現実だけだ。なのに何故……？

腑に落ちないまま、水琴は影志と共に館内へ引き上げた。裏庭からは雪化粧を施した山脈の絶景が楽しめるが、長居するには少々寒かったのだ。暖炉で暖められたロビーに入ると、冷えた身体から強張りが一気に抜けていった。

「よろしければ、こちらをどうぞ」

影志はスタッフに指示し、ミルクをたっぷり入れたホットチョコレートを運ばせてくれた。ありがたく受け取り、蕩けるように甘い液体をちびちびと啜りながら、水琴はロビー奥の壁を見上げる。天井までまっすぐ続く白い漆喰の壁は、宿泊客がホテルに到着した時真っ先に目に入る位置だが、何の飾りも施されておらず、やけにがらんとした印象を受けた。

今なら、自然に結衣のことを聞き出せるかもしれない。緊張に乾いた唇を、水琴はひそかに舐め上げた。

「ひょっとして、…妖精画家の絵はあそこに飾られるんですか？　その、僕も絵を描いているので、気になって…」

つい余計なことまで口走ってしまったが、ああ、と影志は微笑ましそうに頷いた。

「左様でございます。奥槻様ほどの方に見込まれていらっしゃるのなら、きっと良い刺激を受けられることでしょう。クリスマスの夜にお披露目の予定ですので、ぜひおいで下さいませ」

「あの…、…どうして、妖精画家が選ばれたんでしょうか。もっと有名な画家が、他にいくらでも居ると思うんですが…」

単なる画家の卵のひがみとも取られかねない質問を、水琴はぶつけずにはいられなかった。偽者うんぬんは関係無く、純粋に疑問だったのだ。

話題性には事欠かないかもしれないが、妖精画家…結衣はまだ一度も大きな仕事を経験していない。そんな画家にホテルの象徴にもなる絵を任せて、不安は無かったのだろうか。

「…実は、妖精画家の起用を提案したのは私なのですよ」

「加佐見さんが…？」

「はい。私はヨーロッパを転々としながらホテル経営を学んでいたのですが、今年に入って突然父に呼び戻され、この『リアンノン』を任されたのです」

影志の父の崇は長年ワンマン社長として経営のトップの座に君臨していたが、心臓の持病が悪化し、入院を余儀無くされてしまったのだそうだ。新規オープンのホテルを任せたのは、まだ自分がフォローに入れるうちに経験を積ませ、同時に経営者としての箔をつけてやりたいという親心なのだろう。

「何かホテルの象徴になるものが欲しいと思い、あれこれ探してみたのですが、なかなかぴんとくるものが見付からず悶々としておりました。…そんな時、妖精画家…百川さんの絵と巡り合えたのです。運命を感じました」

「…運命、ですか…」

「ええ。『リアンノン』はこの画家の絵が飾られるためにあるのだと、そう思えたのです」

――たたっ。

影志が珍しく熱い口調で断言した時、小さな音が水琴の耳に届いた。

暖炉の薪が爆ぜた？　…いや違う、この音は。

「足音……？」

「っ…、胡桃沢様…？」

「すみません。今、どこかから足音が聞こえた気がして…」

大人ではなく、幼い子どもが駆け回るような足音だった。そう告げたとたん、影志の穏やかな笑みにかすかな緊張が走る。

「あいにく、私には聞こえませんでした。ご招待したお客様にも、小さなお子様をお連れの方はいらっしゃらないはずですが…」

「…じゃあ、きっと僕の気のせいですね」

お騒がせしました、と水琴は素直に引き下がったが。

……嘘だ。

影志は嘘を吐いている。影志にもさっきの足音は聞こえたはずだと、何故か確信出来た。幼い子どもの足音…もしかしたら、影志を追いかける足跡の主のものなのか？

「小規模ですが、当ホテルにも英国ゆかりの絵画や骨董品を集めたギャラリーがございます。絵を描かれるのでしたら、きっと興味深くご覧頂けるかと…」

不自然なくらいすらすらと説明してくれる影志からは、全く読み取れない。

――運命。

影志の口から出るには感傷的すぎる言葉が、どういうわけか気になってたまらなかった。泉里によれば、影志は美術品に関して一般人より詳しくはあるものの、目利きというわけではないという。つまり結衣の絵には、理屈など抜きにして、大切なホテルの象徴にしたいと一目で思わせるだけの何かがあったのだ。…少なくとも、影志にとっては。

……そこまで加佐見さんを惹き付けるものって、いったい何なんだろう？

せっかくだからとギャラリーに案内してもらいながら、水琴は考えを巡らせる。だが、結衣がＳＮＳにアップしていた絵を思い浮かべるたび鈍く頭が痛み、答えは最後まで見付からなかった。

水琴が影志と共に、館内を巡っていた頃。

「奥槻さん。貴方、水琴さんに何てことをして下さったんですか」

泉里は怜一に詰め寄られていた。しかも胸倉を摑まれ、恐ろしいくらい整った顔をキス出来そうなくらい近付けられるという屈辱的な体勢で。

我ながら情けないが、まさか怜一の部屋に通されるなり、扉に押さえ付けられるとは思わなかった。とっさに抵抗出来なかったのは、泉里もまた怜一の虫も殺せないような容姿に幻惑されていた証か。

「…何の…」

「何の話だ、なんて聞かないで下さいよ。私が昨日、貴方の居ない間にお邪魔したことや、話した内容まで洗いざらい吐かせたのでしょう？」

今朝の水琴さんを見てすぐに察しましたよ、と当然のように言い放つ男をさすがの観察眼だと称えるべきか、気色悪いと引くべきか。

つかの間真剣に考え、泉里は怜一の手を振り解いた。

「貴方が私の留守を狙って厚かましく上がり込んだことは、水琴に吐かせたわけではありません。私が自分で気付いたんです」

「…何故、と聞いてよろしいですか？」

「水琴のティーカップに残っていた紅茶は、水琴がいつも飲む銘柄ではありませんでした。部屋にはあの子が好きな銘柄の茶葉も備え付けてあったのに」

だからこれは水琴が自分で淹れたものではないと判断した。ならば怜一がこそこそ忍んで来たに違いないという、ごく簡単な推理なのだが、怜一は何故か嫌そうに距離を取る。

「……いや、想像のはるか上を行かれてしまったもので、つい……」

「……？　後援する画家の嗜好を完璧に把握するのは、当然のことでは？」

「それはそうですが、奥槻さんの場合は…」

何か…おそらくろくでもないことを言いかけ、怜一は肩をすくめると、窓際のソファを勧める。

「おかけになりませんか？　水琴さんのお好きではない銘柄でよろしければ、お茶もお出ししますが」

「いえ、こちらでけっこうです」

長居するつもりは無いと暗に告げれば、怜一は溜息を吐きながら扉にもたれた。きっちり話をつけるまでは、逃がすつもりは無いようだ。むろん、望むところである。

「…それで、槇さん。百川さんの正体を暴く方法というのは何なのですか？　私が協力すればすぐにでも実行可能だそうですが」

そう耳打ちされたから、このいけすかない男に付いて来たのだ。急かす眼差しを小揺るぎもせずに受け止め、怜一は泰然と腕を組む。

「その前に伺いたいのですが…奥槻さんは、水琴さんを画家としてどう売り出すおつもりですか？」

「何を突然…」

「答えて頂かなくてもわかります。水琴さんを俗世から切り離し、純粋な才能だけを世に出したいと考えていらっしゃるのでしょう？　…ああ、私に丁寧な言葉遣いは必要ありませんよ。仕事でもないのに、いけすかない相手に気を使うのは疲れるでしょう？」

こんな時、つくづく思い知らされる。怜一の亡き養父…『ギャラリー・ライアー』の先代オーナー、槇銀次郎は黒い噂にまみれた美術界のガン細胞のような人物だったが、人を見る目は確かだったのだと。罪滅ぼしのためであっても、怜一が並外れて優秀な頭脳と洞察力の主でなかったら、養子にまではしなかっただろう。

「…では、お言葉に甘えて」

顧客には決して見せない冷酷な眼差しで、泉里は怜一を見下ろした。

「…何が悪い？　あんたの言う通り、水琴は純粋無垢で繊細な子だ。その気になれば誰をもひざまずかせられるほどの容姿を持ちながら、自覚はまるで無い。作品だけでも人々を魅了してやまないのに、あの容姿まで公になれば、どんな奇禍に襲われることか…」

「お気持ちはわかります。私とて、水琴さんをいたずらに危険な目に遭わせたいわけではありません。あの方は私の恩人。私が今こうしていられるのも、水琴さんのおかげなのですから」

　ですが、と怜一は語気を強める。

「敢えて申し上げます。奥槻さん、貴方は間違っていると」

「……」

「水琴さんは…妖精画家は、あのたぐいまれな容姿ごと世にお披露目されるべきです。もちろん、貴方のおっしゃるような弊害は発生するでしょう。ですが水琴さんのあの容姿は、それをはるかに上回る利益を生み出します」

「——利益、か」

　低い呟きに滲むかすかな侮蔑を敏感に察知したのだろう。怜一は水琴には絶対に見せない挑発的な笑みを浮かべる。

「ええ、利益です。まさか奥槻さん、芸術は俗世の権益とは関わらず、孤高かつ高尚であるべき……などとお綺麗な世迷い言を叩かれませんよね？　人を呼べない、金を産めない芸術に、存在価値など無いのですから」

「…否定はしない」

芸術に対するスタンスは人それぞれだ。金にならなくてもいいから好きなものを創りたいという者も居れば、金を産む手段として芸術を選ぶ者も居る。だが泉里たち画商だけは、商品としての芸術を認めないわけにはいかない。芸術に商品価値があるからこそ、画商という職業は成り立つのだから。

「ならば、おわかりになるでしょう。貴方が水琴さんを大切に隠し続けるからこそ、今回のような偽者が現れるのです。いっそ大々的に公表してしまえば、誰も妖精画家だと偽れなくなる。水琴さんの美貌は、水琴さんしか持ち得ないのですから」

「…見世物にされることを、水琴が望むとは思えない」

「あの容姿もまた、水琴さんに与えられた才能の一つでしょう。神に愛された証拠ですよ。あの偽者なら確かに見世物にしかならないでしょうが、水琴さんなら画才と美貌、二つの才能で数多(あまた)の人々を熱狂させ、信奉させるはずです」

「——あんたのように、か？」

「ええ、その通りです」

微塵(みじん)の迷いも無く、怜一は断言した。水琴を金の卵を産む商品だとみなしながら、同時に崇拝する。この男の中では、何の矛盾も存在しないのだろう。

「何を怖れる必要があるのですか？　水琴さんの容姿ごと売り出しても、貴方ならじゅうぶん守り切れるでしょうに」

「俺は…」

「それとも——怖いのは、水琴さんが貴方の掌(てのひら)から飛び立ってしまうことですか?」

嘲笑(ちょうしょう)する怜一の首が、鮮血をまき散らしながら転がり落ちた。何度も何度も——そんな妄想でもしなければ、目の前の男に何をしてしまうかわからなかった。

もっとも、泉里の荒れ狂う胸の内など、怜一にはお見通しだろう。

「…恋人として、貴方が水琴さんを囲い込むのは否定しません。ですが水琴さんは貴方の恋人であると同時に、画家なのです。奥槻さんにはその才能を磨き、最高の形で世に送り出し、才能に相応(ふさわ)しい称賛と利益を届ける義務がある。…テオドルスになるなど、私は決して認めない」

テオドルスとは、おそらくテオドルス・ファン・ゴッホ——言わずと知れたオランダの巨匠、フィンセント・ファン・ゴッホの実弟のことだ。

テオドルスもまた、泉里たちと同じ画商だった。あらゆる援助を惜しまず、奇行の目立つ兄を生涯にわたって支え続けた。ゴッホ唯一の理解者であり、支援者と言っていいだろう。ゴッホの最期を看取ったのもテオドルスだ。

…だが、テオドルスは兄を画家として成功させることだけは出来なかった。ゴッホがその才能を認められ、名声を得たのは死後のことだ。

「――俺が、水琴を飼い殺しにするとでも？」

「出来るでしょう？　貴方なら」

泉里からさんざん搾取してきたあの明雅すら怖気づかせた低い声音に、怜一は一歩も引かない。

「私が奥槻さんを排除しないのは、他ならぬ水琴さんが貴方を必要としているからです」

だから――と、怜一は微笑んだ。ぞっとするくらいなまめかしく。

「忘れないで下さい。水琴さんが要らないとおっしゃったなら…その時は、どんな手を使ってでも貴方を消します」

「…そして今度は、あんたが第二の俺になるわけか」

「奥槻さんほど重たい男には、なれないかもしれませんがね」

その首をへし折ってやりたくてたまらないのは、お互い様なのだろう。…出来るものならやってみればいい。水琴を奪おうとするのなら、こちらだって手段は選ばない。藤咲の義父から薫陶を受けたのは、芸術の知識だけではないのだ。

苛立ちを冷笑に包み、泉里は問う。

「…百川結衣の正体を暴く方法というのは？　俺をここに連れ込むための方便じゃないだろうな」

「まさか。…水琴さんの前で口にするのが、少々ためらわれただけですよ」

その口振りからして、嫌な予感しかしないのだが、ここまできて聞かないわけにもいかない。無言で促せば、案の定、怜一はとんでもない提案をする。

「奥槻さんがあの偽者に近付いて、甘い言葉の一つや二つ囁(ささや)いてやればいいんですよ」

「は……?」

「調べたのなら、ご存知なのでしょう? あの偽者がどういうたぐいの女なのか。奥槻さんにパトロンになってやるから本当のことを話して欲しいとでも囁かれれば、ぺらぺらと吐くのではありませんか」

水琴には話さなかったが、調べさせたところ、結衣はどうやら資産家や有力者と繋がりのあるファンを優遇し、時に身体まで使って籠絡しているらしい。影志に招待させた三人は、いわば選(え)りすぐりの親衛隊だ。結衣のためなら何でもするだろう。

そんな女性だから、芸術支援に熱心な旧藤咲財閥はきっと知っている。その当主を義父に持ち、有名ギャラリーのオーナーである泉里が男女の関係込みでパトロンになると匂わせれば、怜一の言う通りになるかもしれないが。

「どうして俺なんだ? あんたの方が向いていると思うが」

皮肉ではなく事実だ。怜一とて、業界で知らぬ者の居ない『ギャラリー・ライアー』の若きオーナーである。しかも、泉里より女性受けする華やかな容姿で話術も巧みとくれば、こうした策には打って付けだろうに。

「同感ですが、あの偽者はなかなか用心深い。私ではいかにもすぎて、警戒されてしまいそうなんですよ。その点奥槻さんならほど良くお堅い優良物件ですから、喰い付いてもらえるのではないかと」

「…人を餌にするつもりか」

「お嫌ですか？　偽者だと言質を取ってしまえば、後の交渉はぐっとやりやすくなる。水琴さんの憂いを早く取り除いて差し上げられるはずですが」

からかうような口調――いや、試されているのかもしれない。水琴のために、泉里がどこまで己を殺し、そして冷静さを保っていられるのか。

「……強力なパトロンになってくれそうな相手だからこそ、妖精画家だと言い張る可能性もあるのでは？」

「だからこそ、女性としての彼女に惹かれているふりをするんでしょう。何も、ベッドインしろとまでは言いませんよ。親衛隊抜きで、彼女と話せる機会さえ作れれば…」

「……」

「……奥槻さん。まさかとは思いますが、女性を口説いた経験が無いわけではありませんよね？」

　演技ではない驚きを滲ませ、怜一が見上げてきた。なおも黙っていると、はあ、と聡い男はこれみよがしに溜息を吐く。

「水琴さん以外には、色目を使うのも嫌ということですか。何ともまあ……水琴さんも、重い男を恋人にしてしまったものですね」

「…あんたにだけは言われたくない」

「仕方がありません。撒き餌(まえ)の役目は私が務めましょう。その代わり、奥槻さんにもフォローはして頂きますよ」

恩着せがましく申し出る怜一は、最初からそのつもりだったのだろう。それから今後の段取りを話し合い、泉里が自分の部屋に戻れたのは三十分後だ。水琴はまだ戻っておらず、柔らかなソファにどさりと身を投げ出した。

「重い男、か……」

実際、その通りなのだろう。守るという大義名分で腕の中に囲いながら、水琴が自分には世界に羽ばたける翼があるのだと気付く日を恐れ、飛び立たないでくれとそればかりを願っている。重い以外に言いようが無い。

画商とパトロンと恋人。水琴と出逢(であ)ったばかりの頃は、一人で三役を務めることがこれほど難しいとは思わなかった。十歳も下の青年にどっぷりと溺れてしまうなんて、明雅に飼い殺されていた頃の自分が聞いたら一笑に付すだろう。

怜一に神経をすり減らされたせいか、まぶたがだんだん落ちてくる。

眠りに落ちる寸前、何故か脳裏に浮かんだのは、雲に覆われかけた月だった。

その日の夕食は、食堂で取ることになった。結衣は夕食の時間になると決まって食堂に現れると、泉里が影志から聞き出していたからだ。

「どうでしょうか、泉里さん」

ドレスコードに合わせたカシミアのジャケットとパンツに着替え、ジャケットの裾をつまみながらお伺いを立ててみる。泉里が贈ってくれたものが似合わないはずもないのだが、こういう格好はふだんあまりしないので不安なのだ。

「よく似合っている。冬の妖精のようだよ」

「…あ、ありがとうございます」

白のニットに黒のジャケットを合わせた泉里も、ふだんのかっちりしたスーツの時より近寄り難さがぐっと薄れ、柔らかい雰囲気を纏っている。それでいて豪奢な室内でも全く浮かないのは、幼い頃からこうした場に慣れ親しんできた証拠だろう。

「…どうした？」

目敏い恋人は、水琴のささいな不安も見逃さない。心配そうに覗き込まれ、水琴は素直に白状する。

「僕が一緒で、泉里さんに恥をかかせたらどうしようって…」

「何故、そんなことを思うんだ？」

「だって、泉里さんはスーツじゃなくてもすごく格好いいから、きっと皆に注目されます」

泉里から食事のマナーも教えてもらったけれど、セレブ揃いの招待客たちの注目を浴びながら綺麗に食べられる自信が無い。不安を打ち明ければ、泉里は呆れたように苦笑し、水琴を抱き寄せてくれた。

「君が不安に思うことは無い。ふだん通りにしていれば大丈夫だ」

「…そう、ですか？」

「ああ。……むしろ不安なのは、俺の方だ」

小さな独り言は、鳴り響いたチャイムのせいで聞こえなかった。眉を顰めた泉里が扉を開けると、佇んでいたのは予想通り怜一だ。こちらは青を基調としたジレとスラックスのセットアップで、華やかな容姿を上品に引き立てている。

「こんばんは、お二人とも。そろそろ準備が整った頃かと思い、伺いました」

「…こ、こんばんは、槇さん」

水琴が泉里の背中からひょこっと顔を出すと、怜一はきらきらと目を輝かせた。

「水琴さん、普段ももちろん素敵ですが、そういう格好をされるとますますお美しい。まるで冬の妖精のようです」

「……」

「…ふふっ…」

不愉快そうに唇を引き結ぶ泉里の横で、水琴は小さく噴き出した。戸惑う怜一に、笑いながら種明かしをしてやる。

「冬の妖精みたいだって、泉里さんもさっき誉めてくれたんです」

「奥槻さんも…」

「お二人とも同じ画商だから、感性が似てるのかもしれませんね」

「…そうですね。光栄です」

怜一が笑みを浮かべれば、泉里もやや引きつった笑みで応える。

影志と別れて部屋に戻ったら、疲れた様子の泉里がソファで眠っていた上、怜一と夕食を共にすることになったと聞かされ驚いたのだが、二人きりの話し合いでずいぶん打ち解けたようだ。画商としての在り方は正反対でも、若くして一流ギャラリーを経営する者同士、響き合うものがあるのだろうか。

――泉里は、怜一から昨日のことを聞いたのだろうか？

尋ねれば、泉里はきっと教えてくれるだろう。悶々としつつも質問出来ずにいるのは…怖いからだ。怜一と同じ問いを、泉里に投げかけられることが。

……僕はまだ、何の答えも出せていない。

ただ描いていられればいいというだけでは、怜一は絶対に納得しない。だが泉里は『それが君の望みなら』と微笑んで受け容れてくれるはずだ。水琴のパトロンであると同時に…恋人だから。

泉里は全ての逆風から水琴を守ってくれる。でも、あの頼もしい腕に囲われた小さな世界に閉じこもっているだけではたぶん駄目なのだ。だって水琴は……水琴の描きたいものは。

「……っ」

視線を感じて顔を上げれば、怜一と目が合った。またナイフを首に食い込まされるような感覚に襲われそうになり、水琴はさっと泉里の陰に隠れる。

無言のままの怜一が憎たらしかった。昨日の問いかけが水琴にどんな影響をもたらしたのか、怜一は間違い無く悟っている。その上で、意味深長な微笑みで答えを迫るのだ。

とことんたちが悪いと思うのは、どこまでも水琴のために行動してくれているということだ。わざわざプレオープンの招待状を手に入れたのも、貴重な時間を割いてここに宿泊しているのも、全ては水琴の——成功するかどうかもわからない画家の卵のためなのである。

……だからこそ、いい加減な答えを出すわけにはいかないんだ。

「水琴…、どうした？」

「…何でもないんです。お腹空いちゃったから、早くご飯食べたいなって思って」

気遣ってくれる泉里の腕を取り、早く行きましょうと促す。

泉里は怪訝そうに眉を寄せたが、何も聞かずに歩き出した。泉里に睨み付けられ、肩をすくめた怜一が笑いながら追いかけてくる。首筋の圧迫感はすぐに失せ、緊張が取って代わった。もうすぐ、自分の偽者と対面するのだ。

　たどり着いた階下の食堂は、我が家のように過ごして欲しいという影志の言葉通り、とろりとした艶のあるクラシックな家具で統一された、落ち着いた空間だった。すでにテーブルについた客たちも、くつろいだ表情で料理に舌鼓を打っている。

「エレクシルですか。いい趣味ですね」

「椅子回りはレイカーだな。よく日本でここまで揃えられたものだ」

　怜一と泉里は調度類を一瞥し、感嘆の声を漏らした。どちらも欧米の有名ブランドで、ホワイトハウスでも採用されているという。日本では入手が困難だそうで、値段は聞くまでもないだろう。

　水琴たちが姿を現したとたん、半分ほど席を埋めていた客はどよめき、あちこちから無遠慮な視線が突き刺さってきた。

　泉里と怜一が揃えば当たり前だと片付け、水琴は案内された席にぎこちなく座る。注目の半分以上は、趣の異なる極上の男たちに挟まれて登場した麗しい青年——つまり自分に注がれていることも、保護者たちが苦笑を交わしたことも気付かぬまま。

　……百川さんは、もう居るのかな？

　ディナータイムは夜の九時までだから、まだ来ていない可能性もある。泉里が慣れた様子で注文してくれる間、ひそかにあたりを見回していると、隣のテーブルの少年がわっと歓声を上げた。高校生くらいの、大きな目をした可愛らしい少年だ。

「…妖精画家だ！」

「え……っ？」

つられて入り口を見れば、若い女性がスタッフに案内されてくるところだった。裾のふんわりとしたミニスカートとレースのブラウスを纏い、三人の若い男性に付き添われた女性は――結衣だ。何度もSNSの写真を見たから間違い無い。

……あの人が、僕の偽者……。

「あれが妖精画家か。ネットで見たよりも美人だな」

「まだ十九歳だっけ。でも、本物と決まったわけじゃないんだろう？」

「決まったも同然さ。カザミがスポンサーについたんだから…」

ざわつく客を心地好さそうに見回した結衣の目が、水琴たちのテーブルで止まった。じろじろ見ていたのがばれてしまったのだろうか。

……ま、槇さん？

呆気に取られてしまったのは、怜一が結衣ににっこりと愛想よく微笑みかけたせいだ。妖精画家の偽者を騙る彼女を、この美しい男は忌み嫌っていたはずなのに。

「あちらの美しい女性に、よろしければ夕食をご一緒したいと伝えて頂けますか？」

　怜一がテーブル担当のウエイターに告げると、心得たウエイターはすぐさま結衣のもとへ向かった。喜色を浮かべた結衣はスカートの裾を揺らめかせ、水琴たちのテーブルへいそいそとやって来る。連れの三人の男性を置き去りにして。

「こんばんは。お招きありがとうございます」

　小首を傾げて笑う結衣に、怜一も笑みを返す。

「こんばんは、お嬢さん。ご覧の通り男ばかりのむさ苦しいテーブルです。妖精のように美しいお嬢さんがいらっしゃったので、つい声をかけてしまったのですが…ご迷惑ではありませんでしたか?」

「ええ、大丈夫です」

　結衣が目配せをすると、三人の男性はすごすごと食堂を引き上げていった。物分かりの良すぎる彼らの後ろ姿に、水琴はつい口を挟む。

「…あの、いいんですか?　あの方たちと食事をされるつもりだったんじゃ…」

「えっ?」

　こちらを向いた結衣の目が、大きく見開かれた。綺麗にメイクを施された顔に一瞬だけ過ぎった嫌悪に気付いたのは、水琴だけだっただろう。

「…ああ、いいんですよ。彼らはお友達じゃなくて、私のファンですから」

「ファン?　…貴方は、もしや百川結衣さんですか?　あの、妖精画家の…」

目を丸くしたのは怜一だ。もしやも何も、怜一は結衣の顔を知っているはずなのだが——ちらりと横目で窺った泉里に小さく頷かれ、水琴は得心した。人目の無いところで結衣と穏便に話し合いの機会を持てるよう、協力してくれているのだと。

罠にかけられたとも知らず、結衣は花がほころぶように笑った。

「ふふ…、恥ずかしいですけど、そう呼ばれています」

「やはりそうでしたか。…実は、私とそちらの奥槻さんは東京でギャラリーを経営しておりまして…貴方とはぜひお会いしたいと思っていたのです」

「まあっ、そうなんですか？」

結衣は嬉しそうに両の掌を合わせ、ウエイターが引いてくれた怜一の隣の席に座る。すぐに運ばれてきた食前酒で乾杯すると、それぞれ自己紹介することになった。もちろん、水琴と泉里のグラスの中身はガス入りのミネラルウォーターだ。

「あの『ギャラリー・ライアー』と、『ギャラリー・エレウシス』のオーナーさんなんですか？…すごい！　私、いつかお二人のギャラリーに絵を置いて頂くのが夢だったんです」

専門学生だという水琴の自己紹介には『そうなの』とつまらなそうに頷いただけの結衣だが、怜一と泉里が名乗ったとたん顔を輝かせた。画家を目指す人間が二人ほどの有名ギャラリーのオーナーの知己を得るのはかなりの幸運だから、結衣がここぞとばかりに張り切るのは当然なのだが。

……な、何か、すごい……。

前菜の生ハムを食べながら、水琴は圧倒されてしまった。結衣が笑顔を向けるのは怜一と泉里ばかりで、水琴にはほとんど話しかけてこないのだ。学生の水琴など、眼中に入らないどころか邪魔者に過ぎないらしい。ここまで徹底されると、いっそ感動してしまう。

「…では、支配人の加佐見さんから直接声をかけられたのですか。それはすごいですね。加佐見さんは素晴らしい審美眼をお持ちですから」

昼間水琴から影志直々に結衣を選んだことを聞いているが、泉里は初耳のように感嘆してみせる。すると結衣は怜一が彼女のために注文したワインを傾け、ぽっと頬を染めた。

「そうなんです。あの時は本当に驚きました。父には内緒で描いていたので、ばれちゃうかもってひやひやして…」

「お父様は確か、弁護士でいらっしゃいましたね。娘さんが絵を描くことに、反対なさっているのですか？」

「父は私や妹たちにも、自分と同じ弁護士になって欲しいみたいなんです。小さな頃から勉強には厳しくて…でも、描くことはどうしてもやめられませんでした」

そう言い切る結衣は真剣そのもので、嘘を吐いているようには見えなかった。絵を描くことが好きなのは本当なのだろう。

だからこそ、わからなくなってしまう。描くことが好きなら、何故他人を騙ったりする必要があるのか。どうしてそれが妖精画家——水琴だったのか。描きたい衝動は、どうやっても…たとえ魂が肉体を離れても抑え切れないもののはずなのに。

——貴方は、画家としてのご自分をどう扱われたいのですか？

怜一のあの質問に、結衣ならどう答えるのか。問い質してみたいが、怜一と泉里には結衣を説得するための算段があるはずだ。ここでしゃしゃり出て、邪魔をするわけにはいかない。

「幸い、父はSNSに疎いので今のところばれていませんけど…カザミリゾートさんのお仕事を成功させられたら、思い切って打ち明けてみようと思っているんです。いつか家族で『リアンノン』に泊まりに来て、私の絵を見せてあげられたらいいなって…」

メインのローストビーフが運ばれてきても、結衣の口は止まらない。話題は絵に留まらず、結衣個人にまで及んでいく。

妹二人は高校生で、結衣が卒業した都内の名門女子校に通っていること。母親は年齢にそぐわぬ若々しい美人であり、一回り年上の父親とは未だに新婚夫婦のように仲睦まじいこと。父親は厳しい人だが、娘たち…ことさら長女の結衣を大切に思ってくれていること——初対面の人間相手にも物怖じせず喋るところは、橋本を思い出させる。もっとも橋本は、誰かを会話から締め出すような真似は絶対にしなかったけれど。

「……ねえ、お兄さん」

所在無く肉を切り分けていると、隣のテーブルの少年が声をかけてきた。さっき結衣が現れた時、真っ先に気付いたあの少年だ。

「はい……？」

「もし良かったら、こっちのテーブルに来ませんか？」

少年のテーブルは二人席だが、席についているのは少年だけだ。プレオープンに招待されるには若すぎるし、保護者か誰かと一緒なのではないだろうか。

水琴の疑問を察したのか、少年は大きな目を悲しげに曇らせる。

「お父さん、到着してすぐに寝込んじゃって。僕一人だけで食事しに来たんですけど、やっぱり一人じゃ寂しいから…」

駄目ですか、とせがまれ、水琴は迷った末に隣のテーブルに移ることにした。自分が居ない方が怜一や泉里もやりやすくなるだろうと思ったのだ。

それに、一人取り残された水琴を慮(おもんぱか)ってくれた少年の心遣いもありがたかった。隣のテーブルなら泉里の目も届くから、問題無いだろう。

「ありがとう、お兄さん。俺、雪輪(ゆきわ)っていいます。高校一年生。お兄さんは？」

ウエイターに頼んでカトラリーや皿を移してもらい、向かい側の席に座ると、少年は嬉しそうに笑いかけてきた。元の席では、ますます饒舌(じょうぜつ)になった結衣が嬉々(きき)として怜一との会話に夢中になっている。

「僕は胡桃沢水琴です。絵画の専門学校に通っていて……あの、雪輪くん？　どうしてそんなに見るのかな…？」

　たじろぐ水琴に、雪輪は無邪気に破顔する。

「だって水琴さん、すごい美人だから。まさに『リアンノン』ですよね」

「僕が『リアンノン』…？」

「『リアンノン』って、ケルト神話の豊穣の女神の名前ですよ。白馬にまたがり、妖精を統べる美しい女王なんです」

「…く、詳しいんだね」

　水琴は高校には通わなかったが、普通の高校生はケルト神話になんて興味を持ったりしないのではないだろうか。

「『ドラメガ』の推しキャラですから、これくらい当然ですよ」

「『ドラメガ』って？」

「『ドラゴンと女神たち』ですよ、スマホゲームの。やったことありませんか？」

「スマホの、ゲーム……？　スマホでゲームなんて出来るの？」

「…え、そこから？」

　びっくりしつつも、雪輪は丁寧に教えてくれた。『ドラゴンと女神たち』…略して『ドラメガ』は無料で遊べるスマートフォンのアプリで、神話や伝説に登場する女神たちの力を借りながらドラゴンを倒していくゲームなのだそうだ。

『リアンノン』はプレイヤーを助けてくれる女神の一人。こっそり雪輪のスマートフォンでプレイ画面を見せてもらったが、白馬に乗った白いドレス姿の美しい女性だった。長い金髪をなびかせ、蝶のような翅を背中に生やし、腰には宝石をあしらった美々しい剣を佩いている。

「見た目癒やし系なのに、ばりばりのアタッカーってギャップがいいんですよね。初期キャラだけど、未だに人気あるんですよ」

「確かに、すごい美人だけど…」

そんなに水琴に似ているだろうか、と首を傾げたところで、デザートが運ばれてきた。ワゴンに所狭しと並んだデザートから好きなものを何種類でも選んでいいと告げられ、雪輪は満面に笑みを浮かべる。

「やったあ！ 水琴さん、どれにします？」

「うーん…、僕はこれと、そっちかな」

悩んだ末、水琴はイチゴとラズベリーのショートケーキと、クリスマスツリーの形をしたモンブランを選んだ。雪輪はと言えば、何と全ての種類を盛ってもらっていく。少しずつだが、大皿にぎっしり並んだデザートはかなりの量だ。見ているだけで胸やけがする。

「…そんなに食べきれるの？」

「これくらい、軽いですよ。めっちゃ美味いし。水琴さんも早く食べてみて下さい」

促されるがまま食べたケーキは、甘さが控えめで確かに美味しかった。お腹がいっぱいなのに、もう一つくらい盛ってもらえば良かったかと思ったくらいだ。さすが、食事を売りの一つにしているだけはある。

……泉里さんと一緒なら、もっと美味しかったかも。

隣のテーブルでは、泉里がコーヒーを飲みながら結衣のとりとめの無い話にあいづちを打っている。デザートは一つも頼まなかったようだ。

泉里は甘いものが苦手だが、水琴と一緒の時には水琴とは別種類のデザートを選び、水琴に食べさせてくれる。帰宅したらデザート代わりにと口付けをねだられ、そのままベッドに押し倒されるのがいつもの流れなのだが…。

「——あの人、本当に妖精画家なのかな？」

ふいに落とされた呟きに、心臓がどきんと跳ね上がった。ついさっきまで楽しそうに笑っていたのに、結衣を横目で窺う雪輪の眼差しはひどく冷たい。そんな表情をしていると、年齢よりもだいぶ大人びて見える。

「…何で、そう思うの？」

「俺、SNSで一番最初にアップされた妖精画家の絵を見たことがあるんです。透明なのに深いっていうか、魂を持って行かれそうっていうか…上手(うま)く表現出来ないんですけど、この世のものじゃないみたいだった」

「……」

「こんな絵を描ける人は、きっと身も心も特別に綺麗な人だと思ってたんです。…でも、あの人は凡人だ。どこも特別じゃない」

こっぴどくこき下ろされているとも知らず、結衣は怜一と楽しそうに談笑している。めったにお目にかかれない美男美女の組み合わせは、まるでドラマの一幕のようだ。

「…百川さんは、すごく綺麗な人だと思いますけど…」

「水琴さんの方が綺麗ですよ」

言葉尻を奪うように言い、雪輪はピンク色のマカロンをかじった。まっすぐ見詰めてくる大きな瞳は、まるで黒い雲のようだ。…光り輝く満月を覆い隠す、分厚い雲。

「雪輪くん…」

「ねえ、水琴さん。絵画の専門学校に通ってるって言ってましたよね。ってことは、水琴さんも絵を描くんですか？」

返答に詰まっていると、雪輪はぱっと話題を変えた。興味津々の顔はさっきまでの明るい少年のもので、水琴はひそかに安堵の息を吐く。

「う、うん。一応…」

「水琴さんと一緒に居たの、有名なギャラリーの人たちなんでしょ？　ってことは、水琴さんもいつか画家になるってことですよね」

「そうだね。そうなれたらいいと思ってる」

「水琴さんが画家になったら、俺、絶対絵を買いますよ」

無邪気に言ってくれるが、おそらく雪輪とはこの『リアンノン』に滞在中だけの付き合いだ。都会に帰ってしまえば、旅行中に出逢った画家の卵のことなどすぐに忘れてしまうだろう。

一抹の寂しさを覚えつつも、水琴はしばらく雪輪との会話を楽しんだ。ふだん年上にばかり囲まれているから、年下と接する機会はめったに無いのだが、雪輪があれこれ話題を提供してくれるおかげで話は盛り上がる。

「……ごちそうさまでした。私は先に戻ってお待ちしてますね」

ナプキンで口を拭いた結衣がいそいそと食堂を去っていったのは、雪輪の皿がすっかり空になった頃だ。目が合うと、泉里はこくりと頷いてみせる。

「ごめん、雪輪くん。僕、そろそろ行かないと」

「あ、そうなんですね。俺はコーヒーをお代わりしてから部屋に戻ります」

引き止められるかと思ったが、雪輪はあっさり手を振った。ぺこりと頭を下げ、水琴は泉里たちに合流する。

食堂を出ると、泉里がさっそく問いかけてきた。

「……さっきの子は？」

「雪輪くんって言って、高校生だそうです。連れて来てくれたお父さんが寝込んじゃったので、一人で食事に来たと言ってました」

「雪輪……？　名字か、それとも名前なのか？」

「あっ……」

言われてみれば、『雪輪』は名字とも名前とも取れる。フルネームを聞かなかったことに今さらながら気付き、水琴は眉を下げた。

「すみません、雪輪としか聞いていなくて…失礼でしたよね」

「いや、それはあちらが名乗らなかったんだから構わないだろう。そういうことではなくて、どこかで聞き覚えがあるような気がしたんだが…同業者か…？」

「雪輪くんのお父さんは銀行員だって言ってましたから、違うと思います」

「そうか……どこで聞いたんだったか……」

二人して考え込んでいると、怜一がやっと食堂から出て来た。『ギャラリー・ライアー』の上得意だというご婦人たちに捕まり、しばらく囲まれていたのだ。

「お待たせしました。…水琴さん、色々と嫌な思いをさせてしまって申し訳ありません」

「と、とんでもないです」

深々と頭を下げられ、水琴は慌てて手を振った。怜一も泉里も、水琴のために結衣に付き合っていたのだ。感謝しこそすれ、不快に思うわけがない。

「ですが、我慢して頂いた甲斐あって、絶好のチャンスを摑めましたよ。…この後、彼女の部屋で話せることになりました。もちろん、二人きりで」

「…え…、そ、それって…」

若い女性が部屋に男性を招き入れることが何を意味するのか、さすがに水琴にもわかる。かああ、と頬を紅く染める水琴に意味深な笑みを浮かべ、怜一は今後の段取りを説明してくれた。

これから三人で結衣の部屋に向かうが、水琴と泉里は廊下で待機する。怜一は彼女の警戒が完全に解けた頃合を見計らい、廊下の二人を内側から迎え入れる。混乱する結衣に妖精画家の偽者であることを認めさせ、影志も呼んでその前で証言させるのだ。

影志は多忙だが、泉里に呼ばれれば必ず来てくれるだろう。結衣を指名した影志には、彼女が偽者だという事実を真っ先に突き付けておく必要がある。

……加佐見さん、悲しむだろうな……。

あれほどの熱意で自ら口説き落とした結衣が、本物の妖精画家ではなかったのだ。カザミリゾートの後継者としての経歴に大きな傷がつくのは間違い無いし、目玉である妖精画家の絵がこんな形で消えれば、『リアンノン』の門出にも暗雲がたちこめるだろう。だが、結衣をこのまま放置するわけにはいかない。

怜一が聞き出した結衣の部屋は、水琴たちの部屋とは反対側の奥にある。リビングルームを作業場代わりにし、作画を進めているのだそうだ。クリスマス当日にはロビーに運ばれ、招待客たちにお披露目される予定だが、今日の説得が上手くいけば、その絵は永遠に公開されることは無いのだ。

……絵に罪は無いのに。

つくづく、結衣は罪深いことを仕出かしたものだ。数多の人々に見てもらうために描かれた絵が、誰の目にも触れぬまま闇に葬られるなんて、水琴なら悔しくてたまらない。

「…水琴！」

二階への階段を上りきったところで、横から泉里にぐいと引き寄せられた。

奥の廊下からニット帽を目深にかぶった男が飛び出してきたのは、その直後だ。泉里が守ってくれなかったら、勢い余って突き飛ばされていたかもしれない。

「…っ……」

男は一瞬ぎょっと立ちすくんだが、謝りもせず階段を駆け下りていく。すれ違う瞬間、ニット帽から覗く鼻の大きな黒子に水琴の目は吸い寄せられた。

「大丈夫か、水琴？」

「…は、はい。ありがとうございます」

水琴がこくこくと頷くと、怜一は形の良い眉を寄せた。

「さっきの男…、あの偽者の部屋の方から出て来ましたね」

「百川さんと一緒に食堂に来ていた、ファンの方でしょうか？」

それにしては様子がおかしかった、と続けようとした時だ。廊下の奥で、ばん、と大きな音が弾けたのは。

「い、いやぁぁぁぁぁあっ！　誰か、誰かぁっ！」

響き渡ったかん高い悲鳴は、結衣のものだった。

——まさか、さっきの男に危害を加えられたのか？　水琴たちはばっと顔を見合わせ、同時に走り出す。

廊下の突き当たりに、太股を剝き出しにした結衣がへたり込んでいた。髪は乱れ、顔も真っ青だが、怪我は無いようだ。駆け付けた水琴たちに気付くや、メイクが崩れるのも構わず、泣きながら這い寄ってくる。

「ま…っ、ま、槇さん、槇さんっ…」

「落ち着いて下さい、結衣さん。何があったのですか？」

「へ、部屋が…、私の部屋が……」

わなわなと震える指で、結衣は開け放たれた扉の奥を差した。泉里の肩越しに室内を覗き込み、水琴は立ち尽くす。

入ってすぐのリビングは、テーブルやソファ、オットマンなど、家具という家具が軒並み引っくり返され、あちこちに散らばっていた。カーテンはずたぼろに引き裂かれ、全開にされた窓から吹き込む夜風でばたばたとはためいている。

「…わ…、私が食堂から戻ってきたら、こんなことに…お、奥の部屋も、めちゃくちゃにされてて…」

「……貴方はそこに居て下さい。私が中を確かめて来ます」

怜一は縋り付こうとする結衣をかわし、部屋の中に入っていった。部屋を荒らした犯人が、まだどこかに潜んでいる可能性があるからだろう。

「…う…っ、やだぁ…っ、なんで、私がこんな目にぃっ……」

しゃくり上げ、何度も落としそうになりながら、結衣はスマートフォンをタップした。ちらりと見えた通話画面には『パパ』と表示されている。有名な弁護士だという父親に、助けを求めるつもりなのだろうか。

「パパ…、パパぁ…、助けてよぉ…っ…」

結衣は幼い少女のように嗚咽し、何度もかけ直すが、かすかに聞こえるのは呼び出し音ばかりだ。父親が出る気配はいっこうに無い。

「…僕たちで警察に通報した方がいいんでしょうか?」

「……警察は駄目っ！」

こんな時、助けを求めるべきは弁護士ではなく警察だろう。水琴がそっと泉里に尋ねたとたん、結衣は勢いよく顔を上げた。びくりとする水琴を、溶けたマスカラの滲む目できつく睨み付ける。

「絶対に駄目。警察沙汰になんてなったら、全部台無しになっちゃう…」

「も、百川さん…」

「通報したら、パパにお願いして貴方を訴えてやるから！」

鬼気迫る勢いに思わず後ずさり、水琴はぱちぱちとしばたたいた。真新しい廊下のカーペットに、小さな足跡が点々と刻まれているのだ。

扉の手前から始まるそれは、縦に走る通路を挟んだ向こう側…水琴たちの部屋の方へと続いている。結衣も泉里も気付いていないということは――。

……あの足跡だ！

「水琴……!?」

心臓が大きく脈打った瞬間、水琴は庇おうとしてくれる泉里にくるりと背を向け、走り出していた。追いかけようとする泉里に、結衣がぶつかるようにしがみ付く。

「行かないで！　私を一人にしないで…っ…」

「な…、君……っ…」

泉里が力任せに抱き付いてくる結衣を振り解けずにいるうちに、水琴はカーペットに刻まれた足跡をたどっていった。こんな時に泉里の傍を離れれば心配させ、迷惑をかけるだけだ。わけを話せば、泉里なら一緒に足跡を追いかけてくれるはずである。

頭ではわかっているのに、身体が言うことを聞いてくれなかった。どくんと心臓が鼓動するたび、焦燥がつのっていく。早く…一刻も早く行かなければ手遅れになってしまうと、誰かが囁いている。

──あの足跡があったということは、結衣の部屋を荒らしたのはさっきすれ違ったニット帽の男ではなく、影志なのか？

確かに支配人の影志なら、どの部屋でもマスターキーで開けて入れるだろう。だが結衣を妖精画家と認め、依頼したのは影志なのに、どうしてそんな真似をする？

疑問だらけのまま走り続けると、足跡はだんだんゆるいカーブを描き、左側の壁際にかけられた分厚いカーテンの前で途切れていた。…ここは二階だ。まさか窓から飛び降りて逃げたとでもいうのだろうか。

いぶかしみながらカーテンを引くと、その奥には半円形の空間が広がっていた。アンティークランプのぼんやりとした灯り（あか）の中から、かすかな声が溶け出してくる。

「…してくれ、…」

何度も聞いたはずなのに一瞬、誰のものかわからなかったのは、頼りない光にすら呑み込まれてしまいそうなほど弱々しかったせいだ。まるで、幼い子どもがすすり泣くかのように。

「許して…、もう、…光次…」

水琴は足音を忍ばせ、窓際のソファセットに近付いた。項垂れ（うなだ）た顔を両手で覆い、背を丸めているのは…。

「……加佐見、さん？」

「───っ……!?」

がたん、と猫脚の椅子を蹴倒す勢いで立ち上がった影志の手から、何か小さなものが転がり落ちた。足元に弾き飛ばされたそれを、水琴はとっさに拾い上げる。

ところどころメッキの剝げた星型のオーナメントだ。頂点には紐を通せる小さな穴が空いているから、クリスマスツリー用の飾りだろうか。

「…あ…、すみません。こんなところに部屋があるなんて、思わなかったので…」

「いえ……、こちらこそ失礼をいたしました。ここはお客様に休憩して頂くための小部屋なのですが、少し立ちくらみがしたもので、休ませて頂いておりました」

一礼する影志の顔色は、淡い灯りでもわかるほど青かった。その足元には途切れたはずの足跡がくっきりとついているが、さりげなく視線を巡らせてみても、やはりそれを刻んでいるはずの死者の姿は見えない。

鮮明な痕跡が残っている以上、どこか必ず近くに居るはずだ。姿が見えれば、何か手がかりが得られるかもしれないのに。

……って、僕は……。

見たいのに見えなかったのも、それを残念に思ったのも初めてではないだろうか。死者の姿はあくまで、見えて当然のもの――此岸と彼岸の狭間に漂う儚くも強い思いに魅了され、描き取ってきたのだ。

足跡しか見せてくれない死者に、どうしてこんなに惹き付けられるのだろう？

「あの、これ…」

　不安と戸惑いを押し隠し、水琴は拾った星のオーナメントを差し出した。あの足跡が見えているのは水琴だけだ。百川さんの部屋を荒らしたのは貴方ですかと、いきなり問い質すわけにはいかない。

　影志は大きく目を瞠り、大事そうに受け取った。

「ありがとうございます。…これは、形見なんです」

「形見…ひょっとして…」

　弟さんの、と言いかけ、水琴は慌てて口を閉ざした。あんな事件に巻き込まれ、影志だって死ぬような思いを味わっただろうから、今さらほじくり返すのは申し訳無いと思ったのだ。

　だが、影志は青い顔のまま引き結んでいた唇を緩める。

「ええ、弟の形見です。…そんな顔をなさらないで下さい。あの誘拐事件はマスコミにこぞって報道されましたし…どうしてお前だけが助かったのかと、父には未だに叱られますから」

「…そんな…、加佐見さんが助かっただけでも幸運だったのに…」

「仕方が無いんです。弟…光次は亡き母に見た目も明るい性格もそっくりで、父に可愛がられていましたから」

　影志は星のオーナメントを握り締め、ぼんやりとした視線を窓の外に投げた。

　ステンドグラスに切り取られた、群青の夜空。澄んだ空気のおかげなのか、東京よりもはるかに大きく見える青白い月が、風に流されてきた群雲に隠されていく。

「光次を産んですぐ、母は亡くなりました。父はぽっかりと空いた穴を埋めるように仕事に没頭し始め、ろくに帰宅もしなくなり…私は弟の親代わりになりました。弟はいつだって私の後を付いて回って…、近所の教会の日曜学校に連れて行くのも、私の役目で…」

「……」

「このオーナメントは誘拐される直前、弟と一緒にツリーに飾ったものです。父は私が入院している間に弟の遺品を全て処分してしまいましたから、形見と呼べるのはこれくらいしかありません」

「加佐見さん……」

何と言っていいのかわからずにいると、影志はゆっくり水琴に向き直った。いくぶんか血の気の戻った顔は、冷静な支配人に戻っている。

「申し訳ありません。お客様にこのようなことをお話しするつもりは無かったのですが、この時期になるとどうしても思い出してしまって…」

「いいえ、僕の方こそ…。まだ犯人は捕まっていないんですから、当然だと思います」

「…たとえ捕まったところで、あの男が裁かれることは無いのですが、ね」

「――えっ?」

どういうことだと目を丸くすれば、影志は淡々と教えてくれた。

七瀬が犯した誘拐の罪の量刑は、最大でも無期懲役。その場合十五年で公訴時効が成立してしまうため、時効完成から五年が経った今、たとえ七瀬が見付かったとしても罪には問われない可能性が非常に高いのだという。

むろん、迷宮入り事件が二十年ぶりに解決したとなれば批判は免れず、社会的な制裁も受けるだろうが、法的に処罰はされないのだ。光次を失った影志の悲しみと怒りは永遠に癒えないのに、七瀬はもはや追われる恐怖に怯えることも無く、どこかで安穏と暮らしている。

……何て、理不尽なんだろう。

もしも水琴の大切な人…祖父や泉里が非業の死を遂げ、その元凶となった人間が罰も受けずのうのうと暮らしているとしたら、口惜しくてたまらないだろう。法が裁いてくれないのなら、何としてでも捜し出し、この手で罰を与えてやりたいと切望するに決まっている。たとえ自分こそが罪に問われることになっても。

……でも加佐見さんは、誘拐されてからもう二十年も経っている。

警察もとうに捜索をやめた七瀬が発見される可能性は、限りなくゼロに近いのだ。唇を噛んだ時、入り口のカーテンがさあっと引かれた。水琴を見付けるや、駆け込んできた泉里は大きく息を吐く。

「水琴…、良かった、ここに居たのか」

「泉里さん…！」

　一人で飛び出してきたことをようやく思い出し、水琴は泉里に走り寄った。当然のように抱きすくめてくる腕は、わずかに震えている。この小部屋は目立たないから、あちこち捜し回らせてしまったに違いない。

「――奥槻様？　いかがなさいましたか？」

「加佐見さん？」

　水琴が一人飛び出していった先に、どうして影志が居るのか。泉里は不審を露わにしていたが、水琴がこっそり影志の足元を指差してみせると納得してくれたようだった。結衣の部屋が荒らされたと告げられ、驚愕した影志は小部屋を走り出ていく。

　二人きりになってすぐ、水琴は頭を下げた。

「ごめんなさい、泉里さん。百川さんの部屋からあの足跡が延びているのが見えたら、どうしても行かなくちゃって思ってしまって…」

「…そうか…。だが、一人で飛び出すのはこれきりにしてくれ。まだ部屋を荒らした犯人がうろついているかもしれないんだぞ。俺がどれだけ肝を冷やしたと思っている」

「……はい。本当にごめんなさい」

　泉里にしては珍しいくらい厳しい口調は、心配の裏返しだ。申し訳無さに項垂れる水琴の頭を、ふっと眼差しを和らげた泉里が優しく叩く。

「わかってくれればいいんだ。どこも怪我は無いな？」

「大丈夫です。…あの、百川さんは?」

「スタッフを呼んで、医務室に連れて行ってもらった。あの様子では、しばらく休んだ方がいいだろう」

「警察には絶対に通報するなって、すごく興奮してましたからね…」

警察にしっかり調べてもらった方が安心出来ると思うのだが、どうして結衣はあそこまで拒むのだろう。水琴の疑問に、泉里は呆れ切った表情で答えてくれる。

「警察沙汰になって、妖精画家としての門出にけちがつくのを恐れたんだろう。場合によっては、カザミリゾートがパトロンから外れるかもしれないからな」

「え? でも、部屋を荒らされたのは百川さんのせいじゃないですよね?」

「だとしても、だ。この手の施設は、少しでも事件や醜聞に繋がりそうな要素を忌み嫌う。たとえ加佐見さん個人が百川さんの起用を希望しても、株式の半分以上を保有する崇さんに反対されれば諦めざるを得ないだろう。…それに、部屋を荒らされたのは、百川さんが誰かから私怨を買ったせいだという可能性もある」

私怨——真っ先に思い浮かんだのは、あのニット帽の男だった。

今ホテルに滞在しているのはプレオープンの招待客だけだし、人の出入りもスタッフが把握しているのだろうが、これだけ広大な敷地だ。人目につかないよう、どこかから忍び込むのはじゅうぶんに可能なはずである。

……そう言えば……。

ふと思い浮かんだのは、影志に裏庭を案内してもらった時、立ち入り禁止の山道についていた足跡だ。

影志にも見えた、生きた人間の足跡。影志はスタッフのものだと言っていたが、もしもあれを刻んだのがニット帽の男だったとしたら——ひそかにホテル内に侵入し、息をひそめながら犯行の機会を窺っていたのだとしたら…。

「山道の足跡、か。ありえないわけではないが…」

水琴が手短に説明すると、泉里は不可解そうに首をひねった。

「それよりも俺は、君が見た足跡の方が気になる。加佐見さんなら誰にも怪しまれず、どの部屋にも自由に入れるからな」

「僕も、それは思いましたが…」

いくら考えても、影志が結衣の部屋を荒らす動機が見えてこないのだ。泉里も同じらしく、しばらくして眉間を指先で揉み込む。

「…埒が明かないな。ひとまず、俺たちも戻ろう」

結衣の部屋には怜一が残り、スタッフや騒ぎを聞き付けた客たちの応対に追われているという。慌てて戻ると、部屋の前にひときわ目立つ姿を見付け、水琴は駆け寄る。

「…槇さん！」

「水琴さん……？」

怜一は幽霊にでも遭遇したような顔で水琴を凝視したかと思えば、恐々と水琴の肩を掴み、はあっと息を吐いた。

「…本物、ですね」

「……？　ど、どうしたんですか？」

怜一にはまだ足跡のことは話していないから、突然居なくなって心配させてしまったのだろうか。しかし、本物とはどういう意味だろう。

戸惑う水琴の肩から、泉里が強引に手を外させる。

「槇さん、一人にしてしまい申し訳ありません。加佐見さんがいらっしゃいませんでしたか？」

「ええ。……あちらです」

怜一が顎でしゃくってみせた先では、影志がスタッフたちにてきぱきと指示を出していた。嵐が通り過ぎた後のようだったリビングはすでに綺麗に片付けられており、ぼろぼろのカーテンさえ無ければ、何者かに荒らされた後とは誰も思わないだろう。集まっていた野次馬に穏便にお引き取り願ったのも影志だそうだ。

「申し訳ありません、皆さん。中においで願えませんか？」

水琴たちに気付いた影志が、申し訳無さそうに呼びかけてきた。請われるがまま三人で中に入ると、寝室に案内される。

非常事態とはいえ、女性の寝室に勝手に入っていいのだろうか。

わずかなためらいは、すぐさま驚愕に取って代わった。天蓋付きのダブルベッドの上に結衣のものとおぼしきワンピースが広げられ、左胸にナイフが深々と刺されていたのだ。おそらく結衣はこれを見て狂乱し、部屋を飛び出したのだろう。

「この部屋だけは片付けさせずにおきました。私以外のスタッフも入れていません。もし百川様が警察への通報を希望された場合、このままにしておいた方がいいでしょうから」

水琴たちは揃って頷いた。部屋が荒らされただけなら嫌がらせの範疇だが、心臓の部分を貫くナイフからは悪戯では済まない殺意を感じる。これを見れば、警察も捜査に本腰を入れてくれるだろう。ただ、正気を取り戻した結衣が警察への通報を望むかどうか。

「百川様が通報を望まれなかった場合、お三方にもこのことは口外なさらないで頂きたいのです。せっかくおいで下さったのにご迷惑をかけてしまい、申し訳無いとは存じますが…」

「もちろん、言いふらすような真似はしません。加佐見さんがきちんと対処して下さると、信じていますから。…ねえ、奥槻さん?」

「…ええ、当然です」

「僕も、誰にも言いません」

真っ先に同意した怜一に、泉里と水琴も応じた。泉里たちと違い、水琴には招待客の中に誰も知己は居ないため、そもそも言いふらしようが無い。唯一の例外はさっき知り合ったばかりの雪輪だが、部屋番号すら聞かなかったから、二度と会わない可能性の方が高いだろう。

影志は強張っていた顔を緩め、深く頭を下げた。

「ありがとうございます。このお礼はいずれ、会長……父からもさせて頂きます」

「どうか、お気になさらずに。私たちはそろそろ部屋に引き上げますので、何かありましたらご連絡下さい」

怜一の愛想のいい笑みは、三人揃って結衣の部屋を出たとたん拭ったようにかき消えた。水琴たちの部屋で話したいという申し出を泉里が断らなかったのは、怜一の表情が真剣そのものだったからだろう。

リビングに入ると、水琴は結衣の部屋を飛び出していってからの経緯をざっと話した。初めて足跡について聞かされ、怜一は艶やかな唇をわずかに歪める。

「……足跡だけの死者、ですか。それに加佐見さんがあのタイミングで近くの小部屋に居たというのも、偶然とは思えませんね」

「だが、加佐見さんには百川さんを害する動機が無い。百川さんを指名したのは、加佐見さん自身なんだろう?」

泉里の問いに、水琴は頷いた。

「はい、確かにそうおっしゃっていました。運命を感じた、『リアンノン』は百川さんの絵が飾られるためにあるんだって」

「そこまでですか…」

怜一は長い脚を組み、薔薇(ばら)の刺繍(ししゅう)が施されたクッションにもたれた。結衣を魅了したその美貌にはかすかな陰りがある。影志が駆け付けるまでは一人で対応していたから、さすがの怜一も疲れたのだろうか。

「水琴さんのお話を伺って、ますます気にかかるようになりました。あの二人の関係性が」

「加佐見さんと、百川さんの…ですか？」

「そうです。私は正直なところ、あの偽者と加佐見さんは男女の関係にあると考えていました」

「…っ、槙さん…」

真っ赤になる水琴に眉を寄せた泉里が、短く抗議する。だが怜一はおどけたように肩をすくめるだけだった。

「この期に及んで、お互い綺麗ごとはやめにしましょう。奥槻さん、貴方だってそう考えていらしたのでしょう？　水琴さんの手前、口に出さなかっただけで」

「…………」

「いくら水琴さんのタッチを完璧に再現出来ていたとしても、私ならあの偽者を大切なホテルのオープニングに起用などしません。妖精画家の絵を披露すれば話題にはなるでしょうが、ターゲットの客層からして、未知数の画家を使うリスクを冒す必要はありませんからね」

『リアンノン』ほどのハイクラスホテルを日常的に使うような富裕層は、日本でもそう多くはない。彼らは話題性よりも、自分たちのプライベートが守られるかどうかを重視するので、不特定多数に対するアピールはあまり意味が無いのだそうだ。当然、影志もそのことは理解しているはずである。

「もちろん、女性としての魅力も武器の一つですから、使うことを責めるつもりはありません。私をあっさり部屋に招き入れたのも、あわよくば身体で籠絡し、支援者の一人に加えたかったからでしょう。自分の身を守るために」

「ボディーガードを三人も連れて来ておいて、ですか」

「偽者に過ぎない己の立場の脆さは、彼女自身が一番よくわかっているでしょうからね」

泉里に皮肉っぽく笑ってみせる怜一は、食堂で結衣と談笑していた時とは別人のようだ。今の怜一を見たら、結衣は決して近付こうとは思わなかっただろう。

「…つまり、加佐見さんと百川さんは単なる男女の関係というだけではない。槇さんはそう考えているのですね？」

「その通りです。…いえ、加佐見さんとあの偽者というよりは、あの偽者自身にまだ何か秘密があるような気がしてなりません。さもなくば、警察に通報すると言われてあそこまで取り乱したりしないでしょうから」

確かに、部屋をあんなふうに荒らされてショックだったのだろうが、それにしても結衣の慌てようは今思い出してみても異常だ。寝室のあの状況を目の当たりにすれば、むしろ警察に守ってもらいたくなるのが普通ではないだろうか。

それほどまでに、妖精画家として認められるチャンスをふいにしたくなかったのか。はたまた怜一の推測通り、他にも秘密があるということなのか。必死に父親に電話をかけていた姿が、何故か頭に浮かぶ。

「——私はいったん、東京に戻ろうと思います」

「えっ……？」

突然の宣言に、水琴のみならず泉里までもが驚きを露わにした。結衣の化けの皮を剝がそうと一番熱心だったのは、怜一のはずなのに。

「これは私の勘ですが……あの偽者には、どうにも後ろ暗いものを感じます。もう一度、彼女の出自から現在の家族の状況まで徹底的に調べ直したいのです。ここから東京の部下に指示を出すよりは、私が直接出向いた方が色々と手っ取り早いので」

怜一は明日になったら、散歩を装って外に出るという。その足で東京に向かい、大至急結衣の調査を済ませるつもりだそうだ。

再びホテルに戻るまでの間、影志に怜一の不在がばれないよう取り繕って欲しいと請われ、水琴と泉里は承諾した。そんな短期間で調査など出来るのだろうかと思ったが、泉里が否を唱えないのを見ると、怜一になら可能なのだろう。結衣を問い詰めるのは、全ての情報が出揃った後だ。

明日の朝早くに出立したいということで、怜一は細かな打ち合わせをするとすぐ引き上げていった。珍しく見送りに出た泉里が怜一に何やら耳打ちされ、渋面でソファの隣に戻ってくる。

「…泉里さん、何か言われたんですか？」

泉里はしばし黙っていたが、やがて不承不承口を開いた。

「――『水琴さんの騎士役はお任せしますよ』、だそうだ」

「僕の騎士役、って……危ないのは僕じゃなくて、百川さんじゃないですか」

部屋を荒らし、ワンピースにナイフを突き立てていった犯人が捕まるまでは、結衣は気が気でないはずだ。逃げた犯人が、今度は物ではなく結衣自身を狙う可能性もある。

「……君は、憎くないのか？」

「……憎い？」

「百川さんのことだ。憎くないのか？　彼女は妖精画家を騙ったばかりか、君をあからさまに敵視した挙句、心配してくれた君を罵ったんだぞ」

食堂で心ならずも結衣と食事を共にしている間、泉里はずっと憤りを胸に秘めていたのだろう。端整な顔は、苦々しげに歪んでいる。

「…何も思わないと言ったら、嘘になりますけど…」

妖精画家になりきった結衣が怜一や泉里と得意気に話しているところを見ればもやもやしたし、影志が結衣を運命だと断言した時も理不尽だと思った。どうしてそんな真似をするのかと、結衣を問い詰めたくてたまらなかった。

でも……。

「僕の分まで、泉里さんが怒ってくれますから」

「…水琴…、君は……」

「こんなこと言ったら、呆れられちゃうかもしれませんけど…僕、嬉しいんです。いつだって大人で格好いい泉里さんが、僕のために怒ってくれることが。……あ、もちろん、槙さんにもありがたいって思ってますけ、…ど…っ…」

慌てて付け足した言葉は、水琴よりもずっと厚い胸板に吸い込まれた。背中に腕を回され、泉里に抱きすくめられたのだとようやく気が付く。

「……まさか、あの男に賛同したくなる日が来るとはな」

あの男とは、怜一のことだろう。怜一はいったい泉里に何を告げたのだろうか。

尋ねる暇も与えず、泉里は水琴をぐいとあお向かせる。

「泉里さ…、…ん…っ、……うっ……」

唇を重ねられながら体重をかけられ、水琴はソファに背中から倒れ込んだ。クッションの柔らかさを味わう間も無く、歯列を割った舌が侵入してくる。口蓋(こうがい)を舐め上げ、喉奥へと押し入る肉厚なそれは、二人分の唾液をたっぷりまとい、あえかな呼吸すらも奪う勢いで水琴の口内を征服していく。

……泉里、さん……。

窒息させられそうな口付けはまるでどこにも行くなと懇願されているようで、水琴は泉里の首筋に縋った。

押し当てられる股間の熱さに、胸が高鳴る。…影志の残した足跡を追いかけている時とは、全く違う。あの時は無我夢中で、何かに引き寄せられているみたいだったけれど、今は。

「…泉里さん、……僕の、泉里さん……」

うっとりと囁き、水琴は泉里の引き締まった腰に両脚を絡める。全身を包み込んでくれる熱を逃さないように。……繋ぎ止めていてもらえるように。

「離さないで、僕を……ずっと、傍に居て下さい……」

……じゃないと、僕は――。

広い肩越しに、窓の外の夜空が見える。群がる雲の隙間から幽暗な光を投げかける月は、再びむしゃぶりついてきた泉里の背中が隠してくれた。

翌朝、怜一（れいいち）は朝食の後すぐにホテルを出立した。

大きな荷物は残したままだから、影志を始めホテルのスタッフたちには散歩に出ただけだと思われただろう。実際は昨日のうちに部下に連絡し、ホテルの近くまで寄越してもらった車で東京へ戻るのだ。水琴や泉里が行動を共にしているふりをすれば、怜一の不在をごまかすのは難しいことではない。

朝食を終えてしばらく経つと、影志が部屋を訪れ、事件の経過報告をしてくれた。やはりというか、冷静になった結衣は警察への通報を望まなかったそうだ。だが、あんなことがあった部屋では落ち着いて作業など出来ないと主張し、別室に移ることになった。そこまでは水琴ももっともだと納得したのだが――。

「……本当に描いてる……」

ロビーの片隅でキャンバスに向かう結衣を見付け、水琴はあぜんとしてしまった。結衣が作業場を自室からロビーに変更したと影志に聞かされ、泉里と共に下りて来たのである。

シンプルなシャツとジーンズ姿でキャンバスに向かう結衣を、招待客たちが遠巻きに眺めている。客筋の良さの賜物か、声をかけたり、あからさまに覗き込んで邪魔をする者は居ない。とはいえ、たくさんの人々の視線に晒されながら描くことに変わりは無いわけで、なめらかに絵筆を動かす結衣に水琴は感嘆した。

昨夜、あれほど取り乱していたにもかかわらず部屋に閉じこもりきりにならないだけでもすごいのに、人だかりの真ん中で絵を描けるなんて胆が据わっている。あの中には部屋を荒らした犯人が潜んでいるかもしれないのに、怖くはないのだろうか。

「だからこそ、だろうな」

水琴の疑問を、泉里が解明してくれた。

「犯人が鍵のかかった部屋にも侵入出来るのなら、閉じこもっていても無駄だ。ならばいっそ衆人環視の中に身を置いた方が安全だと思ったんだろう」

しかも結衣の周囲では、昨日食堂に同行してきたファンの男たちが目を光らせている。犯人が交じっていたとしても、そう簡単に手出しは出来ないだろう。

……昨日のあの男の人は？

昨日、ぶつかりそうになったニット帽の男を探してみるが、どこにも見当たらなかった。ニット帽を脱いでいたとしても、あの特徴的な鼻の黒子でわかると思うのだが。

ひとしきり制作中の絵を眺め、満足した招待客たちが離れていく。泉里に促され、水琴は空いた人の輪の隙間に入り込んだ。斜め後ろから垣間見たキャンバスは、三日後がお披露目とあって、九割がた完成しているようだ。

中世の貴婦人のようなドレスを優雅に着こなし、愛らしい妖精たちに囲まれているのはホテルの名前の由来にもなったケルト神話の女神、リアンノンだろう。百花繚乱の花園で優雅に微笑む姿は、豊穣を司る女神に相応しい美貌と神々しさを兼ね備えている。

……まるで、僕が描いたみたいだ。

水琴は思わず息を呑んだ。

結衣がＳＮＳで公開した絵を見た時も驚かされたが、あのリアンノンはより完璧に水琴のタッチを再現し、執念すら感じるほどだ。水琴ではなく自分こそが妖精画家に成り代わってやる。そのためなら自分自身さえ消し去ってしまっても構わないという、強く固い執念を。

完成したリアンノンが飾られれば、ロビーは春風駘蕩たる花園のように華やぐだろう。女神に逢いたくてホテルに通う客も、何人も出るに違いない。

……でも、僕なら。

詰めていた息を吐いた瞬間、結衣も、彼女が描いた女神も、全てのものが頭の中から霧散していった。

代わりに浮かぶのは——月だ。幾度満ち欠けを繰り返そうと、必ずよみがえる夜空の支配者。その白い光に照らされた、美しい横顔…。

「…水琴、こっちだ」

すっと人垣を離れた水琴を、泉里はさりげなく近くのソファに導いた。隣に座り、水琴が常に持ち歩いているスケッチブックの新しいページを広げ、鉛筆を握らせてくれる。

監視とも、見守るともつかないその眼差しが気になったのはつかの間だった。すぐに意識は真っ白な画用紙に引き込まれていく。生きた者は決して描けない手が、脳裏に織り上げられた景色を現実に描き出す。

結衣がどれほど模写の才能に恵まれていようと、どれほど完璧に水琴のタッチを極めようと、水琴の描きたいものを描けるのは水琴だけだ。この頭の中に広がる光景は、誰にも絶対に奪えない。…奪わせない。

「…は、ぁ……」

あちこちに浮遊していた意識の欠片が現実に舞い戻ってきたのは、どれくらい経った後だろうか。へなへなとソファに沈みそうになった水琴を逞しい腕で支え、泉里は恍惚として呟く。

「……素晴らしい……」

スケッチブックの中、薄絹をまとった美女が白馬にまたがり、夜空の月に駆け上ろうとしている。地上の世界と別れを惜しむように振り返るその顔は、かつて宮地圭月によって描かれた『眺月佳人』──水琴の高祖母によく似ていた。圭月を真似たのではない。気高い女神の顔に、頭の中で自然と高祖母が重なったのだ。死者の姿しか写し取れない水琴が描けるのは、高祖母だけだ。

色彩の無いはずの月は青白く神秘的な光を帯び、音の無いはずの画面からは漠々たる荒野を吹き渡る凍てついた風音が聞こえてくる。幼い子どもでも一目で悟るだろう。いくつもの光の珠に囲まれた美女は、人間を超越した存在……女神なのだと。

「…でも、これじゃあ駄目です。僕もリアンノンを描いたつもりだったのに…」

豊穣を司る女神なら、結衣のように花々に囲まれた生命満ち溢れる姿こそ在るべき姿だろう。

結衣のリアンノンに触発されて描いたはずなのに、水琴のリアンノンは神は神でも、まるで…。

「死神のよう、か？」

「……！」

水琴の不安を一言で言い当て、泉里は愛(いと)おしそうにスケッチブックをなぞった。

「だが、君は間違っていない。これもまたリアンノンだ」

「…どういう意味ですか？」

「リアンノンは豊穣を司る女神だが、同時に死者の魂を冥府に導く月の女神でもあるんだ。満ち欠けする月は、古来から死者と強く結び付けられているからな」

――父は私が入院している間に弟の遺品を全て処分してしまいましたから、形見と呼べるのはこれくらいしかありません。

ふいに脳裏をちらついたのは、星のオーナメントを眺める影志の寂しげな横顔だった。

長く欧米で研修を重ねた影志が、リアンノンの二面性を知らなかったはずがない。豊穣を司る女神ならまだしも、死者を導く女神というのは、新規オープンのホテルに相応しいとは思えないのだが…。

「……わあ、すごい！」

突然の歓声が、水琴の思考を断ち切った。

泉里と揃(そろ)って振り返れば、もう二度と会うことも無いだろうと思っていた少年がソファの背後からスケッチブックを覗き込んでいる。ざっ、と寒気が背中を駆け抜けた。今の今まで、人の気配なんて感じなかったのに。

「…ゆ、雪輪くん…？」

「それ、リアンノンですよね。あっちの人より断然上手い……水琴さんの方が、本物の妖精画家みたいだ！」

「ちょ、ちょっと、声が大きい…っ」

たしなめる水琴を無視してはしゃぐ雪輪に、集中していたはずの結衣は敏感に反応した。絵筆を取り巻きに押し付け、つかつかとこちらに突進してくる。

鬼のような形相に危機感を覚え、水琴は反射的にスケッチブックを閉じた。泉里も立ち上がり、水琴と結衣の間に割って入ってくれる。スケッチブックの中が結衣に見えたとしても、ほんの一瞬のはずだが——。

「————っ！」

声にならない悲鳴をほとばしらせ、愕然と立ち尽くす結衣の顔から、みるまに血の気が引いていく。

「あ、あの、結衣ちゃん…」

「大丈夫？　部屋に戻った方がいいんじゃない？」

取り巻きたちにおろおろと声をかけられても、結衣は微動だにしない。妙に据わった目と目が合ってしまい、水琴は思わず泉里の背中に隠れた。無防備な喉笛を、食い破られてしまいそうな恐怖に襲われたのだ。

「……失礼します。百川様、いかがなさいましたか？」

そこへ、目敏く異変を察知した影志が駆け付ける。取り巻きたちにはまるで反応しなかったのに、結衣はのろのろと顔を上げ、影志のジャケットを摑んだ。男女の関係――甘えの滲む仕草に、昨日の怜一の言葉がよみがえる。

「よろしければ、私がお部屋までお連れいたしましょうか」

こくりと頷き、結衣は影志にもたれかかるようにして歩き始める。すれ違う瞬間にきつく睨み付けられ、雪輪はぺろりと舌を出した。

「ははっ、怖っ。あれ、妖精画家じゃなくて小鬼画家ですね」

言葉とは裏腹に、怖がっている様子は微塵も無い。むしろ面白がっているようだ。楽しそうな表情は、昨夜と変わらないのに。

……僕、どうしてこんなに怖いんだろう……？

「…君が雪輪くんか。昨夜は水琴を誘ってくれてありがとう。だが、いきなり人の絵を盗み見るのは感心しないな」

「すみません。僕、綺麗なものを見るといてもたってもいられなくなる性質なんで、つい」

笑顔で頬を掻く雪輪は、泉里の冷ややかな声音にもまるで怯まない。

不自然なくらいの落ち着きぶりに、水琴の胸はざわめいた。この少年は、本当にただの高校生なのだろうか。プレオープンに招待されるくらいだから、銀行員だという父親はそれなりの地位に在る人物のはずだが、そう言えばまだ一度も姿を見ていない。到着早々寝込んでしまい、まだ部屋にこもっているのだろうか。

「なんか雰囲気壊しちゃってすみません。僕、もう行きますね」

「あ……」

引き止めようとする水琴にひらひらと手を振り、雪輪は退散していった。その背中を見送った泉里が、顋に手をやって何やら考え込む。

「泉里さん、どうしました？」

「いや、……かすかにだが、彼から膠（にかわ）の匂いがしたんだ」

膠と言えば、美術を学ぶ学生にはなじみ深い素材である。日本画には鉱石を砕いた粉末状の岩絵の具を用いるのだが、水には溶けないため、煮溶かした膠液で溶いて使うのだ。

「…じゃあ、雪輪くんは日本画を描くんでしょうか。昨日そんな話は全然聞きませんでしたし、絵画に詳しいわけでもなさそうでしたけど」

「学校によっては、普通科でも日本画を教えるところはあるが…」

何か思い出そうとして、泉里は首を振った。さっきの結衣との衝突で、ロビーの人目が集まり始めていたのだ。しばらくここには近付かない方がいいだろう。

泉里に促され、二階に上がる。その後ろ姿を物陰からじっと観察する視線に、水琴は気付かなかった。


……くそっ、あのガキっ……。

影志に支えられて廊下を進みながら、結衣は心の中で悪態をつき続けていた。しきりに話しかけてくる取り巻きたちに、大丈夫だと返してやる余裕も無い。結衣の頭は、さっき目撃した…目撃してしまった水琴のスケッチにすっかり塗り潰されている。

……まさか、本物がこんな近くに居たなんて。

見えたのはほんの一瞬だったが、結衣にはわかってしまった。妖精画家になりきるため膨大な時間を注ぎ込み、血の滲むような努力を重ねてきた結衣には。

負けた、と思ってしまった自分が悔しかった。妖精画家のタッチは完璧にものにしたはずだったのに、本物は結衣のさらに上を行っていた。

初めて妖精画家のスケッチがＳＮＳにアップされたのは、一年少し前。

その間に、本物…水琴はいっそうタッチに艶を増し、見る者を釘付けにせずにはいられない圧倒的な引力を備えたというのか。…結衣が喉から手が出るほど望み、決して与えられなかった唯一無二の魅力を。

リアンノンが二面性を持つ女神であることは、もちろん結衣も知っている。敢えて豊穣の女神として描いたのは、その方が新規オープンのホテルを飾るには相応しいと判断したからだ。影志も賛成してくれたし、間違いだったとは思わない。死者を導く女神の姿を、縁起が悪いと忌避する客だって居るだろう。

……でも、あの絵なら。

たとえ死期を間近に控えた人間だって、見入らずにはいられまい。この女神に導かれたいがあまり、今この瞬間に死を迎えたいと渇望するかもしれない。

一度見たから、完璧な模写は可能だ。だが、そこに女神の魂は宿らないだろう。

自分が一番よくわかっているのだ。偽りの筆では、人の心を揺さぶれない。結衣に出来るのは、上っ面を真似することだけなのだと。

本物の妖精画家が、偶然プレオープンに紛れ込むわけがない。…結衣を断罪するために乗り込んできたに決まっている。だとしたら、一緒だった『ギャラリー・ライアー』と『ギャラリー・エレウシス』のオーナーたちも仲間だ。食堂で誘いをかけてきたのは、結衣を嵌めるつもりだったに違いない。

そうとも気付かず、まんまと乗ってしまった自分が腹立たしい。

カザミリゾートに加えて東京の一流ギャラリーのオーナーを二人もパトロンに出来れば、万が一本物がのこのこ現れても力ずくでねじ伏せられると欲をかいたのが間違いだった。部屋を荒らしたのだって、水琴たちかもしれない。恐怖に陥れてから颯爽と駆け付け、結衣を懐柔しようと企んだのだ。何て酷い仕打ちだろう。

だが、一番憎たらしいのは水琴だ。男のくせに結衣よりも美しく、極上の男を二人もはべらせているだけでも気に食わなかったのに、才能にまで恵まれているなんて。

……うっとうしい…、あんなガキ、死ねばいいのに。

今さら出て来て本物だなんて、何様のつもりなのだ。あれだけの才能があるのなら、嫌らしく絵だけアップして雲隠れなんてしていないで、さっさと名乗り出れば良かったではないか。あのビジュアルなら、ファンもパトロンも入れ食い状態で選び放題だったはずだ。数多の人々が、妖精画家の降臨を待ちわびているのに。

だから結衣が代わりに、彼らの声援に応えてやったのだ。文句を言われる筋合いなど無い。責められるべきは結衣ではなく、水琴の方だ。思い上がったあの忌々しい子どもには、少し痛い目を見せてやらなければならない。…もう二度と、結衣を脅かそうとは思わなくなるくらいに。

そうすれば怜一も泉里もお荷物と化した水琴を見捨て、結衣になびくかもしれない。結衣が本気で仕掛けて、堕ちなかった男は居ないのだから。

そのためには――手持ちの駒を、上手く動かさなくては。

「…ねえ、影志さん」

新しく用意してもらった部屋にたどり着くと、結衣は取り巻きたちを追い払い、支えてくれる影志にしなだれかかった。人目のあるところでは他人行儀な影志も、二人きりになれば迷わず抱き締めてくれる。

「大丈夫かい、結衣。顔色が悪いけど、奥槻様たちと何かあったの？」

心配する声は優しく、結衣を見下ろす瞳は頼られた嬉しさに輝いている。つらそうにうつむいてみせながら、結衣は内心ほくそ笑んだ。

……カザミの後継者だっていうからもっと手こずるかと思ってたけど、ちょろいものね。

SNSを通してカザミリゾートからコンタクトがあった時は驚いたが、初顔合わせの場に影志が現れた時には胆を潰したものだ。話題の妖精画家とはいえ、まさか次期後継者自身が一介の画家に会いに来るなんて誰が予想出来るだろう。

だが、驚愕はすぐに期待へと変化した。結衣を見出したのは運命だと断言する影志からは、並々ならぬ情熱と好意を感じ取れたのだ。

この男は画家としての結衣だけではなく、女としての結衣も欲している。

直感は間違っていなかった。プライベートの連絡先を交換し、デートを重ねるたび、影志は結衣にずぶずぶと溺れていったのだ。

焦らして焦らして、ようやく身体を与えると、結衣の言いなりに動く手駒になった。欲しいものは何でも買ってくれたし、望めばどんなに汚いこともやってくれた。カザミリゾートの後継者の持つ権力と影響力は、今まで結衣が籠絡してきたファンの男たちとは比べ物にならなかった。

——だから、きっと今回も。

「…あの水琴って子に、脅されたの。自分が本当の妖精画家だから、カザミの仕事は諦めて帰れ…絵を描くこともやめろって。じゃないと、…こ、…殺す、って…」

「何だって…⁉」

影志は瞠目し、いや、と反論する。

「まさかそんな…。胡桃沢様は奥槻様の連れだ。奥槻様は、あの藤咲グループを受け継ぐかもしれないとまで言われるお方。そういう真似をするような人間を、懐に入れるなんて…」

「奥槻さんは、あの子の本性を知らないのかもしれない。だってあの子、私に言ったの。部屋を荒らさせたのは自分だって。あんなに綺麗な子なら、言いなりになる人なんていくらでも居るに違いないわ」

「…いや、…だが…」

影志は眉を寄せ、しきりに首を振っている。藤咲グループとも繋がりのある泉里がそんな人間を連れて来るなんて、にわかには信じがたいようだ。

それが当然なのだが、結衣は苛立ちをつのらせる。自分の手駒が自分の言いなりにならないなんて、許せない。

「……私とあの子と、どっちを信じるの？」

おもむろにあお向けた顔は、心とは裏腹に、深い悲しみに彩られていた。狙ったタイミングでぽろぽろと涙をこぼすくらい、結衣には赤子の手をひねるより簡単なことだ。

案の定、影志は背中に回した手をおたおたとさまよわせる。

「ゆっ、結衣……」

「…影志さんは、私が嘘を吐いてるって疑ってるの？」

「何故そうなるんだ。そんなこと、思うわけないだろう」

「あの子を信じるのなら、私を疑ってるってことでしょう。酷い…、私は昨日あんな目に遭わされて、殺されるかもしれないって、ずっとずっと怖くてたまらないのに…っ…」

モデル時代から妖精画家として注目を浴びるようになるまで、数多のライバルを蹴落とし、恨みを買ってきた。正直、犯人の正体には心当たりがありすぎるが、警察の捜査でも入らない限り影志にはわからないだろう。

どす黒い本性を涙で覆い隠し、さめざめと泣き続けていると、やがて影志は結衣の背中をぽんぽんとなだめるように叩いた。

「ごめん、結衣。信じるから…絶対に疑ったりしないから、泣きやんでくれ」

「…本当に…？　じゃあ、私を助けてくれる？」

「もちろんだよ。何でも言って」

結衣が内心快哉を上げているとも知らず、影志は力強く請け負ってくれる。

…いつものことだ。結衣に泣いて縋られて、庇護欲をそそられない男なんて居ない。例外はたった一人だけだ。

「あのね――」

どんなふうに『助けて』欲しいのか。結衣のおねだりにさすがの影志もためらいを示したが、やっぱり信じてくれないのかと泣いたら慌てて承諾してくれた。影志を送り出して一人きりになると、結衣はベッドに笑顔で飛び込む。

これで、あのうっとうしい本物は二度と筆を持とうとは思わなくなるだろう。水琴さえ消えれば、結衣を脅かす者は居ない。結衣こそが本物の妖精画家になるのだ。

……そうすればきっと、パパも私を見てくれる。

結衣の父、信平はやり手の弁護士だ。幼い頃から裕福な暮らしを送ってきたし、欲しいものは何でも買ってもらえた。

だが、父は結衣が一番欲しかったもの――愛情だけは与えてくれなかった。父の愛情は、いつだって下の妹たちに独占されていた。

冷たくされたわけではないけれど、父と結衣の間には常に透明な壁が立ちはだかっていた。妹たちには見せる笑顔を、結衣には見せてくれない。妹たちの帰りが少しでも遅くなれば心当たりを捜し回るのに、結衣が朝帰りしても知らん顔だ。もしプレオープンに招かれたのが妹たちなら、父は絶対泊まりがけの外出なんて許さなかっただろう。

容姿では、美人の母親似の結衣の方がはるかに勝っている。だが頭脳は、父親似の妹たちに遠く及ばなかった。たぶん、それがいけないのだ。父は娘にも自分と同じ弁護士になり、事務所を継いで欲しいと望んでいるから。

父に振り向いて欲しい一心で勉強もしたが、自分の頭では司法試験合格なんて絶対に無理だと早々に悟ってしまった。…だから、絵を描き始めたのだ。優秀な妹たちとは別の分野で成功を収めたら、父も結衣を認めてくれる。愛してくれると信じて。

柔らかなベッドに身を預けているうちに眠たくなってきて、結衣はまぶたを閉じた。

「……待っていてくれ、光次(こうじ)。もうすぐ……」

部屋を出た影志がポケットから星のオーナメントを取り出し、きつく握り締めていたことも知らずに。

怜一がひそかに東京へ戻ってから、二日。いよいよ明日はクリスマスイブだ。

あんな騒ぎを起こして気まずいのか、結衣は閉じこもった部屋から出て来ず、今のところは平穏な時間が過ぎていた。ただ、怜一からは今朝早くに『今日じゅうにそちらへ戻る』とメッセージが入ったので、何らかの成果を得られたのだろう。ひょっとしたら今夜こそ、結衣の説得に取りかかることになるのかもしれない。

それまでに無用のトラブルに巻き込まれないよう、水琴は泉里と共に室内で過ごしていた。暖炉に当たりながら、ホテルのライブラリーで借りてきた画集を一流ギャラリーのオーナーでもある恋人に解説してもらう。

昼食後のゆったりとした時間を破ったのは、遠慮がちなノックの音だった。

「おくつろぎのところ、申し訳ございません。実は私どもでご招待したお客様が、どうしても奥槻様にご挨拶したいとおっしゃっておりまして」

「……宇治田さんか」

現れた影志に名刺を渡され、泉里は眉を顰めた。プライベートの時間に仕事を持ち込むのはマナー違反だが、即座に突き返さないところを見ると、泉里でも邪険には扱えない相手なのだろう。藤咲家の関係者なのかもしれない。

「泉里さん、僕なら大丈夫ですから行って下さい」

「水琴、だが…」

「泉里さんが戻るまで、部屋から一歩も出ずに待ってますから」

泉里はなおも渋っていたが、外にさえ出なければ危険は無いと判断したのだろう。すぐに戻ると言い置き、客が待っているという部屋に向かった。

十分ほどして再びノックが聞こえた時にはもう帰ったのかと驚いたが、やって来たのはティーワゴンを押した影志だ。水琴を一人にしてしまい申し訳無いので、お詫びにお茶をご馳走したいという。

客の使いをしただけだし、影志の立場では断れなかっただろう。それに、結衣と男女の関係にあるかもしれない存在と二人きりになるのもためらわれる。

だが迷いに迷った末、水琴は影志の申し出を受け容れることにした。水琴にしか見えない足跡や、影志にも聞こえているらしい足音について、疑問をぶつけるとしたら今しか無い。

妖精画家の偽者には、おそらく何の関係も無いことだ。何も聞かないまま帰るという選択肢もあるが、どうしてもそちらを選ぶ気にはなれなかった。　…死者の姿が当たり前に溶け込む日常を二十年近く生きてきて、こんな気持ちは初めてだ。決して姿を見せようとしない死者の正体を、背景を暴き、この手で描き出したいだなんて。

「……いただきます」

影志手ずから淹れてもらった紅茶を味わい、イチゴとフランボワーズをたっぷり使ったパンケーキを頂く。ホテルのパティシエにわざわざ作らせたというそれは厚みがあるのにふわふわで、口の中でとろけるようだ。

「…あの、加佐見さんは召し上がらないんですか?」

一人で食べているのが申し訳無くなって尋ねると、影志は向かい側のソファで首を振った。彼の前には、ティーカップが一つ置かれたきりだ。最初は『ホテルマンがお客様の部屋で座るわけにはいかない』とお茶すら固辞していたのを、水琴が半ば頼み込むように座ってもらったのである。立たせたままでは、ろくに話も出来ない。

「いえ、私は結構です。甘いものはあまり得意ではありませんので…お気遣い、ありがとうございます」

「そうなんですか…」

ストレートの紅茶で生クリームの甘味を洗い流し、水琴はひそかに影志を観察する。そうひんぱんに顔を合わせたわけではないが、今日はどこか様子がおかしい。心ここに有らずというか、どこかそわそわしているように見える。

例の足跡は、今日も変わらず影志の歩いた後に刻まれていた。カーペットには、入り口からソファまで続く小さなそれが未だくっきりと浮かんでいる。

…とんっ。

かすかに聞こえた小さな物音は、最初、影志がソーサーをテーブルに戻す音かと思った。

…とん、ととんっ。

だが再び同じ音が聞こえた時、違うのだと気付いた。

紅茶を飲み終えた影志の手は、何も持っていない。どんどん大きくなっていく音に反応を示さず、影志は黙りこくってしまった水琴にいぶかしげな表情を浮かべる。…この音が聞こえているのは、水琴だけなのだ。

つまり、それは。

「…っ、……」

あっと上げそうになった声を、水琴はすんでのところで呑み込んだ。影志の一番手前にある足跡が、跡形も無く消え去ったのだ。かと思えば一瞬で浮かび上がり、また消えるのを何度もくり返す。

……ひょっとして、跳びはねてる？

どこかに行こうとする影志を、引き止めるかのように。行っては駄目だと、訴えるかのように。

「胡桃沢様、ご気分でもお悪いのですか？」

どんっ、どんどんっ。

今や地面を踏み鳴らすほどの大きさになった音に合わせ、足跡は跳びはね続ける。…やはり、これはあの足跡の主がたてる足音なのだ。影志にホテルを案内してもらった時に聞いたのと同じ。

だから影志は気が付かない。水琴だけに聞こえている。

——本当に、気付いて欲しいのは……。

「…いちゃん、……のに」

頭の奥に響いた幼い声音をなぞったはずなのに、舌がもつれて上手く動いてくれなかった。

いや、舌だけじゃない。いつの間にか全身がずっしりと重く、水琴の言うことを聞いてくれなくなっている。

力の抜けた手から、からんとフォークが落ちた。

「な…、…これ…」

「……やっと効いてきましたか」

悠然とテーブルを回り込んできた影志は、いつもの慇懃で穏やかな支配人ではなかった。冷ややかに見下ろされ、水琴は悪寒と共に悟る。影志が持って来てくれたパンケーキに、身体の自由を奪う薬が盛られていたのだと。

……でも、どうして加佐見さんがそんなことを？

渦巻く疑問を、もはや言葉にすることも叶わない。だが、優秀なホテルマンには水琴の心を読むくらい簡単だったのだろう。

「申し訳ございません、胡桃沢様。……私は、あの子には逆らえないのです」

「……ぁ、……」

……あの子って、百川さんのこと？　やっぱり加佐見さんと、百川さんは……。

一人で話を聞き出そうなどと、目論んだこと自体間違っていたのだろうか。必死に保とうとする意識は、眠気の泥沼にずぶずぶと沈んでいった。前のめりに倒れ込みそうになった水琴を、影志は細身にそぐわぬ腕力で抱き上げる。

どん、どん、どんっ！

地団太を踏むかのような足音もまた、影志には届かないのか。纏わりつく睡魔を懸命に追い払ううちに、水琴ははたと気付く。きつく引き結ばれた影志の唇が、わなわなと震えていることに。

「…貴方にも、……聞こえて、……るんですね……」

それは、直感だった。

「この、…足音が…、…貴方にも……」

影志は答えない。だが、驚愕に瞠られた瞳は何よりも雄弁な答えだった。

聞こえているのなら何故。水琴が問いを重ねる前に、影志は水琴を抱えたまま部屋を出た。廊下の突き当たりに差しかかると、カーペットの模様を革靴で踏み込む。

するとカチリと音がして、行き止まりにしか見えなかった壁がスライドした。現れた細い通路に、影志は迷わず入っていく。

……こんな仕掛けがあったなんて。

貴族の城館には、使用人たちが主人の目に触れぬよう動き回るための秘密の通路があると、ここに来る前に泉里から聞いた覚えがある。だが、現代のホテルにそんなものが必要だろうか。結衣の部屋が荒らされた時、影志を見付けた小部屋といい、まるで最初からこうして隠密裏に行動することを想定していたかのような…。

疑問に思考を費やしていられたのは、影志が通路の奥の階段を下り始めるところまでだった。温められた室内とは違う、冷たい空気が頬を撫でていく。ホテルの外に出たのだろうか。懸命に上げようとしても、まぶたはどんどん落ちてゆき、やがて視界は完全な闇に閉ざされる。

だから——これは夢なのだろうか。

『……にいちゃん！』

小学生くらいの男の子が、可愛らしい顔を悲痛に歪めながら走っていく。紅葉のような手を伸ばしたはるか先には、ぴんと伸びた背中……影志だ。今よりもずっと幼く、十歳にも満たない少年の姿だが、整った横顔には現在の面影がある。何より、どこか思い詰めたような瞳は今の影志そのものだ。

『待って…！　にいちゃん、待ってよぉ……！』

男の子が何度涙ながらに呼んでも、少年の影志は振り返らない。ただ前だけを見据え、足早に進むその姿は少しずつ歳を取っていき、やがて今の青年の姿になる。

対して、影志を追いかける男の子は同じ姿のままだ。歳を取らない。彼は、もはやこの世の理から外れた存在だから——。

……あれは、光次くんだ。

影志を兄と呼ぶ者は、亡き光次以外に居ないはずだ。だが、親代わりになって可愛がっていたはずの弟の声は、兄には届かない。拳を握り締め、すさんだ顔で歩き続ける影志に聞こえるのは……足音だけ。まるで足音に追い立てられるように、影志は暗闇を突き進む。兄と弟の距離はいっこうに縮まらない。

——待って——。

光次の懇願と、水琴の叫びが重なった。

——行かないで。行っちゃ駄目。それ以上進んだら——。

歩みを速めた影志の前方に、巨大な穴がぽっかりと出現する。生きた猛獣のようにあぎとを開き、獲物を飲み込まんとするそれに、影志はまるで気付いていない。

「落ちる……っ!」

喉奥からほとばしった自分の叫びで、水琴は現実に引き戻された。とたん、凍り付くような寒さに襲われ、思わず己を抱き締める。

まだ薬の影響が残っているのか、頭は鉛を詰め込まれたように重たい。鈍い痛みを堪え、水琴は周囲を見回した。

…高い天井。寝かされている木製のベンチ。蔦の絡まる白い柱…どうやらここは、ホテル裏庭のあずまやの一つのようだ。部屋から連れ出されてそう時間は経っていないのか、裏庭一面に積もった雪が太陽の光を反射してきらきらと輝いている。

「……ああ。やっと起きたのね」

入り口のあたりに立っていた人影が、ゆっくりと振り向いた。薄着のままの水琴と違い、暖かそうなダウンのコートを着込んだ女性は――結衣だ。不気味に微笑む背後には、影志がひっそりと佇んでいる。

「…百川…、さん…」

では、影志が逆らえないと言っていた『あの子』とは、やはり結衣のことだったのか。妙な違和感を覚える水琴に、結衣はにいっと唇を吊り上げてみせる。

「本当にうっとうしい子。あんたがなかなか目覚めないから、私まで冷えちゃったじゃない」

「……」

「ああ、言っておくけど、逃げようとしたって無駄よ。このあたりは私のファンが見張っていて誰も近付かないし、奥槻さんは今頃どこかに閉じ込められてるから」

得意気な結衣の後ろで、影志は気まずそうに項垂れた。

泉里に会いたがっている招待客というのは、影志の嘘だったのだ。何も知らずに案内されていった先の部屋に、泉里は閉じ込められてしまったのだろう。今頃、水琴を案じ、どうにか脱出しようと試みているに違いない。

「ど…う、…して…」

……泉里さん…っ…！

「どうしてって？　そんなの、あんたが私の邪魔ばっかりするからに決まってるでしょう？」

冷たい風になびく髪を、結衣はうっとうしそうにかき上げた。

「まあ、そんなこと出来るのも今日で終わりだけど。…ねえ、影志さん。早くこのクソガキを殺しちゃってよ」

「…なっ、何だって…⁉」

　こともなげに促され、影志は卒倒せんばかりに青ざめた。よろめくその足元の雪に、生きた人間が刻んだ以外の足跡は見付からない。足音も聞こえない。

　芽生えたばかりの違和感が、むくりと膨(ふく)らむ。

　ずっと影志を追いかけていた——あの足跡を刻んでいたのは、きっと光次だ。水琴を拉致(らち)する時さえ傍(そば)に居た光次は、どこへ行ってしまったのだ？

……あれ、は……？

　水琴は重たい身体をどうにか起こし、じっと目を凝らした。影志の右腕に、もはや見慣れたおぼろな影が…死者の気配が見えたような気がしたのだ。

「二度と絵筆を持てないよう、腕の骨を折るだけでいいって言ったじゃないか。いくらこの子が妖精画家を騙(かた)って君の部屋を荒らしたからって、殺すまでしなくたって…」

　怖気(おじけ)づく影志は、ジャケットのポケットに右の手を入れている。寒さのせいだろうか。だが左手には、黒い革の手袋をしっかり嵌めているのに。

……百川さんはそんな嘘を吹き込んで、加佐見さんに僕をさらわせたのか。

では、やはりロビーで水琴の描いたリアンノンを見られていたのだ。水琴こそが本物だとほ

んの一瞬で看破するなんて、やはり結衣はただ者ではない。どうしてその才能を、模倣以外に使おうと思えなかったのか。

「生かしておいたら、私が偽者だってバレちゃうじゃないの」

吐き捨てた結衣に、影志も水琴も絶句した。まさかここで、自分から認めるとは思わなかったのだ。

水琴はともかく、影志は結衣を本物の妖精画家だと信じて起用してくれた恩人である。しかも結衣のとんでもない願いを聞き入れたくらいだから、怜一や泉里の予想通り、男女の関係…恋人同士でもあるのだろうに。

「…何…、だって……？　君が、偽者……？　今まで、私を騙していたのか？」

「ええ、そうよ」

「どうしてそんなことを……」

「…影志さん、私を責められるの？」

結衣の大きな目が、剣呑な光を帯びた。

「私を本物の妖精画家だと思い込んでオファーしてきたのは、貴方でしょう？　もしこの子が生き延びて作品を発表したら、誰も私が本物だって信じなくなる。…そうなったらカザミリゾートの炎上は避けられないし、『リアンノン』のオープンも失敗するでしょうね」

「ゆ…、結衣…、君は……」

「それが嫌なら、この子を殺すしかない。そうでしょう？」

勝ち誇ったように笑う結衣は自信に満ち溢れていた。彼女が描いた豊穣の女神、リアンノンのように。影志が己の申し出を断ることはありえないと、確信しているのだ。

実際、結衣の言い分は正しい。ここで水琴を逃せば、怜一と泉里は持てる力の全てを使って報復するだろう。結衣たちが今の生活を守りたいのなら、水琴の口を永遠にふさぐしか無いのだ。

だからこそ結衣は、あっさりと自分が偽者であることを認めた。共犯者にされた影志はこれから先ずっと結衣を守らざるを得なくなると、わかっていたから。

…そう、泉里が居らず、どこにも逃げ場の無いこの状況で、水琴を殺すのなんて簡単だ。深い雪に閉ざされた雪山なら、遺体を埋める場所にも事欠かないだろう。いくら泉里たちでも、見付け出せるとは思えない。

――なのに、何故だろう。

「…本当に、君は妖精画家ではないのか？　本物は、そこに居る胡桃沢様なのか？」

少しも怖くない。死はすぐそこまで迫っているはずなのに。ちらつき始めた雪の交じる風が、ひゅおおおおと不気味な叫びを響かせているのに。

水琴の目が吸い寄せられるのは、影志の右腕…少しずつ形を取ろうとしている、おぼろな影なのだ。

「だから、そうだってさっきから言ってるじゃない」

「どうして、どうしてこんな……」

未練がましく涙を滲ませる影志を、結衣はぎらつく獣のような目で射貫く。

「私が本物になるためには、このクソガキを始末するしかないのよ！　抱かせてやったんだから、私のために働きなさいよ…っ！」

「……結衣……」

影志は黒革の手袋に覆われた手を握り締め、コートの襟にゆるゆるとおとがいを沈める。

「……ありがとう、結衣」

勝利を確信した結衣の顔は、次の瞬間、困惑に強張った。ポケットに入れたままだった手を、影志がおもむろに取り出したのだ。

「え、…何…」

「君は最低最悪の女だ。…おかげで私も、さほど罪悪感を抱かずに済む」

じっと結衣を見詰める黒い瞳にさっきまでのおもねりは欠片も無く、さらけ出された右手には小さなボイスレコーダーが握られている。

「…影志、さん？」

結衣の問いかけには答えず、影志はボイスレコーダーの再生ボタンを押した。再生されるのは、結衣と影志のこれまでの会話……本物の妖精画家は水琴であり、自分は偽者だと認め、その上で水琴を殺させようとするおぞましい内容だ。

「――もしもこの音声がインターネットに流れたら、破滅するのは君の方だな。ご自慢のお父上も、弁護を引き受けたりはしないだろう」

「…何を言ってるの？　そんなことしたら、破滅するのは貴方だって同じよ。まさか、この期に及んで私を裏切るつもりじゃないでしょうね？」

「裏切る？」

　影志は目を丸くし、ぷっと噴き出した。物静かだったはずの支配人は腹を抱え、おかしくてたまらないとばかりに笑い出す。突然の哄笑（こうしょう）に驚いた取り巻きたちが集まってきても、お構い無しだ。

「裏切ったなんて、とんでもない。…私は、最初からこのために君に近付いたんだ。この…、…復讐（ふくしゅう）を遂げる瞬間のために…！」

　影志はボイスレコーダーをポケットに戻した。代わりに素早く取り出されたのは、どこかで見覚えのあるデザインのナイフだ。どこで見たのか、水琴はすぐに思い出す。

「…百川さんのベッドに、刺さっていたのと同じ…」

「っ……！　じゃあ、私の部屋をめちゃくちゃにしたのは……」

　じり、と後ずさる結衣に、影志は微笑んだ。どこか狂気を滲ませるそれは、何よりも雄弁な答えだ。

「な、何でよ…、何で……」

恐怖に震えながら、結衣はがくがくと首を振る。わけがわからないのは水琴も、そしてナイフを恐れて近付けずにいる取り巻きたちも同じだろう。どうして影志は、水琴ではなく結衣に刃を向けているのか。…復讐とは、何のことなのか。

「…加佐見さん…、やめて、…やめて下さい…」

完全に薬が抜けきっていない身体は重く、思うように動いてくれない。のろのろと手を伸ばす水琴など、影志の眼中には入っていないだろう。その右手に纏わり付く、おぼろな影も。

「…恨むなら、自分の父親を恨むといい」

「ぱ、…パパ？　パパがどうして…」

嗚咽（おえつ）混じりの問いに皮肉っぽい笑みを浮かべ、影志はナイフを振り上げた。

幅広の刀身が、雲間から降り注ぐ陽光を弾（はじ）いてぎらりと光る。取り巻きたちはとうとう悲鳴を上げながら逃げ出し、追い縋ろうとした結衣は溶けた雪に足を取られ、その場に尻餅をついてしまう。

「……やめろぉ――――っ！」

無慈悲な切っ先が結衣の左胸めがけて振り下ろされそうになった瞬間、絶叫がとどろいた。

木立の陰から転がり出てきた男に、水琴はあっと声を上げそうになる。禿（は）げかけた頭を晒しているけれど、大きな黒子のある鼻は――結衣の部屋に向かう途中、ぶつかりそうになった二ット帽の男だ。あの日以降、一度も見かけたことは無かったのに。

……どうして、あの人がここに……!?

「…この子を殺すのなら、俺を殺してくれ。あんたが本当に憎んでいるのは、俺だろう…！」

泣きじゃくる結衣を切なそうに一瞥し、男は影志の前で大きく腕を広げた。どんなすさんだ生活を送っていたのか、痩せ衰えた身体は枯れ木のように細く、血走った目は黄色く濁っている。とても影志の関係者だとは思えない。

だが、影志は泣き笑いにも似た表情を浮かべ――整った顔を憎悪に染め上げる。

「ああ……、そうだ。会いたかった…、お前に会いたくてたまらなかった。七瀬大和……」

「…その、名前は…！」

雷に打たれたような衝撃が、水琴を貫いた。七瀬大和……それは二十年前、影志と光次の兄弟を身代金目当てに誘拐した犯人ではないか……！

「…な…っ、何?　何なの?」

生まれたばかりの頃の事件など知らないのだろう。腰が抜けたまま震える結衣に、もはや影志は欠片も関心を払わない。ナイフを構え直し、切っ先を七瀬に…弟を死に至らしめた男に向ける。

「……長かった」

呟く影志の腕に纏わりついていたおぼろな影が、ようやく形を取った。

…ついさっき夢に現れたのと同じ、小さな男の子。悲しみに歪んだ、愛らしい顔。振り向いてくれない兄を追いかける、足音。

「私は、ずっと……光次の願いを叶えるためだけに、ずっと……！」

「——『違う』！」

兄には聞こえない光次の叫びをなぞった瞬間、全身を蝕(むしば)んでいた怠(だる)さが一気に消え去った。

水琴は起き上がりざまに床を蹴り、驚愕の表情で振り返る影志に突進する。

どんっ！

「ぐわああっ……！」

勢いのまま影志に体当たりした直後、くぐもった悲鳴が上がった。擦(す)り切れたコートを羽織った七瀬の肩に、ナイフが突き刺さっている。水琴がぶつからなかったら、心臓に刺さっていただろう。

「キャ——っ……！」

「…ゆ、…結衣っ…」

悲鳴をほとばしらせながら逃げ出そうとして、再び足を滑らせてしまった結衣を、七瀬は地面に叩き付けられる寸前で支えた。急所は外れたとはいえ、激痛に苛(さいな)まれているはずなのに、どうしてそこまで結衣を助けようとする？

気にはなったが、今は影志を止めるのが先だ。手負いの獣のように暴れる影志に、水琴は必死にしがみ付く。

「…放せ！　頼む、放してくれっ！」

「駄目です、加佐見さん…、こんなこと…」

「……聞こえるんだ！　足音が！」

激しい慟哭(どうこく)が、水琴の耳をつんざいた。

ぶるぶるぶるっ、と腕の中の長身がわななく。危機感を覚え、縋る腕にあらん限りの力を込めたが、影志の青ざめた唇から漏(も)れたのは血を吐くような慟哭だった。

「二人で山小屋から逃げ出して…、光次とはぐれた…。二十年前のあの日からずっと、光次の足音が聞こえるんだ…」

「…それは…っ…」

「あいつと私のせいで、光次は死んだ！　……私とあいつが、光次を殺した！　光次の仇(かたき)を討たない限り、この足音は消えない……！」

違うと反論したかった。今もなお影志の足元で泣きながら首を振っている光次が、復讐など望むわけがない。

だが再びもがき始めた影志の力は強く、会話に持ち込む隙も余裕も無かった。少しでも腕を緩めれば、影志はたちまち抜け出し、今度こそ七瀬を殺すだろう。

七瀬とてそれはわかっているだろうに、何故か逃げようとしない。刺さったナイフを抜こうともせず、まともに動けない結衣の傍に留まり続けている。甘んじて影志に殺されるつもりなのだろうか。

……でも、七瀬さんを殺せば、加佐見さんは人殺しになってしまう……！

夢の中、影志の前にぽっかりと空いた巨大な穴が脳裏を過ぎる。堕ちたが最後、二度と這い上がれない深淵を湛えた穴。

「う…、……くっ……」

きつく縋り付いているうちに、額に汗が滲んできた。…体力の限界が近付いている。このままでは——ぎゅっとつむったまぶたの奥が、血の色に染まる。

……泉里さん……っ……！

「——水琴っ！」

「水琴さん……！」

届かないはずの叫びに、二人分の応えが返された。除雪された小路を駆けて来るのは、愛しい年上の恋人…そして、東京に戻っていた怜一だ。

「……くそっ……！」

思いがけぬ加勢に影志は舌を打ち、水琴を乱暴に振り解いた。ぱっと身をひるがえし、駆け去っていく。

燃えたぎる視線を七瀬にさまよわせたのは、つかの間。父親に任されたホテルではなく、その反対側…立ち入り禁止の札が下げられた鎖の向こうへ。

「……加佐見さん！」

水琴は夢中で手を伸ばすが、影志は雪の積もった山道を上っていき、あっという間に見えなくなってしまった。不利を悟り、逃走したのか？　いや、あの道は山頂に繋がっているはずだ。いくら影志でも、あんな軽装で人里までたどり着けるわけが…。

――私とあいつが、光次を殺した！　光次の仇を討たない限り、この足音は消えない……！

「…加佐見さんは、自分を…」

「水琴…？」

助け起こしてくれる泉里の腕を、水琴はきつく握り締めた。もしも水琴の予想が正しいのなら、影志は。…影志が、誰の邪魔も入らない山中に逃げ込んだのは。

「加佐見さんを追わなくちゃ…！　加佐見さんは、…自殺するつもりです！」

「何……!?」

影志は誘拐犯の七瀬だけではなく、弟を守り切れなかった自分をも仇として憎んでいる。…七瀬は邪魔が入って殺せなかった。ならばもう一人の仇である自分自身を殺し、中途半端でも復讐を遂げようとしているのだ。やまない足音から逃れるために。

「早くしなければ、加佐見さんは…っ…」

「…落ち着け、水琴！」

泉里は一喝し、水琴をきつく抱きすくめた。

「そんな格好で雪山に入るなんて、死にに行くようなものだ。…それに、まずは彼らの治療が先だろう」

「……あ、……」

冷え切った肌に馴染んだ温もりが染み込むにつれ、心を支配していた焦燥が溶け去っていく。軽かったはずの身体はスイッチが切れたように重たくなり、水琴はたまらず泉里に寄りかかった。長身の恋人は、よろめきもせず水琴を支えてくれる。

「…せ…、んり、…さん…」

ふうっと吸い込んだ息は、たちまち嗚咽に変わった。…いつだって泉里なのだ。水琴を助けてくれるのは。繋ぎ止めてくれるのは。

脱力した身体の感触を確かめるように、泉里は頬を擦り寄せる。

「水琴…、すまない。来るのが遅くなってしまって…」

「ううん…、そんなの、いいんです。でも、どうやってここへ？　加佐見さんに騙されて、どこかに閉じ込められてたんじゃなかったんですか？」

「それは……」

「――嘘よっ！」

突如弾けた金切り声に、水琴と泉里は揃って振り返った。地べたに座り込んだままの結衣が、見下ろす怜一を射殺さんばかりに睨んでいる。

「嘘に決まってる！　私が…、私がこんな…っ…」

「…結衣…」

「嫌っ！　気安く呼ばないでよっ！」

けんもほろろに拒絶され、七瀬は悄然と顔をうつむける。ナイフの突き刺さった肩から広がる血は今やコートの半分以上を赤く染め、一刻も早い治療が必要と思われた。

だが七瀬は、結衣をひたすら見詰めている。自分自身の命すら構わず、罵られようと振り向いてさえもらえなかろうと、結衣だけを。そのひたむきで切ない眼差しは、今日初めて会ったはずの他人に注ぐものではない。

「…ならば、貴方にお尋ねします」

興奮する結衣に憐憫の欠片も見せず、怜一は七瀬に向き直った。

「貴方は二十年前に加佐見影志さんと弟の光次さんを誘拐した犯人、七瀬大和さんですね？」

「……ああ」

「では、七瀬さん。…貴方は、こちらの百川結衣さんの実の父親ですね？」

はっと息を呑んだのは、水琴だけだった。ここに来るまでの間に、泉里はすでに聞かされていたのだろう。

ちぎれんばかりに首を振る結衣を痛ましそうに見遣り、七瀬は確かに頷いた。

「……そうだ。俺が、その子の父親だ」

思いがけない告白の後、水琴たちはホテルのスタッフに助けを求め、医務室に退避した。救急車を呼ぼうにも、設備の整った最寄りの病院までは片道一時間近くかかる。ホテルはドクターヘリも受け容れ可能なヘリポートを備えているが、予報によればこれから吹雪になる可能性が高く、時間がかかっても救急車を待つ方が賢明だと判断されたのだ。

その間、外で待機していたのでは凍り付いてしまう。影志の犯行を聞かされた初老の副支配人は驚愕しつつも、水琴たちのために骨を折ってくれた。ホテル常駐の医師が応急処置を施してくれたし、見た目ほど傷も深くないそうだから、救急車の到着を待たずに七瀬が死亡する…影志が人殺しになってしまう事態は避けられそうだ。七瀬を救急車に託し、警察が到着し次第、影志の捜索も始まることになっている。

自分はたいした怪我も無いと思い込んでいた水琴だが、過保護な保護者たちが見過ごしてくれるわけもなかった。

影志によって閉じ込められたはずの泉里がどうやって怜一と合流し、水琴を助けに来られたのか。教えてもらえたのは濡れた衣服を着替え、大判のブランケットに包まり、温かいココアを与えられた後だ。副支配人と医師には、隣室に控えてもらっている。

「私は三十分ほど前に東京から戻りましたが、奥槻さんも水琴さんも姿が無く、メッセージに返信も無い。あちこち捜し回っていると食堂で水琴さんと話していた少年が通りがかり、奥槻さんが閉じ込められている部屋を教えてくれたのです。その後は、水琴さんの腕時計に仕込まれたGPSを追いました」

　怜一の言う少年とは、雪輪のことだろう。だがどうして雪輪が、泉里の閉じ込められた部屋を知っていたのか？

　水琴の疑問に、怜一は肩をすくめる。

「わかりません。奥槻さんが加佐見さんに案内されて入っていくのを、たまたま見かけたと言っていましたが…」

「…少々、出来過ぎですね」

「同感です。今思えば問い詰めるべきでしたが、こちらも焦っていましたし、奥槻さんを見付けた後にはいつの間にか居なくなっていたので…」

　番人のごとく水琴の隣に陣取った泉里が腕を組むと、怜一も反対側で重々しく頷き、部屋の奥に視線を投げた。医務室と言っても高級ホテルだけあって、簡単な医療器具の他は客室と同じ重厚な調度類が揃えられている。

　応急処置を受けた七瀬は、患者用ベッド――ではなく、その傍らのソファに座り、救急車を待っていた。本当はベッドで休むべきなのだが、自分にそんな資格は無いからと、頑として拒否したのである。

代わりにベッドに横たわるのは結衣だ。ここに連れて来られてからずっと分厚いブランケットをかぶり、一言も発さずにいる。突き付けられた真実がよほど衝撃的だったようだ。

…無理も無い。水琴とて、未だに信じられないのだから。モデルとしても活躍するほどの美人と、逃走生活のストレスがくっきり滲んだ、疲れ果てた男。似ても似つかぬ二人が、血の繋がった実の父娘だなんて。

「…全部、俺のせいだ」

治療を受ける間、呻き声一つ漏らさなかった七瀬がぼそりと呟いた。のろのろとこちらへ向いた顔は無数の小皺が刻まれ、染みの目立つ肌はやけに黄ばんでいる。おそらく肝臓に重い持病があるのだろう、とホテルの医師が言っていた。実年齢より大幅に老けて見えるのもそのせいだと。

そう、この男が本当に七瀬なら、まだ四十五歳のはずなのだ。だが病と長年の苦労は七瀬を着実に蝕み、初老の副支配人よりも年上に見せてしまっている。

「坊ちゃ…、影志さんがあんな真似をしたのも、結衣をこんな目に遭わせたのも……関係の無いあんたたちを巻き込んじまったのも、全部、俺が逃げ続けたせいだ。他の誰も悪くない。だから、だからどうか…」

「——見逃してくれとでも言うつもりか？」

地を這うような低い声で問い、泉里はゆらりと立ち上がった。長身から発散される怒りに、七瀬はびくりと肩を跳ねさせる。

「貴様が逃げたことと、その女が水琴を殺そうとしたことには何の因果関係も無い。注目と称賛を浴びたい一心で水琴を騙ったことにもな。貴様の謝罪一つで、見逃せるわけがないだろう。…すでに警察も呼んである。然るべき場所で、全ての罪を明らかにするつもりだ」

「……何でっ⁉」

ばっとブランケットをはねのけ、結衣が姿を現した。雪と泥でぐちゃぐちゃになった服のまま、威嚇する獣のように四つん這いで髪を振り乱す。

「何で私が警察に捕まらなきゃならないの？　私、何も悪いことなんてしてない！　悪いのは影志さんでしょう？　私はあいつに殺されるところだったんだよ⁉」

泣きじゃくりながら訴えれば、結衣はこれまでどんな願いでも叶えてもらえたのだろう。

だが今、結衣のめちゃくちゃな言い分に同調してくれる者は居ない。ただ一人、七瀬だけは憐れむように涙ぐんでいるが、結衣はかたくなに眼差しを合わせようとしない。

「…やはりあの時、逃げるんじゃなかった。どんなに苦労させても、家族一緒に暮らしていれば、こんな性根のねじ曲がった娘にはならなかっただろうに…」

深い悔恨を滲ませる七瀬は、とてもではないが、慕ってくれていたであろう子どもたちを金目当てで裏切るような悪人には見えなかった。水琴の目に映るのは、長い逃亡に人生を使い果たした憐れな男だ。

「百川さんが貴方の娘さんだというのは、どういうことなんですか？　そして…貴方は何故、加佐見さんと光次さんを誘拐したんですか？」

　怜一と泉里はすでに事情を把握しているようだが、水琴はまだ何も教えられていない。本人の口から聞きたくて尋ねれば、七瀬は何度も逡巡してからようやく口を開いた。

「……二十年前、俺と理恵…その子の母親は恋人同士だった。いずれ結婚するつもりで同棲していたが、連帯保証人になっていた親友が逃げてしまい、一億近い借金を背負わされちまったんだ」

　運転手の薄給では、とうてい返済など不可能な金額だ。しかも債権者はたちの悪いヤクザまがいの消費者金融で、熾烈な取り立ては命の危険を覚えるほどだった。そんな時に理恵の妊娠が判明し、七瀬は決意したのだ。恋人と生まれてくる子を守るため、雇い主の息子二人を誘拐し、身代金で借金を清算することを。

　崇が異様に世間体を気にしてくれたおかげで警察は介入せず、幸運にも身代金の受け取りは成功した。…最初、七瀬は影志と光次を生きて帰すつもりだったのだ。そのために覆面をかぶり、二人の前では声も出さないよう努めた。

「だが、影志坊ちゃ……影志さんに抵抗された弾みで覆面が取れ、素顔を見られてしまった。だから俺は、二人を殺すしかないと…そう、思い込んでしまったんだ」

「そんな…、どうして……」

影志は九歳、光次にいたってはまだ六歳の子どもだったのだ。いくら正体がばれたからといって、どうしてやすやすと手にかけようと思えた？

「——理恵さんと、生まれて来る子を…百川さんを犯罪者の身内にしないためですね」

歯を食いしばってしまった七瀬の代わりに、怜一が答えた。溶けたマスカラであちこち汚れた結衣の目が、はっと見開かれる。

「身勝手な貴方は、他人の子を犠牲にしてでも自分の恋人と子どもだけは守りたかった。でも結局影志さんには逃げられ、犯人として指名手配されてしまった。……だから時効が完成しても逃げ続けた。捕まれば、たとえ罪には問われなくても、貴方と百川さんの繋がりが露見してしまうから」

「…あ、…ああ…」

「そうまでして守ったにもかかわらず、理恵さんは貴方と正式に入籍していなかったのをいいことにさっさと他の男に乗り換え、周囲の猛反対を押し切って妻の座に収まった挙句、腹の子を夫の子どもだと言い張った。…報われませんね。自業自得と言えば、それまでですが…」

「か、……勝手なことを言わないで！　それじゃあ…、それじゃあ私は、本当に…っ…」

「ええ。貴方は百川信平氏の、実の娘ではありませんよ」

目を剝く結衣に、怜一は冷ややかに告げた。

「東京に戻って調査した結果、信平氏と結婚した時、すでに理恵さんは妊娠していたことが判明しました。自分の子でないことは明らかなのに、美人の理恵さんと結婚したい一心で腹の子ごと引き受けてしまったのだと、ご親戚の方が証言して下さいましたよ」

「…パ…、パパ…、…だからパパは、私を見てくれなかったの…?」

小さな女の子のように涙を流す結衣に、部屋を荒らされたあの夜、何度も父親に電話をかけていた姿が重なった。

これまでも、父親の態度に不審感を覚えていたのだろうか。妖精画家を騙ったのも、警察への通報をあれほど嫌がったのも、父親に振り向いて欲しい一心だったのかもしれない。…だからと言って全てが許されるわけではないが。

「…失礼します。救急車が到着いたしました!」

やるせない空気が満ちた医務室に、ホテルスタッフが駆け込んできた。続いて救急隊員たちが現れ、七瀬を手際良くストレッチャーに乗せていく。

「……ごめん……」

ストレッチャーが結衣の傍を通り過ぎる瞬間、七瀬はかすれた声を漏らした。

「…夢を壊して、ごめん。こんな父親で、ごめん……」

うわ言めいた懺悔(ざんげ)に、怜一や泉里は何の同情も示さない。多額の借金を背負わされたのは不運だったかもしれないが、犯罪に手を染めた挙句、逃げ続けることを選んだのは七瀬自身だ。

事故死した光次の無念や影志の苦しみを思えば、身勝手の謗(そし)りを免れないだろう。

…でも、結衣までもが顔を背け、運ばれていくストレッチャーを一顧だにしないのはやりきれなかった。

罪を犯した七瀬が逃げ続けたのは結衣の…顔も知らない我が子を守るためだったのだ。どんなに間違っていようと、誰から責められようと、それは父親の愛情――結衣が望んでいたものではなかったのか。両親に見捨てられてしまった水琴には、絶対に与えられない。

「――警察は？」

ブランケットに包まれた水琴の肩をそっと抱き、泉里はスタッフに尋ねる。馴染んだ温もりが、水琴に力を与えてくれた。…そうだ、感傷に浸っている場合じゃない。影志を助けなければならないのだ。

「間も無く到着すると、先ほど連絡がございました。スタッフには山岳救助隊員の経験者が数名居りますので、捜索に加わらせて頂く予定です」

泉里は警察に通報した際、山岳警備隊の派遣も要請していた。遭難者の救助のプロフェッショナルである彼らなら、単身雪山に逃げ込んだ影志もきっと見付け出してくれる。任せておけば間違いは無い。

「……僕も行きます！」

頭ではわかっているはずなのに、気付けば水琴は声を上げていた。…聞こえるのだ。影志はここに居ないにもかかわらず、あの足音が。まるで水琴に、早く行って影志を止めて欲しいと懇願するかのように。

「水琴…」

「水琴さん……」

泉里と怜一がほぼ同時に振り返り、そっくりな苦々しい表情を浮かべる。普段はそりが合わないくせに、どうして水琴を危険から遠ざけようとする時だけ妙に意気投合するのか。

じっと水琴と見詰め合った後、泉里は額に手をやり、はあっと深い息を吐いた。

「……絶対に俺と離れないと、誓えるか？　誓えるのなら連れて行く」

「奥槻さん…⁉」

怜一が目を見開くが、きっと水琴の方が驚いている。怜一はまだしも、泉里は今回ばかりは絶対に許してくれないと…その場合はこっそり救助隊の後を付いて行くことも覚悟していたのだ。

「誓います、絶対に泉里さんから離れません。…でも、どうして…？」

意気込んでこくこくと頷き、見上げる水琴の頭を、泉里はくしゃりと撫でる。

「置いて行ったら、後から付いて来るつもりだろう。一人でそんな危ない真似をさせるくらいなら、傍に居てくれた方がいい」

「……ごめん、なさい」

出逢って約一年のうちに、年上の恋人は胡桃沢水琴という人間をすっかり理解している。もしかしたら、ずっと一緒に暮らしてきた祖父よりも深く。せっかくの心配を踏みにじってしまう申し訳無さはもちろんあるが、どんな言動も受け容れてもらえる喜びははるかに勝る。

……この人と一緒なら、僕は、僕のままでいられる。

「謝るな。…言っているだろう？　君を守り、願いを叶えるのは、俺だけの特権だ」

僕のままでいられるって、どういうことだろう――ふいに浮かんだ思いに覚えた疑問は、泉里の優しい声音が消し去ってくれた。されるがまま頭を撫でられていると、ごほん、と怜一が咳払いをする。

「――もちろん、私もご一緒しますよ」

「槇さんも？　でも…」

「こう見えて、体力に自信はあります。…今の貴方から離れたら、一生後悔しそうですから」

怜一は東京から長距離を移動してきたばかりだ。本当に大丈夫なのだろうかと思ったが、体力なら影志に薬を盛られた挙句、殺されかけた水琴の方が危ないはずだと言われれば引き下がらざるを得なかった。

三人はホテルからレインウェアとブーツを借りて着替え、登山用の装備に身を固める。その間も、足音は聞こえ続けていた。心なしか、さっきよりもペースが速くなっているのが気にかかる。

——まるで、影志がどんどん死に近付いていっているようで。

やがて警察と共に山岳警備隊も到着すると、水琴たちは彼らに交じり、ホテル裏庭から山頂に繋がる山道へ出発した。結衣はホテルに残り、警察官の事情聴取を受けている。

まだ午後になったばかりだが、灰色の雲に覆われた空からは、さっきよりも強い勢いの雪が落ちてくる。風が無く、山道が定期的に除雪されているのが不幸中の幸いだった。雪は数センチしか積もっておらず、ラッセルせずに登っていけるので、登山初心者の水琴でもさほど体力を消耗せずに済むのだ。

とはいえ、どんなに標高が低く、勾配が緩やかでも、雪山は雪山だ。積もった雪の上を歩くのは通常の何倍も疲労するし、空を舞う雪は視界をぼやけさせ、捜索の邪魔をする。

……二十年前、加佐見さんと光次くんもこんなふうに逃げていったのかな。

泉里と怜一に前後を挟まれる格好で警備隊の後を追いながら、水琴は夢の中に登場した幼い兄弟を思い浮かべた。

しっかり装備を固め、プロの警備隊と同行していてさえきついのだ。十歳にも満たない子ども二人、それも自分たちを殺そうとする犯人に追われ、文字通り命がけの逃亡である。どれほど不安で、恐ろしかったことだろう。足をもつれさせ、行く手を阻む雪は、悪魔のように見えたに違いない。

…たたっ。

もはや聞き慣れた足音に引かれ、手すり代わりのロープの向こうを見遣れば、小さな足跡が雪の上に点々と刻まれていた。

先行する警備隊の隊員たちは一瞥すらくれず、通り過ぎてしまう。彼らには見えていない……光次の足跡だ。今もなお、影志を追いかけているはずの。

「…泉里さん、足跡が…」

背後からそう告げるだけで、泉里は全てを理解してくれたようだ。

「――すみません、あちらの方に人の姿が見えました！」

「何っ…⁉」

泉里が足跡の方を指しながら呼びかけると、隊員たちはいっせいに足を止める。山岳地図を確認し、隊員の一人は表情を曇らせた。

「マップによれば、あちらは崖で行き止まりのはずですが…」

――崖。

不吉な響きが、記憶を呼び起こす。…七瀬から逃げる途中、兄とはぐれた光次はどうして死んだ？　雪の中をさまよい続け、崖から落ちて…。

「…そこです！　加佐見さんは、きっとそこで死ぬつもりです！」

七瀬を殺し損ねた影志がわざわざこの雪山に逃げ込んだのは、光次と同じく、崖から落ちて死ぬためだったのだ。同じ死に方をすることで、少しでも光次に詫びたいのだろう。…そんなこと、光次は望んでいないのに。

「君は、何を言って…」

「早く行かなければ、本当に死んでしまう……！」

戸惑う隊員たちに背を向け、駆け出そうとした寸前で、水琴は無意識に泉里の手を取った。泉里は息を呑みつつも力強く握り返し、水琴と共に足跡を追いかけてくれる。ロープを乗り越え、生い茂る木立をかき分けて。

「水琴さん、奥槻さん！」

「二人とも、待て！　待ちなさい……！」

怜一と隊員たちが泡を喰って追いかけてくるが、水琴は構わず突き進む。影志を止めるために突き飛ばした、あの時と同じだ。身体は信じられないくらい軽く、視界は明るい。足跡を追う水琴の邪魔をするものは、何も無い。

——早く、早く。

耳元で急き立てる声は、水琴にしか聞こえない。小さな足跡は、水琴にしか見えない。この世に在って、この世に無い。

……だから僕は、届けたいんだ。受け取るべき人に……全ての人たちに！

ともすればそのままどこかへ飛んでいってしまいそうな意識を、泉里の手の温(ぬく)もりと感触が引き戻してくれた。

ぎゅっと恋人の手を握り締めたまま、夢中でどれくらい走っただろうか。

ひゅおおおおおお、と悲鳴にも似た凍風が吹き抜けた。水琴はちぎれ飛んでしまいそうな耳朶(みみたぶ)をとっさに押さえ、白く染まった息を吐く。ほんの数メートル先、細く切り立つ断崖の先端で、深い谷底を見下ろしているのは——影志だ。

「加佐見さん……！」

「……胡桃沢(くるみざわ)様？」

影志がおもむろに振り向くや、防寒具に包まれた背中を悪寒が貫いた。…彼は違う。まだあちら側には行っていない。間に合ったはずだ。隣の泉里にも見えているのだから間違い無い。

間違い無い——はずなのに。

……同じ、だ……。

彼の足元に続く足跡…水琴にしか見えないはずのそれと、影志は同じ気配を纏(まと)っている。生きながらにして死んでいるとでもいうのか。…死に、魅入られているのか。死の深く底の無い暗闇だけが救いだと、思い込んでしまうほどに。

「…皮肉なものですね」

静かに微笑(ほほえ)む影志の双眸(そうぼう)は、水琴を見ているのに見えていない。

「結衣が本物の妖精画家などではないことは、最初から知っていました。その上で依頼したのも、彼女に籠絡されたふりをしていたのも、貴方を拉致したのも…全て光次の仇を討ったためだったのに、貴方一人に台無しにされてしまった。最期にお会いするのが、その貴方だとは…」

「……最初から、知っていた？」

泉里がいぶかしそうに眉を顰め、水琴もすぐその理由に思い当たる。

……『気付いた』んじゃなく、『知っていた』？

もしも影志が自力で結衣を偽者だと看破したのなら、最初から知っていたなどとは言わないだろう。本物の妖精画家…水琴の素性についてはかたく秘されているし、唯一看破してみせた友人の橋本も、ぺらぺらと吹聴して回るような人物ではない。

だとすれば影志は、どうやって結衣が偽者だと知ったのだ？

……いや、それだけじゃない。

影志は逃亡を続ける七瀬をおびき寄せるため、結衣を囮として利用した。部屋を荒らしたのも、彼女が狙われていることをどこかに潜んでいる七瀬に見せ付けるためだったのだろう。実際、七瀬は動転する結衣を目撃し、ひどく狼狽していた。だから今日、娘の危機を救うために現れたのだ。

だが、そもそも影志は何故、結衣が七瀬の実子だとわかったのだろう？

二十年前の誘拐事件の時点では、結衣はまだ母親の腹の中だ。素性を隠そうとしていた七瀬が、腹の子の存在をわざわざ影志たちに明かしたとは思えない。しかも結衣には戸籍上の父親が存在し、七瀬との繋がりを示すものは何も無いのである。今回、真実が判明したのは、様々なルートに伝手を持つ怜一が暗躍したからこそだ。

七瀬にしても疑問は残る。逃亡中も理恵を見守っていたのなら、結衣が自分の子であることは知っていてもおかしくはない。カザミリゾートが結衣にオファーしたことも話題になったから、情報を得るのは難しくなかっただろう。

しかし、見るからに困窮したあの男に、プレオープンの招待状を手に入れるのは不可能だ。この寒さの中、外に潜み続けるのは困難だからホテル内に潜伏していたと見るべきだが、いくら広い館内でも、スタッフに不審に思われずに潜み続けるのは無理がある。

どこかの客室に忍び込んでいた？　——いや——。

……かくまわれて、いた……？

「…誰、ですか」

吹き付ける風に負けないよう絞り出した声は、かすかに震えていた。

「貴方に百川さんのことを教えたのは、いったい、誰なんですか」

「…誰だって構わないでしょう。私はもう、終わりなのですから」

——たたっ。

迷わず崖の先端に踏み出した影志の足元に、小さな足音を纏った影が滲み出る。影志とはあまり似ていない、可愛らしくあどけない顔を悲しみに歪めて。やめて、やめてと必死に訴えている。

でも、影志には見えない。聞こえない。影志は振り返らないから。言い付け通り兄の後ろに付いて離れない弟が、影志には見えないから。

胸を揺さぶる衝動のまま、水琴は叫んだ。

「…やめて下さい、加佐見さん！　光次くんは、そんなことを望んでいません！」

「何を……」

「あの時、僕がどうして貴方を止められたと思いますか？　…光次くんが、そう望んだからです。自分の代わりに、貴方を止めて欲しいと…！」

「――――！」

また一歩踏み出そうとしていた影志の足が、ぴたりと止まった。はくはくと白い息を吐き出しながら、声をあえがせる。

「…そんなわけがない…。光次は…、私を……助けてやれなかった私を、恨んでいる…」

「どうして、そう思うのですか？」

ちらと背後を見遣り、泉里は問いかけた。

「誘拐された時、貴方はまだ九歳だった。…光次くんだけではなく、貴方もまた子どもだったのです。貴方を責める者は誰も居ない。責められるべきは犯人の七瀬であり、…警察に助けを求めようとしなかった貴方の父親でしょう」

「……っ…」

「七瀬は病院に搬送されましたが、命に別状はありません。刑法上の罪に問われることは無くても、社会が彼を裁くでしょう。百川結衣も、犯した罪に相応しい報いを受ける。…いえ、私が受けさせます」

　結衣の戸籍上の父は優秀な弁護士だ。彼が結衣の弁護を引き受ければ、妖精画家を騙ったことや水琴の殺害を影志にねだったことも、あるいは表沙汰にはならないかもしれない。

　だが泉里がこう断言した以上、結衣は必ず断罪されるだろう。妖精画家の偽者として激しいバッシングに晒されるのみならず、水琴を殺そうとした罪にも問われる。二十年もの間逃げ続けてまで守ろうとした娘が再起不能に陥れば、七瀬は自分が痛め付けられるよりも苦しむはずだ。

「貴方は生きて、彼らが地獄でのたうち回る様を見届けるべきだ。…いや、見届けなければならない」

「泉里さん…」

　胸がちくんと痛んだ。

　泉里を長い間飼い殺しにし、功績を横取りしてきた義父の実子は、今まさにその罪を償うべく裁判にかけられている。…本当に強い人だ。無視も出来るだろうに、泉里は家族でもあった男の凋落から目を逸らさない。未だ癒えきらない心の傷を、自ら抉ることになっても。

「…あの男の…、地獄を…」

死の決意に凝り固まっていた影志の顔に、かすかな動揺が走る。泉里の言葉は、確かに影志の心を揺さぶったのだ。

「……居たぞ！　あそこだ！」

だが追いかけてきた隊員たちの怒号が響くや、揺らぎは拭ったように消え去った。どっどっどっと近付いてくる、大勢の足音。それは影志を追い続けていた、光次のものではありえないのに。

「……あ……あ、あ…、許して…、……許してくれ、光次……！」

影志は両手で耳を押さえ、がくがくと首を振りながら走り出した。

その先では、めまいを覚えるほどの深さの谷がぽっかりと虚ろな口を開けている。死神のあぎとから膨れ上がる、濃厚な死の気配。

——にいちゃん……っ！

ずっと隠れ続けていた影志の足元からまろび出た、小さな人影。

「加佐見さん……っ！」

絶叫した瞬間、ぱあっと視界が明るく染まった。わずかな雲の切れ間から顔を覗かせた太陽…まばゆいその光は雪の上に落ちた何かに反射し、きらりと輝かせる。ところどころメッキの剝げた、小さな金色の星――あれは。

……光次くんの、形見のオーナメントだ！

影志が肌身離さず持ち歩いていたはずの形見が、どうしてそんなところに落ちていたのか。疑問を覚えるよりも早く、水琴は泉里の手を解き、身を投げ出す。

「…水琴…っ…!?」

泉里が手を伸ばすのと、水琴の手がオーナメントに触れるのは同時だった。硬く冷たい感触を握り締めた瞬間、フィルムを巻き戻すかのように、映像の奔流が流れ込んでくる。

最初はモノクロームだったそれは、真っ白に塗り潰された水琴の頭をスクリーン代わりにみるみる色彩を帯びていった。降り積もった雪を必死にかき分けながら、細い獣道を下っていくのは――少年の頃の影志だ。ならばその背中に背負われているのは。

……光次くん？

呟いたとたん、視界が二重にぶれた。たまらずしばたたいた目に、影志の背中が映る。

光次の視界を共有しているのだと、水琴は直感した。……いや、視界だけではない。その心も。

……怖い。怖いよ。

光次は怯えていた。兄との帰り道にいきなりさらわれ、こんな山奥の小屋まで連れて来られた。それだけでも恐ろしくてたまらないのに、自分たちをさらった犯人は父親の運転手、七瀬だったのだ。

顔を見てしまった自分たちは、身代金を受け取りに行った七瀬が戻れば必ず殺される。その前に逃げ出さなければならないと兄に真剣な顔で言われ、光次は一も二も無く頷いた。光次にとって兄は全てだ。顔も覚えていない母親よりも、ろくに帰宅すらしない父親よりも、兄が一番好きだった。

だから七瀬の居ない隙を突き、兄と共に監禁されていた小屋を脱出したのだ。みっしりと雪の積もった山道は容赦無く体力を奪い、光次の小さな手足をたちまち凍り付かせたけれど、兄に励まされながら歩き続けた。

途中で足を滑らせて転び、動けなくなってしまうと、兄は光次を背負ってくれた。だがその足取りは、明らかにおぼつかなくなっている。…当たり前だ。小屋を抜け出した時は高かった太陽が、今は彼方の山の稜線に沈もうとしている。

その間、兄も自分も何も食べていない。渇きに耐えかねて雪を食べようとしたが、兄に止められてしまった。もはや手足の感覚は無く、全身をしびれさせるようだった寒さも感じなくなっている。

体力の限界は、すぐそこまで迫っていた。だが兄は決して歩みを止めようとしない。きっと今頃、身代金を得て戻った七瀬が人質の不在に気付き、追いかけて来ているはずだから。…二人を殺し、口をふさぐために。

『大丈夫だ、光次。お前は絶対に、にいちゃんが守ってやるからな』

口を開くのすらつらいだろうに、兄は光次を励まし続けてくれた。小さな背中は父親よりもはるかに頼もしく、温かかった。

……神様の背中って、きっとこんなふうだ。

教会の日曜学校で聞いた話が、ぼやける頭に浮かんできた。

――あるところに、神を心から信仰する男が居た。神と共に歩む男の足跡の隣には、常に神の足跡が刻まれていた。

だが男が苦難に襲われた時、神の足跡は消えてしまった。こんなにつらいのに、どうして貴方は傍に居てくれないのか。嘆く男に、神は言った。私は常にお前の傍に居る、と。そして男は気付いた。神は自分を背負い、歩き続けていてくれたのだと。一つだけになった足跡は、男ではなく、男を背負った神のものだったのだ。

光次にとって、兄のこの背中こそが神様の背中だった。…今だけじゃない。兄はいつだって光次を守ってくれた。助けてくれた。庇ってくれた。兄が居たから、二人きりの広い家でも寂しくなかった。

だが光次にとっては神にも等しい兄とて、現実には九歳の子どもに過ぎない。兄はとうとう体力を使い果たし、背負った光次ごと雪原に倒れてしまった。

『…にいちゃん！　にいちゃん！』

がくがくと揺さぶっても、兄はかたく閉ざされたまぶたを開けてくれなかった。…どうしよう。このままじゃ、兄は凍り付いて死んでしまう。

うろたえる光次の耳に、寒さや飢えよりも恐ろしいものが聞こえてきた。ざく、ざくと雪を踏み締める足音。どこに居る、と苛立たしげに怒鳴る声。

……七瀬だ！

どうする？　どうすればいい？

ぎゅっと兄の手を握り締めるが、兄は何も答えてはくれない。光次が自分で考えるしかないのだ。どうすれば七瀬に殺されずに済むのか。…兄を助けられるのか。

……ぼくが、やるしかない！

強い決意が、恐怖を呑み込んだ。

……にいちゃんを助けられるのは、ぼくだけだ。今度はぼくが、にいちゃんを守る番なんだ！

光次はポケットから小さな星のオーナメントを取り出し、兄の手に握らせる。昨日、一緒にクリスマスツリーの飾り付けをした時、あんまり綺麗だったから内緒で持っていたものだ。

星は幸運の印だと兄が教えてくれた。どうかこの星が、兄に幸運を与えてくれますように。

『……わあああああーっ！』

光次は感覚の無い手足を無理やり動かし、叫び声を上げながら飛び出した。兄の倒れているところとは正反対の方向へ。

『くそ…っ、そこに居たのか！』

期待した通り、七瀬は光次を見付けてくれた。光次との距離は予想よりずっと狭く、額をつうっと汗が流れ落ちる。もしあのまま兄の傍に留まっていたら、二人揃って殺されるところだった。

……にいちゃん。にいちゃん。

今にも止まりそうになる足を必死に叱咤しながら、光次は走り続ける。あの恐ろしい男を、少しでも兄から遠ざけるために。

……ごめんね。ごめんなさい。でもぼくは。……ぼくは、にいちゃんを。

『…え、……っ？』

ぐしょぐしょに濡れた足が、すかっと空を切った。はるか下に広がるのは一面の雪ではなく——岩場だ。雪に埋もれた崖を踏み外してしまったのだと気付き、慌ててバランスを取ろうとするがもう遅い。光次の小さな身体は崖を撫で上げる強風にさらわれ、支えるものの無い虚空に投げ出される。

どんっ、と硬い岩肌に叩き付けられるまで、さほど時間はかからなかった。

『ひ…、あ、あああ……！』

恐怖に染まった七瀬の悲鳴が、どんどん遠ざかっていく。どうか兄があの男に見付かりませんように。もう指一本動かせなくなってしまった光次には、祈ることしか出来なかった。白い闇が意識をゆっくりと覆う。

『……にい……、……ちゃ……』

「……光次っ……！」

——二十年の時を超えて。

誰にも届かなかったはずの呼びかけに、嗚咽交じりの応えが返った。

同時に、水琴の意識も引き戻される。血に染まった岩場から、太陽の光を反射して輝く雪山へ。背後からきつく抱きすくめる、年上の恋人の腕によって。フードから露出した頬を凍り付かせるような冷気とまぶしい陽光が、これは現実だと教えてくれる。

「光次…、…光次、光次、光次ぃっ……」

あと数メートル進めば、深い谷底へ真っ逆さま。死と紙一重の崖で、影志はむせび泣いていた。優秀な支配人の仮面も残忍な復讐者の表情も抜け落ちた顔は、光次が慕った頼もしくも優しい兄のものだ。

……影志さんにも、見えたんだ。

あの映像が。…光次の思いが。ならばきっと、見えているはずだ。影志の前でぼんやりと淡い光をまとい、上目遣いに兄を見上げる光次の姿が。

——にいちゃん、ごめんなさい。

声にならない声が、悲鳴にも似た風音に交じる。

——絶対に離れるなって言われたのに、約束を破ってごめんなさい。

きっとそれこそが、光次の心残りだったのだろう。光次は最期の瞬間まで兄を思い、兄の言い付けを破ってしまったことを悔いていた。

……だから、足跡だけだったのか。

死してなお光次は影志の言い付けを忠実に守り、兄の後ろから離れなかったから。ただ、兄に伝えたい一心で。たった一言——ごめんなさい、と。

けれど復讐に曇りきった影志の目には光次の姿が映らず、ただ足音だけが聞こえていた。復讐を望む怨嗟の声として、影志を追い詰め続けた。

でも、今ならわかるだろう。光次は影志を恨んでなどいなかったのだと。…影志が本当に復讐したかったのは、一人だけ助かってしまった自分自身だと。

「…守って、…くれたのか」

わなわなと震えながら伸ばされる、大人の大きな手。

「光次…、お前ははぐれたんじゃなくて、私を…、…にいちゃんを、守ってくれたのか…」

触れられないとわかっていながらそっと兄の手を包み込むのは、幼い子どもの手。

死者は歳を取らない。ただ時の流れを見送るだけ。

——にいちゃん、怒ってない？

「…怒る、ものか。……怒れる、ものか……お前が、…お前が助けてくれたから、私は……」

もはやまともに言葉を紡ぐことすら出来ず、影志は子どものように泣きじゃくりながら首を振る。もしもあの時、光次が囮となって七瀬を引き付けなかったら、意識を失っていた影志は確実に殺されただろう。むろん、光次も一緒に。

最初から、一人は必ず死ぬ運命だったのだろうか。

……いや、違う。兄弟もろとも死の闇に堕ちる定めだったのを、光次が変えた。水琴だけでもそう信じたい。

――…良かった。にいちゃん、怒ってなかったんだあ……。

嬉しそうに笑う光次の全身が、ぱあっと輝いた。とっさに伸ばした影志の手は、虚しく空を切る。

――にいちゃん、ぼくね。

雲の切れ間から差し込む一条の光は小さな身体をいたわるように包み込み、ゆっくりと溶かしていく。うっすらと涙を滲ませる光次は、悟っているのだろう。二十年前に迎えるべきだった瞬間が、ようやく訪れたのだと。

だから笑う。別れの言葉の代わりに。これ以上、兄の重荷にならないために。

「駄目だ…っ、いくな、光次！　いかないでくれ…！」

――ずっとずっと、にいちゃんが大好きだよ。

「光次…、……光次ぃぃぃぃ――――っ！」

光次が完全に光に溶け、その光さえも消え去った瞬間、影志の慟哭が谷間にこだまする。

……やっと、会えたのに。

わかっている。光次は在るべき場所へ逝ったのだと。光次にとっても影志にとっても、それが最善だったのだと。

でも哀しい。胸がいっぱいになって、張り裂けそうになる。…これは誰の感情なんだろう。

水琴？　それとも…。

「……大丈夫だ、水琴。君はここに居る。俺の傍に」

熱を帯びた真摯な囁きが耳朶に吹き込まれる。

「……泉里さん……」

波立っていた心が凪いでいくのを感じ、水琴は恋人の腕をぎゅっと抱き返した。

水琴にはとても長く感じられた過去の映像も、現実ではほんの一分にも満たない時間だったらしい。水琴が落ち着くと、背後の木立から怜一と警備隊の隊員たちが姿を現した。怜一と泉里は視線を交わし、頷き合う。どうやら影志を説得に向かおうとした隊員たちを、怜一が押しとどめていてくれたようだ。

「……ご迷惑をかけてしまい、申し訳ありませんでした」

よろりと起き上がった影志は自ら水琴たちのもとまで歩み寄り、神妙に頭を下げた。その顔は未だ悲しみを色濃く残していたが、どこか晴れやかだ。まるで涙が、二十年分の悲しみと鬱屈を洗い流してくれたかのように。

もう大丈夫。影志は二度と自ら死を選んだりしないだろう。光次によって守られた影志の命は、光次の形見でもあるのだから。

……あ、形見と言えば……。

「加佐見さん、これを…」

隊員たちに促され、山道に戻ろうとしていた影志に、水琴は慌てて星のオーナメントを差し出した。影志はわずかに目を瞠り、水琴の温もりの移ったそれを恭しく押し戴く。

「ありがとうございました、胡桃沢様。…貴方には、光次の姿が正しく見えていたのですね」

「…、あの、僕は…」

高祖母から受け継いだ能力について、まだ影志には明かしていなかった。さっきの映像は何だったのかと問われても、たくさんの人目のある場所では何も話せない。

水琴の逡巡を見通したように、影志は微笑んだ。

「構いません。貴方が何者であろうと、私を…いえ、私と光次を救って下さった恩人であることに変わりはありませんから」

「加佐見さん…」

「巻き込んでしまい、申し訳ありませんでした。…この償いは、必ずさせて頂きます」

深々と腰を折り、影志は隊員たちと共に山を下っていく。水琴たちも続こうとして、ふと気が付いた。怜一が何故か苦虫を噛(か)み潰したような顔をしていることに。

「…あの、槙(まき)さん、ごめんなさい。勝手に列から離れたりして…」

てっきり水琴の勝手な行動を怒っているのだと思い、頭を下げるが、怜一はもどかしそうに手を震わせる。

「いえ…、別にそのことを怒っているわけではないのです。ただ…」

「……ただ?」

「奥槻(おくつき)さんが重い男で良かったと、感謝する日が来るなんて思わなかったものですから…」

何を言っているのか意味不明だったが、泉里にはわかったようだ。

「槙さんに感謝される筋合いはありませんね」

「重い男、というのは否定なさらないんですね」

冷笑しながら睨み合う二人をわけがわからないながらも宥(なだ)め、水琴は二人に挟まれる格好で来た道を戻っていった。行きは影志を探すのに夢中で興奮していたのか、何とも感じなかった緩い傾斜が帰りは脚に響く。泉里と怜一が先回りして支えてくれなかったら、一人ではとても帰れなかっただろう。

行きの倍近くの時間をかけてホテルにたどり着くと、影志は待機していた警察官に自ら七瀬を刺したと申し出て、警察署に連行されていった。怜一と別れ、自分たちの部屋に入ってすぐ、水琴は不安を打ち明ける。

「…加佐見さんは、どうなるんでしょうか…」

薬を盛られ、殺されそうになったことについて、罪に問われて欲しいとは思わない。影志が水琴を殺すつもりなど無かったのはわかっているし、光次の思いを見届けた今、復讐に支配され続けてきた憐れな男にこれ以上苦しんで欲しくはなかった。だが七瀬については、実際に傷付いた被害者が存在するのだからごまかしようが無いだろう。

「今のところは何とも言えないな。起訴されるかどうか、起訴されたところで量刑がどうなるかにも、様々な要因が絡んでくるから」

「そうなんですね……」

心配なのは影志だけではない。結衣もまた、影志に水琴の殺害を依頼した罪を問われることになる。影志と共に警察署に連行されていく時、最後まで抵抗していた結衣だが、影志の録音した音声データという動かぬ証拠がある以上は諦めるしかないだろう。

それだけではない。いずれ偽者の妖精画家だった事実が公になれば、結衣は…。

「……やれやれ。この期に及んで他人の心配か」

泉里は嘆息し、水琴をソファから軽々と抱き上げた。水琴と同じ、いや、それ以上に動き回っていたはずなのに、疲労の欠片も窺わせない。

「泉里さん…っ…？」

「君らしいが、今は自分のことだけを考えなさい。君だって疲れ果てているはずなんだから」

　有無を言わせず、泉里が向かったのは大理石の床が上品な光沢を放つバスルームだ。手前のパウダールームで水琴を下ろすと、長身を屈め、水琴のウールシャツのボタンを丁寧に外し始める。

「…あ、あの、泉里さん」

　いったい何をするつもりなのか。うろたえる水琴に、泉里は何も答えてはくれなかった。ただ唇をうっすらとほころばせ、見上げてきただけだ。

「…ぁ……っ、……」

　たったそれだけで心臓がどくんと高鳴ったのは、黒い瞳の奥に揺らめく炎のせいだろう。水琴がまるで動けなくなってしまったのをいいことに、泉里は水琴の小柄な身体を包む衣服を脱がせてゆく。焦らすように——待ちわびた贈り物のラッピングを剥がすように。

「あ、…んっ…」

　泉里の指先がかすめるたび、甘い疼きが素肌を舐める。防寒用に重ねた衣服はたちまち脱がされ、裸の上半身を晒してしまった。

「……や…ぁっ！」

吊り上がった泉里の唇から濃厚な欲望の匂いを嗅ぎ取り、水琴は反射的にズボンのウエストを押さえた。分厚い布地に守られた股間に、泉里は唇を寄せる。

「――水琴」

「っ、あ、…っ……」

毎夜、年下の恋人を可愛がる時と同じ艶を帯びた声音に、快楽を教え込まれた水琴が逆らえるわけがなかった。黒い瞳に命じられるままウエストの留め具を外せば、いい子だ、と泉里は唇の動きだけで囁き、下着ごとズボンを下ろす。

自ら足を上げ、靴下までも奪われてしまえば、生まれたままの姿を晒すことになった。バスルームにも空調は利いているはずなのに、ぞくりと背筋がわななく。恍惚として見詰める泉里の眼差しが、艶めかしすぎるせいで。

「…かわいそうに。早く温まらなくては」

「あ……」

再び抱き上げられ、運ばれたのは円形のジャグジーバスだ。細かな気泡を湛えた湯に満たされたバスタブは、大人二人が一緒に入ってもじゅうぶんな大きさがある。その向こうの窓からはベランダに出られるようになっているが、今は純白の雪と立ち枯れた木々のコントラストを堪能する余裕など無い。

そうっと湯の中に沈められる。じん、とかすかに痺れるような感覚がして、水琴は自分が思うより冷え切っていたのだと気付かされた。数時間ずっと氷点下の外に居たのだから、当然と言えば当然だ。

だが、染み渡る温もりを楽しんでいられたのは、泉里がおもむろにフリースのウェアを脱ぎ捨てるまでだった。はっとする水琴に濡れた一瞥を投げ、泉里は残りの衣服も素早く脱ぎ去ってしまう。

露わになった裸身が、水琴の頬を真っ赤に染め上げる。数えきれないくらい肌を重ねてきたのだから、裸を見るのはもちろん初めてではないが、明るい場所で目の当たりにすることはめったに無い。

「……う、…っ…」

無駄な贅肉の欠片も無い鍛えられた長身は成熟した雄だけが持つ色香を立ちのぼらせており、こんなふうに生まれたかったと憧れずにはいられない。そしてその股間の肉刀はすでに熱を孕み、緩やかに勃ち上がっている。

……僕のを、見て……?

恥じらう水琴にふっと微笑み、泉里もまた水琴と向かい合う体勢でバスタブに入ってきた。やはり冷えていたのだろう。湿った前髪をかき上げ、ふうっと心地好さそうに息を吐く様は、共に暮らしている水琴でもどきりとするくらい色っぽい。

「…おいで、水琴」

湯に沈んだまま、泉里はゆっくりと両腕を広げた。

「…せ、泉里さん…」

「俺もすっかり冷え切ってしまったんだ。……君が温めてくれないか?」

軍人のように禁欲的な見た目を裏切り、泉里は経験豊富な大人の男だ。甘くねだられれば水琴は拒めないことくらい、お見通しだろう。

「し、失礼します…」

後ろ向きになり、そっと泉里の膝の上に腰を下ろしていく。尻のあわいに湯よりも熱く硬いものを感じ、肩越しに目が合った瞬間、自ら獣の口に飛び込んでしまったような危機感に襲われるが——。

「水琴…」

「あ、……んっ!」

股間に回された腕にぐいと引き寄せられ、水琴は泉里の逞しい胸板に背中を預けていた。柔らかな尻たぶに、硬い刀身がめり込む。

「…あ…、あっ、あぁ…」

その感触だけで兆してしまう己の肉茎が、水琴には信じられなかった。あまりに疲れすぎると勃起しやすくなると橋本から聞いた覚えはあるが、それとは違う気がする。

だって、性器だけじゃない。手足が、肌が、腹の奥が…水琴の全てが泉里を求め、内側からざわめいている。

……欲し、い。

渇きにも似た感覚に、くらりとめまいがした。あわいに硬いものが挟まるよう尻を揺らし、股間を包む手に震える己のそれを重ねる。

「……、水琴……？」

「あ、…せん、り、…さん…、僕、…僕…」

意味のある言葉を紡ぐことすらもどかしく、泉里の節ばった手ごと性器を揉みしだいた。無防備なそこに自分よりもごつごつとした長い指が食い込むのが、たまらなく気持ちいい。湯で解された蕾に、自ら硬い刀身を擦り付けてしまうくらいに。

ごくり、と唾を飲む音が耳元で聞こえた。

「……入れて欲しいのか？」

「んっ、ん、ん……っ…」

たまらず首をこくこくと上下させれば、尻たぶにめり込む刀身はますます膨張し、渇きを加速させる。癒やされるにはこれに貫いてもらうしかないのだと――腹の奥に精液をたっぷり注ぎ込んでもらわなければならないのだと、本能が理解していた。

「く…、水琴……っ…！」

「あ、……あああ、あぁ――――…っ！」

あわいにあてがわれた熱い切っ先が、めりめりと肉の隘路を割り開いていく。ほとんど慣らされていないにもかかわらず、そこは微塵の痛みも無く、歓喜にざわめきながら待ちわびたものを迎え入れた。

「…や…っ、あ、ど…して、…どうしてっ…」

すでに勃ち上がりかけていた性器は、太く長いものを根元まで呑み込んだだけで反り返り、泉里の手の中でどくんどくんと脈打っている。泉里と密着した肌はどこもかしこも火照り、水琴を惑乱させた。泉里はいつだって最高の快感をくれるけれど、行為が始まったばかりでこんなふうにわけがわからなくなることなんて無かったのだ。

「あ…んっ、あんっ、あ…、ああっ…」

なのに渇きだけはやけに鮮明で、水琴は自ら尻を振る。白い湯煙の中、華奢な背中をすっかり預け、ちゃぷちゃぷと湯を波立たせながら肉刀を銜え込む自分がどれほど泉里を煽るのか、知りもせずに。

「…あ…あ、…水琴…!」

「あ…っ！　あ、…んっ、は…っ…」

みなぎる性器を慣れた手付きで揉み込まれ、敏感な粘膜を真下から容赦無く擦り上げられるうちに、渇きはすさまじい勢いで全身に回っていった。どくどくと、うるさいくらい脈打つ心臓にそのかされるがまま、水琴は肩越しに懇願する。

「…お…願い、泉里さん…、…早く、中に出して…っ」

「っ…、……ああ！」

まなじりに溜まった涙が頬を伝い落ちるのと、獣めいた唸り声が聞こえるのは同時だった。腰を両側から鷲摑みにされ、軽々と持ち上げられる。ずっぽりと腹の中に埋まっていた肉刀が、ずるずると先端まで抜けていく。

「――――っ……！」

完全に抜けてしまう寸前で腰を落とされ、空っぽにされた腹を一気に満たされた。ぐずぐずに蕩かされた媚肉は悦びざわめき、肉刀に喰らい付く。感じる内側の膨らみを硬い切っ先でごりごりと抉られ、白い光が頭の奥で弾ける。

「あ……、ああ、あっ……」

最奥に叩き付けられる熱い飛沫を、水琴は湯の中に精をぶちまけながら受け止めた。水面から露出した胸の小さな粒は紅く色付き、ぷっくりと膨らんでいる。無意識に尻を揺らせば、濡れたうなじを噛み付くように吸い上げられた。

……気持ち、いい……。

渇いた身体に、濃厚な精液が染み渡っていく。…ずっとこれが欲しかったのだ。きゅうっと泉里のものを食み締めると、ぬちゅん、とぬかるんだ音がするのが心地好い。

――でも、まだ足りない。もっともっと媚肉をかき混ぜて、泉里の匂いと精液でいっぱいにして欲しい。他の何も入り込めなくなるほどに。

「せ……ん、り、…さん…」

さえずる声は、正気なら居たたまれなくなるほど甘ったるかった。泉里の手を胸の肉粒に導き、快感に尖ったそれを擦り付ける。腹の中の熱がどくんと脈打ち、水琴の鼓動と重なる。

「もっと…、…中に欲しいの。……駄目、ですか……?」

「……っ…、水琴、…君は…」

黒い瞳に困惑の色が滲んだのは、つかの間。すぐさま欲情が取って代わり、泉里は繋がったまま身体の位置を入れ替える。

バスタブの縁に手をつかされるや、ずんっと最奥まで隘路を貫かれた。波立つ湯が溢(あふ)れ、大理石の床を濡らす。

「ひ、……あぁぁっ！」

……ああ…、熱い、……熱い……！

泉里を銜え込んだ最奥から、じわじわと炎に侵食されていくみたいだった。生きた人間しか持ち得ない、生命の熱だ。

もっと侵して欲しくて、腹が重くて動けなくなるくらい精液を注いで欲しくて、水琴は湯の中の脚を開く。瑞々(みずみず)しく濡れた尻を、高く突き出して。

「……あっ、…ああっ、ん…っ、あ、あっ」

反響する嬌声が、肉と肉のぶつかり合う高い音に交じり合う。荒い呼吸はどちらのものなのか、もはやそれすらもわからなかった。うねる媚肉は渇きの衝動に突き動かされるがまま、たぎる肉刀にしゃぶり付き、締め上げ、射精をねだる。

「…っ…く、…水琴、…っ」

「あぁ、……あ――…っ…！」

びくんびくんとひとりでに跳ねる尻をがっしり捕まえられ、二度目とは思えないほど大量の精液を流し込まれる。

貪欲な虚ろが情熱の証に埋め尽くされていく、目もくらみそうな感覚――快感と呼ぶのも生ぬるいそれに比べたら、性器から精を吐き出す絶頂などささいなものだ。実際、水琴の肉茎は萎えたままなのに、全身をかつてない快楽が駆け巡り、泉里が一滴残らず受け止めさせようと腰を揺さぶるたび甘ったれた嬌声をこぼさずにはいられない。

「……あっ！」

全てを注ぎ込んだ泉里がずるりと刀身を引き抜こうとした瞬間、悲鳴が喉を突いた。バスタブの縁に爪を立て、水琴は肩越しに懇願する。泉里の形に拡げられた蕾を、きゅうっとすぼめて。

「…抜いちゃ、駄目」

「…み、…こと…」

「ずっと…、僕の中に居て。…離さないで…」

ここにもっと泉里の息吹を吹き込んで欲しいのだと、すでに二回分の精液に満たされた腹をさすってみせた。それが呼び水となったのだと思い至ったのは、繋がったまま身体を持ち上げられ、くるりと向きを変えられた後のことだ。

「……ぁ、……んぅっ……」

燃える瞳に促され、開いた唇に、ぶつかるように泉里のそれが重なってきた。

いつもとは違う、冷静さをかなぐり捨てた性急な口付けを、水琴は恋人の引き締まった腰に脚を絡めながら受け容れる。再び埋められた肉刀を、決して逃がさないように。

「ふ…、…ん、ぅ…っ…」

水琴が仔猫みたいに喉を鳴らすたび、泉里のものは熱くみなぎり、隘路をみっしりとふさいでくれる。こうして繋がれている限り、ちゃぷちゃぷと腹の中で揺れる精液がこぼれることは無いだろう。

……泉里さん、泉里さん。

吐息ごと舌をからめとられてしまった唇の代わりに、水琴は心の声を紡ぐ。

……好き…、大好きです。貴方だけが僕を引き留めてくれる。

光次と…死者の思いと深く同調した水琴を現実に引き戻してくれたのは、絡み付くこの腕だった。鎖に繋がれるならこの人がいい。…この人でなければ嫌だ。

「ん、……」

名残惜しそうに口付けを解いた泉里の唇が美味しそうに見え、水琴は思わず舌を這わせた。くっと何かを堪えるように喉を震わせ、泉里は水琴を抱えたまま湯から上がる。

「…やっ、泉里さん…」

まだ離れたくない。とっさに首筋に縋れば、泉里は幼い子どもを宥めるように背中を叩いた。

「大丈夫だ、水琴。離したりしないから」

「…本当に？　ずっと、僕の中に居てくれる？」

「…、ああ。離せと言われても、離せるものか」

どくん、と二人の鼓動が重なる。

泉里は淡い薔薇色に染まったうなじを愛おしそうに吸い上げ、バスタブの傍らに置かれたカウチに水琴ごと腰を下ろした。自らの重みで泉里をより深くまで迎え入れ、水琴はたまらずびくんびくんと背をしならせる。

「あ、ぁぁ……！」

軽く極めたのか、ふわりと身体が舞い上がるような感覚に襲われた。だが見下ろした股間は萎えたまま、泉里の手にぬちぬちともてあそばれている。

きつく締め上げられた肉刀はみるまに逞しさを取り戻し、衰える気配すら無い。まだまだ可愛がってもらえる予感に胸を高鳴らせ、水琴は恋人の頬に擦り寄った。

泉里がミニバーの冷蔵庫からミネラルウォーターのボトルを取って戻ると、水琴はベッドに上体を起こし、窓の外の月を見上げていた。

泣いているようにも見える、憂いを帯びた横顔。その透明な眼差しの先にこうこうと輝く丸い月。

強い既視感を覚え、ああ、と泉里はすぐに思い出した。夭折の天才日本画家、宮地圭月が水琴の高祖母を描いた『眺月佳人』だ。知る人はほとんど居ないだろう幻の傑作でも、水琴に生き写しだという高祖母はあんなふうに月を眺めていた。

「水琴」

「…泉里さん！」

ぱっと水琴が振り返ったとたん、胸に立ち込めつつあったぼんやりとした不安は綺麗に消え去った。ベッドから降りようとする水琴を慌てて押しとどめ、ボトルをサイドテーブルに置くと、泉里は恋人の隣に身を滑り込ませる。

「起きていたんだな」

ついさっきまで水琴は疲れ果て、こんこんと眠っていたのだ。しばらくは目覚めないだろうと思い、ベッドを抜け出したのだが。

「何だか寒くて、目が覚めちゃったんです。そうしたら月がすごく綺麗だったから、つい見入ってしまって…」

そっと触れた水琴の手は、数時間前の行為の最中とは比べ物にならないほど冷たくて、泉里はたまらず細い肩を抱き寄せた。従順な恋人はおとなしく泉里に身を委ね、ほうっと息を吐き出す。

「…やっぱり、泉里さんが居てくれれば寒くない」

安心しきった表情で、なんとも可愛いことを言ってくれるものだ。未だ肌の奥にくすぶり続ける官能の炎を呼び覚まされそうになり、泉里はぐっと堪える。ほんの少し前まで、いつにも増して激しい行為に耽っていたのだ。これ以上はいくらなんでも水琴の負担になる。

まだ眠気は去っていないのか、うとうとする幼さの残る横顔からは、とても泉里を銜え込んで離さなかった数時間前の姿は想像出来ない。

……あれは、何だったのだろう。

いつまでも初心で純真な恋人は、ベッドの中では泉里の愛撫に素直に応え、淫らに乱れてくれる。

その落差にも惹き付けられてたまらないのだが、今夜は何かが違っていた。たがが外れたとでも言えばいいのだろうか。全身で泉里に絡み付き、腹の奥に射精をねだる様は、水琴の姿をした魔性の生き物のようだった。

『……もっと。泉里さん……』

少し睡眠を取った今でも鮮明に思い出せる。バスルームから寝室に移動し、ベッドに横たえられると、水琴は自ら四つん這いになり、栓を失ってうごめく蕾を白い指で拡げてみせた。

『こぼれちゃった、から……また、泉里さんで、いっぱいにして……』

泡立った精液を垂れ流しながら尻を振られ、一瞬、意識がぶつんと途切れた。

ふと気付けば泉里は獣のように水琴に圧しかかり、一心不乱に腰を振っていた。すでに何度も放っていたのに、泉里のそこはぬかるんだ媚肉に包まれるとすぐさま熱くたぎり、水琴を鳴かせ続けた。

女を覚えたばかりの十代の頃だって、あんなに熱中したことは無い。水琴だけじゃなく、泉里もじゅうぶんおかしくなっていた。その自覚はある。

…だが、仕方ないのだ。

『加佐見さん……っ！』

――水琴が泉里の手を振り解いて駆け出した、あの時。

計ったようなタイミングで雲が切れ、空に太陽が現れた。黄金色の陽光に照らされた水琴はまばゆく光り輝き……ひれ伏さなければいけないくらい、神々しく見えた。

水琴は怜一が警備隊を引き留めておいてくれたと思っているようだが、それは違う。彼らもまた、動けなかったのだ。

山岳救助のプロとして厳しい訓練を受けたはずの男たちが、一般人を相手に手も足も出なかった。勝手な行動を取った水琴が咎(とが)められなかったのは、要救助者が無事に救出されたのもあるが、彼ら自身己の失態を痛感していたからだろう。

あのまま光に溶けて消えてしまいそうで、泉里は無我夢中で水琴を抱き締めた。いや、縋り付いたのだ。どこにも行かないように。…行けないように。

死者の残した思いを写し取るたび、水琴の能力は強くなっていく。それはつまり…死者(かれら)と、同じ側に引きずり込まれるということではないのか？　水琴も本能でそう悟っていたから、しきりに泉里を欲しがったのでは…？

「っ……」

「泉里さん……？」

ぞくりと震え上がった泉里を、水琴は不思議そうに見詰める。澄んだ清らかな瞳に映るのは、今は泉里だけだ。悪寒が去っていくのを感じ、泉里は水琴のこめかみに口付けた。

「…大丈夫、やらなければならないことがあったのを思い出しただけだ」

「お仕事ですか？　…もしかして、僕のせいで予定が狂ってしまったんじゃ…」

「君よりも大切な予定なんて無いよ。…さあ、君はもう寝なさい。朝までまだじゅうぶんに時間がある」

申し訳無さそうにしていた水琴だが、泉里に添い寝されて肩をぽんぽんと叩かれているうちに眠り込んでしまった。やはり、激しい行為の疲労は抜けきっていないのだろう。泉里もそのまま一緒に夢の世界へ旅立ちたいのは山々だが、そうはさせてくれない相手が居るのだから仕方が無い。

待つのは性に合わないので、自ら出向くことにした。部屋着に着替え、訪ねるのはもちろん怜一の部屋だ。

「いらっしゃい、奥槻さん」

真夜中にもかかわらず、怜一は隙の無いジャケット姿で迎えてくれた。リビングのテーブルには栓の抜かれたワインボトルと、空のグラスがある。…飲まなければやっていられなかった気持ちはわかる。

「夜中に失礼…と、詫びる必要は無いようだな」

「さすがに今夜は眠れそうにありませんよ。奥槻さんのように、何もかも忘れられるほど夢中にさせてくれる恋人でも居れば別ですが」

全く心の通わない笑みを交わし合い、勧められるがままソファに腰を下ろす。さすがに今宵（こよい）ばかりは、立ち話で済ませるわけにもいくまい。

「――水琴さんは？」

珍しく単刀直入に質問をぶつけてきたのは、この男も昼間の一件で疲れているせいだろうか。

「眠り込んで、朝まで目を覚まさないだろう。…今は、普段の水琴に戻っている」

「……そうですか……」

良かった、と怜一は眉間を揉み込んだ。鋭い男のことだ。水琴と泉里がベッドで行為に耽っていたことはもちろん察しているだろうに、文句の一言も出ない。

「本当に、……貴方が重い男で良かった」

「……おい」

「私の気持ちは今でも変わりません。水琴さんはその容姿も含め、才能に相応しい称賛を受けるべきだし、数多(あまた)の人間に信奉されるべきだと思っています。…ですがそれは、あくまで人間としてです」

怜一もまた、泉里と同じ不安にさいなまれていたのだ。だからと言って、二人の心がぴったり重なることは絶対に無いわけだが。

「水琴さんの目に見えているものと同じところへ、行かせたいわけではありません。ですから……非常に複雑ではありますが……」

「俺の存在を認める気になった、ということか？」

先回りしてやれば、怜一は嫌そうに同意する。

「ええ。…水琴さんをこちら側に繋ぎ止める、重い重い重石(おもし)としてね」

とても喜ぶ気にはなれないが、怜一が泉里を水琴から引き剝がすことを諦めたのは良いことだ。決して負けるつもりは無くても、こんな毒蛇のような男とまともにやり合えば、心身共にすり減らされるのは目に見えている。

……重石か。望むところだ。

今回の一件で確信した。もはや泉里の気のせいではない。高祖母譲りの水琴の能力は、新たな死者と出逢い、その思いを描き出すたびに増していっている。…彼らの漂う彼岸に引き寄せられていく。

絵を生業(なりわい)にすれば、生者でありながらあちら側へ渡ってしまうかもしれないのだ。恋人としての泉里は、水琴の身を危険にさらすくらいなら画家になどなって欲しくはない。けれど画商としてパトロンとして…そして水琴の最大のファンとしては、水琴がこれからどんな思いを描いてみせてくれるのか、見届けたくてたまらない。

ならば、泉里が水琴を引き留める。たとえ水琴がどんな選択をしようと、此岸(しがん)に——この腕の中に。不世出の天才を繋ぎ止める重石になれるのなら、光栄というものだ。

……天才が心置きなく筆を握れるよう、俗世のトラブルを解決するのも重石の役割だな。

泉里は心の中で苦笑し、怜一に問いかける。

「…ところで、雪輪(ゆきわ)という少年がホテルから消えたというのは本当か？」

水琴が目覚める前、スマートフォンにそうメッセージが届いたので、わざわざ疲れた身体をここまで引きずってきたのだ。

　怜一は頷き、テーブルにプレオープンの招待客名簿を広げてみせる。ホテルの機密事項に属する書類を誰からどうやって入手したのかは、聞かない方が身のためなのだろう。

「気になっていたのでこちらに戻ってすぐスタッフに探してもらったのですが、どこにも見付かりませんでした。二人が滞在していた部屋も、もぬけの殻です。フロントでも、彼のためにハイヤーを手配した記録はありません」

「何の痕跡も残さず、自力で姿をくらましたというわけか…普通の高校生には少々厳しい芸当だな」

「その『普通の高校生』というのも、眉唾物かもしれませんよ」

　怜一がそう指摘する理由は、名簿を一読すればすぐにわかった。名字でも名前でも、雪輪という名前の人物は掲載されていない。

「…二人が滞在していた部屋をあてがわれていたゲストが、偽名を使ったという可能性は？」

「ありません。本来その部屋を使うはずだったのは、還暦を過ぎた老夫婦です。プレオープン直前にご夫君が急死されたので、欠席の連絡が入っていました。部屋も施錠はされていたそうです」

「……確かに、普通ではないな」

　外観こそ古き良き貴族の城館だが、セキュリティシステムは最新のものを導入しているはずである。ハッカーでもない一般人が客室の電子ロックを解除するのは至難の業だ。雪輪が水琴に自己紹介した通りの高校生だという可能性は、消えたと思っていいだろう。

　ふと、泉里はひらめいた。雪輪は確か…。

「雪輪の父親は体調を崩して部屋にこもりきりだと、水琴から聞いている。そして父親は、最後まで姿を見せなかった。…これは俺の推測だが、その『父親』こそ七瀬だったのでは？」

「ええ…、私もそう思います。あんな状態の七瀬に、野宿が出来たはずがありませんから」

　招待客としてホテル内に潜んでいたからこそ、七瀬は結衣の危機に駆け付けられたのだ。そうまでして守ろうとした娘にあんな仕打ちを受けたのは憐れではあるが、影志と光次を思えば自業自得だろう。

「――つまり、今回の一件の裏側には加佐見さんと雪輪、二人の思惑が潜んでいたというわけか。しかし、雪輪は…彼はいったい何者なんだ？」

　考えれば考えるほど謎だらけだ。

　そもそも雪輪はどうやって七瀬と知り合ったのだろう？　雪輪の行動は七瀬の素性を知っていたとしか思えないが、迷宮入りしかけた事件の犯人だと、どうして気付けたのだろう？　何故、手を貸すつもりになったのだろう？

　その行動にしても矛盾を孕んでいる。

　結衣をどうにかして救おうとする七瀬のサポートをしているかと思えば、結衣が水琴のスケッチを目撃するよう仕向けた。あの時ロビーに現れ、おおげさに騒いでみせたのは、偶然などではないだろう。水琴こそ本物の妖精画家だと気付いてしまったからこそ、結衣は影志に水琴の殺害を依頼した。…影志の復讐計画もまた、進行したのだ。

つまり雪輪は、七瀬と同時に影志をもサポートしていたとも言える。結衣を完全なる道化として利用しながら、復讐する者とされる者、双方を操っていた。そして何も告げずに消えてしまった。

矛盾しないのは、水琴への態度くらいだ。憂鬱でしかない結衣との食事の間、隣のテーブルをちらちら盗み見ていたが、雪輪は常に水琴に好意的だった。水琴の描いたリアンノンに対する賞賛も、結衣の注意を引き付けるという目的もあったとはいえ、決して偽りではなかったと思う。

それに、不可解なことはもう一つある。

「膠（にかわ）の匂い…」

「…奥槻さん？」

「彼とすれ違った時、膠の匂いがしたことがあった。雪輪という名前にもどこかで聞き覚えがあるんだが、思い出せなくて…」

「……、……ひょっとして……いや、まさか……」

怜一は歯切れ悪く自問自答していたが、泉里が視線で促すと、眉を寄せながら教えてくれた。

「雪輪というのは、宮地圭月の本名ですよ」

「え……？」

宮地圭月は日本画界では知らぬ者の居ない天才だ。当然、泉里も画商として一通りのプロフィールは頭に入れてある。宮地圭月が雅号であることも、本名も知っているが、確か雪輪などという名前ではなかったはずだ。

「圭月は数えで五歳の頃に親兄弟を亡くし、親戚の家に養子に出ています。一般的に圭月の本名とされているのは、その養家の名字です。しかし圭月の生家の名字は…」

「雪輪、というわけか」

「私は養父がご存知の通り圭月の熱狂的な信奉者でしたから、知っていただけです。聞き覚えがあるだけでもたいしたものですよ。よほど資料を読み込まない限り、生家の名字までは出て来ません」

「…槇さんは、今回の雪輪少年と圭月に何らかの関係があると？」

いいえ、と怜一は指先で唇をなぞる。

「ありえない…とまでは断言出来ませんが、可能性としてはかなり低いと思います。圭月の周りでは、とにかく人死にが多いのですよ。親兄弟のみならず、養家の家族も仲の良い友人や恩師も、圭月が十代の頃に相次いで亡くなっています」

「それは俺も知っている。圭月が放浪の旅に出たのは、亡くなった人々の冥福を祈る巡礼のためだったという説もあると記憶しているが…」

　実際、圭月が旅先で描いたとされる神社仏閣の風景図が数少ないながらも現存する。放浪の旅に出た後に人物画を全く描いていないのは、親しい人々を亡くした悲しみが癒えなかったがゆえだと専門家には分析されていた。

「雪輪は珍しい名字ではありますが、他に絶対存在しないというほどでもありません。圭月自身、独身のまま早世しています。膠の匂いをさせていたというだけで、雪輪少年が圭月の係累と判断するのは少々厳しい…はずなのですが…」

「――偶然にしては出来過ぎていると、槇さんは思うわけか」

「はい。圭月と水琴さんの間には、浅からぬ縁がありますからね」

　画家として名声を馳せて以来、ただの一度も人物を描かなかった…描かなかったとされていた圭月が唯一、おそらくは死を目前にして描いたモデル。それが水琴の高祖母、琴音だ。しかも水琴は彼女に生き写しであり、水琴と同じ能力まで彼女は有していたという。

　確かに、水琴と圭月には縁がある。…きっと良縁とは言いがたい、悪縁…いや、因縁が。

「まあ、結局のところ、雪輪少年本人を捕まえてみなければ真実は闇の中ですが……」

　怜一はグラスをワインで満たし、喉を潤した。どうせ断られるとわかっているのか、泉里に勧めてはこない。

「実は、亡き養父から聞いたことがあるんです。『眺月佳人』は、実は一対の絵なのだと」

「対の……？」

「養父が『眺月佳人』を撮影した際、その家の主人が言っていたそうです。本当は対のまま借り受けたかったのだが、さすがに胡桃沢家の当主が許してくれず、頼み込んでやっと片割れだけ貸してもらえたのだと。半世紀以上前のことですし、話を聞いたのも養父が亡くなる直前でしたから、妄想のたぐいだと思って今まで忘れていましたが…この絵を目にした瞬間、何故か思い出しましたよ」

怜一はテーブルに置いてあったタブレットをタップした。ぱっと光った画面に現れたのは、水琴が描いたリアンノンのスケッチだ。東京(とうきょう)で捜査中の怜一に水琴が描いたものがあれば見せて欲しいとねだられ、水琴の了承を得て送ってやった画像である。

豊穣(ほうじょう)を司ると同時に、死者を冥府に導く月の女神。…月を眺める姿を永遠に画布に留められた、水琴の高祖母。

何故かひどく喉が渇いて、泉里はチェイサーとして用意されていたグラスの水を煽った。

「…もう一対の絵は、何という銘かわかるのか？」

「え、ええ、そうですね…」

意外そうにしばたたいていた怜一は、しばし記憶をたぐり、やがて口を開いた。

「……『群雲(むらくも)』。家の主人から、養父はそう聞いたと言っていました」

「……これでよし、と」

最後の一筆を入れ、雪輪と名乗っていた少年は汚れた面相筆を無造作に放り捨てた。

リノリウムの床には、様々な種類の筆が数えきれないほど散乱している。一度使った筆は二度と使わない主義だから、一つ仕事をこなすたび、どうしても大量に使い捨てることになるのだ。極上のセーブルを素材とするそれらは一本数万円を下らないが、クライアントがいくらでも用意してくれるから雪輪の懐は痛まないし、代わりはいくらでもある。…人の命と同じように。

……ああ、でも、やっぱりあの子は違っていた。

胡桃沢水琴――『眺月佳人』に描かれた胡桃沢琴音の子孫。あの子に会うため、薄汚い犯罪者と行動を共にした。どうでもいい復讐にも手を貸してやった。そのせいで仕事のスケジュールが大幅に狂ってしまったけれど、頑張った甲斐はあったというものだ。水琴が琴音の血筋で容姿のみならず、能力までも受け継いでいると確認出来たのだから。

……あの子は違う。あの子だけは違う。あの子なら、きっと。

想像するだけで楽しくなり、雪輪はくつくつと喉を鳴らす。

三日月のように歪めた双眸の先、コンクリート打ちっぱなしの壁に掛けられた軸には、今にも夜空を覆い尽くそうとする群雲が描かれていた。

影志たちが逮捕された翌日、水琴と泉里、そして怜一は『リアンノン』をチェックアウトし、帰途についた。

支配人がプレオープン中に逮捕されるという前代未聞の不祥事に、ホテルはもはやまともな運営すら困難な状況に陥ってしまったのだ。他の招待客たちも次々と引き上げてゆき、当然、クリスマスの妖精画家のお披露目イベントも中止となった。

『リアンノン』の正式オープン日となるはずだったクリスマス当日は、カザミリゾート会長子息による殺人未遂事件と、誘拐犯七瀬の二十年ぶりの登場が各メディアにこぞって報道され、おおいに衆目を集めた。

影志や七瀬と少しでも繋がりのある人間にはマスコミが取材攻勢をかけ、しつこく追い回された者も少なくなかったが、水琴の周囲は静かなものだった。年末お構い無しの報道の過熱ぶりといい、おそらく泉里や怜一が裏から手を回したのだろう。その後、あれだけ激しかった報道が、年が明けると潮が引くように鎮まっていったのも。

だが、結衣だけはマスコミの餌食となる運命を逃れられなかった。影志が逮捕後、音声データを警察に提出したことにより、妖精画家を騙っていたこと、そして水琴を殺そうとしたことまでもが露見してしまったのだ。

ここでも泉里が藤咲を通し、手を回したのだろう。水琴が本物の妖精画家であることは、一切報道されなかった。影志もまた、結衣は一流画廊に目をかけられる水琴に強い嫉妬心を抱いていたと証言した。つまり金目当てで妖精画家になりすました挙句、嫉妬にかられて無関係な人間を殺そうとした――そういう人物だと世間に認定されてしまったのだ。

ほとんど事実なのだが、芸能人並みの若い美人であり、有名弁護士の娘でもある結衣のスキャンダルが炎上しないわけがなかった。

結衣の熱心な支援者は裏切られたショックからそのまま敵に回り、ＳＮＳアカウントには非難や中傷のコメントが殺到した。もはやアーティストとしての未来は絶たれたも同然だ。在学中の大学からは退学処分を受け、所属するモデル事務所も、逮捕の一報の直後に契約解除を発表した。

だが結衣にとって最もつらい制裁はバッシングを受けることでも法廷で裁かれることでもなく、父親に見捨てられてしまったことだろう。

結衣の戸籍上の父、信平は優秀な弁護士だが、七瀬に対する殺人未遂の罪で逮捕された娘のもとに一度も面会に訪れず、弁護も引き受けなかった。代わりに弁護人となったのは、信平の法律事務所に所属する若手弁護士だ。殺人未遂罪といっても殺害を依頼したに留まり、七瀬も死亡していないことから不起訴となったのだが、結衣は全く喜ばず、どうして父親が会いに来てくれないのかと子どものように泣き続けていたという。

結衣の実父、七瀬は二十年前の誘拐の罪では起訴を免れたが、別の形で裁きを受けることになった。

影志に刺された傷は浅かったものの、入院の際の精密検査により、末期の肝臓癌であることが判明したのだ。身体の異常はさすがに悟っていたらしいが、己の痕跡を残さないよう、時効が完成してもなお病院にかからずにいたという。余命は、もって半年だそうだ。

最後まで拒まれても、娘と言葉を交わせたのは幸せだったのだろうか。あるいは、己が人生を狂わせてしまった影志の憎悪に晒され、死期が迫ったせいなのか。七瀬は警察の任意の取り調べにも素直に応じ、二十年前の事件について自ら詳しく供述したという。

七瀬によれば、山小屋から逃げた兄弟を、最初は発見し次第その場で殺し、山中に埋めてしまうつもりだったらしい。

だが目の前で光次が崖から転落し、その無惨な骸を見下ろした瞬間、猛烈な良心の呵責と後悔に襲われたのだ。影志を捜し出す余裕などあるわけもなく、ただ必死に逃げた。途中で影志が発見され、指名手配されてしまうと、山小屋に置き去りにした身代金も取りに戻れなくなった。光次を死に追いやってまで罪を犯した意味は、まるでなくなってしまったのだ。

それでも逃亡を続けたのは、ひとえに恋人と子どものためだった。恋人の理恵が七瀬の子を宿したまま、あっさりと弁護士の信平に乗り換えた時は衝撃だったが、ならば生まれてくる子のためにも絶対に捕まってはならないと思いを新たにした。七瀬と結衣の間に法的な繋がりは一切無いが、もしも七瀬が捕まり、誘拐の動機を捜査されたらあの二人に行き着く可能性もゼロではないからだ。

そうまでして守られたにもかかわらず、結衣が七瀬からの面会希望を頑として受け容れようとしないと聞いた時、水琴は初めて怒りを…いや、嫉妬を覚えた。水琴の父も母も、きっと水琴のために人生をなげうったりはしてくれないだろうから。

……七瀬さんの余命は残りわずかだと、百川さんだって知らされているはずなのに。

結衣にとって父親とは、同じ家庭で過ごしてきた戸籍上の父——誰からも尊敬され、頼りがいのある有名弁護士でなければならない。それこそが結衣の、どうしても譲れないことなのだろう。

理解出来ない、とは思わない。水琴にもあるから…いや、今回の一件で出来たからだ。

誰を敵に回しても、どんな困難が立ちふさがろうと、どうしても譲れない思いが——。

新年を迎え、一月ほどが経ったある日。水琴と泉里は影志が収監された拘置所を訪れた。七瀬の供述について、どうしても影志に直接確かめたいことがあったからだ。

生きながら死んだような日々を送っていた七瀬のもとに、ある日突然届いたメッセージ…それこそが、七瀬を『リアンノン』に導いたのだという。差出人は――『オベロン』。ヨーロッパの伝承に登場する、妖精たちを統べる王を名乗っていた。彼が事件に深く関わっていたのなら、影志にも必ずコンタクトを取ったはずだ。

「奥槻さん、それに胡桃沢さんも……お久しぶりです。このたびは本当に申し訳ありませんでした」

　面会室に現れた影志は常に付きまとっていた陰鬱さが拭ったように失せ、七瀬に対する殺人未遂罪で判決を待つ身にもかかわらず、以前より晴れやかに見えた。光次が自分を恨んでいるという妄想から解放され、きちんと別れを告げられたのはもちろん、カザミリゾートの次期後継者ではなくなったというのも大きいだろう。

　影志の父であり、カザミリゾート会長でもある崇は、事件を知ると即座に影志を解雇した。事情が事情とはいえ、刑事事件を起こした者を後継者に出来ないのは当然だ。だが社会的責任を取ったというよりは、影志を解放してやったのではないかと泉里は推測する。

　というのも、泉里の義父である博雅が崇を事件後に見舞った時、崇はひどく後悔していたそうだからだ。自分が責め続けたせいで影志は復讐を決意するまでに追い詰められ、築き上げてきたもの全てを失うはめに陥ってしまった。七瀬と自分の息子が同時に逮捕されるに至り、崇はようやく己の過ちを認められたのだ。

　醜聞にまみれた『リアンノン』のオープンは取りやめとなった。カザミリゾートそのものも、いずれ売却される予定だそうだ。もう影志を縛るものは無い。…社会的にも、精神的にも。

「……ええ。知っています」

貴方もオベロンを知っているのか――水琴の質問に、影志は素直に頷いた。

「そもそも私が今回の計画を実行に移したのは、オベロンからメッセージが届いたからなのです」

「…加佐見さんのところにも？」

水琴は思わず泉里と目を見合わせた。いぶかしそうな泉里もきっと、水琴と同じ疑問を抱いているだろう。

何故なら七瀬は、オベロンと名乗る人物から『影志は結衣がお前の娘だと知ってしまった。結衣にオファーしたのも、おびき寄せてお前の代わりに殺すためだ』とメッセージを受け取っていたのだ。

『リアンノン』を訪れたのも、メッセージに『結衣を守るのを手伝ってやるからここに来い』と記されていたからだった。藁にも縋る思いで赴けば雪輪が居て、親子を装いホテルに入ったそうだ。その後はずっと結衣の動向に目を光らせていたため、ぎりぎりのタイミングで飛び出せたのだが…。

「オベロンからのメッセージには、百川結衣が七瀬の実の娘であること、そしてあの男が娘を陰ながらずっと見守っていることが記されていました。最初はたちの悪い悪戯だと思いましたが、メッセージに添えられた現在の七瀬の写真を見てしまえば……」

影志はきゅっと唇を引き結んだが、そこから先は説明されなくてもわかる気がした。二十年の間、崇は警察ばかりに頼らず、私費を投じて七瀬の行方を探し続けていたそうだ。それでも見付からなかった憎い仇の現在の姿が、ふいに目の前に現れた時——影志の中の憎悪は、もはや引き返しようがないほど燃え上がってしまったのだろう。

「メッセージの内容は、それだけですか？」

泉里の問いに、影志は首を振った。

「自分が『リアンノン』に七瀬を連れて行ってやるから、人目の無いところで結衣を殺そうとしろ。そうすればあの男は必ず助けに入るはずだから、あとは好きに復讐すればいいと、そうも言っていました。ですから招待客に七瀬やオベロンらしき人物が居ないかどうか、気にかけてはいたのですが…まさか、キャンセルされた空き部屋に堂々と滞在していたとは…」

またも水琴と泉里は顔を見合わせた。

……いったい、どういうことだろう？

オベロンの行動はめちゃくちゃだ。七瀬の味方にも影志の味方にもならず、二人を引き合わせ、ぶつけるだけぶつけておいて、何がしたかったのか。まるで見当がつかない。

だが、一つだけはっきりしたことがある。七瀬と影志にメッセージを送ったオベロンは、おそらく雪輪自身なのだ。雪輪に仲間が居る可能性もあったため、こうして影志にも確かめに来たのだが、矛盾だらけの内容のメッセージは雪輪にぴったりと一致する。

「…あの、加佐見さん。実は僕、今日は他にも用があって来たんです」

考えるほどわからなくなる雪輪の意図はひとまず置いておいて、水琴はバッグの中から小さな包みを取り出した。包装を解いて現れたのは、文庫本くらいの大きさの額縁に収まった一枚の油絵である。あまり大きなサイズだと面会室に持ち込めないかもしれないと弁護士から聞き、あえてこのサイズに仕上げたのだ。

「……これ、は……」

アクリル板越しに絵を見せられた瞬間、影の失せた影志の双眸は大きく見開かれた。みるまに溢れ出した涙が、震える頬をぽろぽろと伝い落ちていく。

「……光次。……光次……」

静まり返った面会室に、嗚咽が響いていった。

小さなキャンバスの中、さっそうと白馬にまたがるのは高祖母の姿を借りた美女——女神リアンノンだ。構図も表情もかつてホテルのロビーで描いたスケッチと同じだが、一つだけ違うのは、女神に導かれる死者たちに光次の姿が交じっているところである。

光に消えゆく時と同じ安らかな満ち足りた表情は、光次にとって死は終わりではなく、再生の始まりであることを示していた。

「…胡桃沢さん。これは…、何故…」

ようやく涙を収めた影志だが、濡れた瞳は額縁の中の女神と弟に注がれたままだ。

「東京に帰ってから、何だか描かずにはいられなくなって…。泉里さんに彩色してみたらどうかって勧められて、どうせなら加佐見さんにも見てもらえるように仕上げて来たんです」

「私に…、見せて下さるために？　ですが、私は貴方を…」

「光次くんのためだったって、わかっていますから。…僕は今、こうして傷一つ無くここに居ます。もう、それでいいじゃないですか」

実際、薬を使って拉致されたことについては、未だに何の恨みも湧いてこないのだ。影志を必死に止めようとする、光次の足跡を見続けていたせいかもしれない。

それに影志は、水琴が本物の妖精画家だとばれないよう警察に証言してくれた。水琴としてはありがたいと思いこそすれ、恨む理由は無い。

「胡桃沢さん……」

アクリル板の向こうの影志だけではなく、泉里までもがまぶしそうに水琴を見詰める。もしも怜一が居合わせたなら、熱烈な信奉者がまた増えたな…と、満足そうに頷いていただろう。

「…それに、この絵は光次くんが描かせてくれたような気がするんです」

「光次が…？」

「はい。――加佐見さん」

水琴は絵を泉里に預け、居住まいを正した。

「僕はいつか…そう遠くないうちに、画家としてデビューします。何があろうと絶対に」

「……」

「ですから、加佐見さん。刑を終えたら、この絵を『エレウシス』まで買いに来て下さい。加佐見さんが出所されるまで、大切に保管しておきますから」

「……ふ、……はは、……はっ……」

小刻みに震えながら突っ伏してしまった影志に、立ち会い役の職員が慌てて駆け寄ってくるが、ただ笑っているだけだとわかるとすぐに離れていった。しばらくして、影志はまなじりに溜まった涙を拭いながらゆっくりと顔を上げる。

「…それでは…、私は可能な限り早く出所して、真面目に稼がなければなりませんね。貴方の作品なら、どんなに小さくても目が飛び出るほどの値段がつくようになっているでしょうから」

「……ええ、きっと」

まさかそんな、と口走りそうになるのを呑み込み、水琴は神妙な顔のまま頷いた。女神に導かれる光次が、くすっと笑ったように見える。

この二十年間、影志を支え続けた七瀬への復讐心が失われ、光次との別れも済ませた今、兄が燃え尽きずに第二の人生を豊かに生きること。それこそが光次の、最後の願いだったのだろう。だから水琴に、この絵を描かせてくれたのだ。

もう影志の足元に光次の足跡は見えない。けれど、兄弟の足跡はこれからもずっと重なり続合って。

けるだろう。神と共に在る男がそうであったように。苦しみも喜びも悲しみも、互いに背負い

「──画家としてデビューする、か。まさかこんなところで聞かされるとはな」

面会を終え、駐車場の車に戻るとすぐ、泉里は深い息を吐いた。影志に告げた言葉は、泉里には秘密のままだったのだ。重要なことを突然聞かされ、さぞ胆を潰しただろう。にもかかわらず黙っていてくれたのは、水琴にも考えがあるとわかってくれたからだ。その配慮と信頼がありがたい。

「…ごめんなさい、泉里さん。『リアンノン』から帰って来てから、ずっと考えてはいたんです。でも、泉里さんと二人きりの時だと甘えてしまいそうで…」

泉里なら、画家デビューしたいと宣言した水琴が注目されることに怖気づき、二の足を踏んでも、聞かなかったことにして庇護してくれるだろう。今まで通りの、気楽な学生生活を送らせてくれるだろう。

だが、それでは駄目なのだ。いつまで経っても、水琴は泉里に守られるだけのお荷物にしかなれない。

「──だから、加佐見さんの前で言い出したのか。後戻り出来ないように」

「本当にごめんなさい。……怒ってますか？」

「君は俺が、君に夢中のパトロンだと忘れていないか？　君がデビューへの意志を固めてくれ

たことを喜びこそすれ、怒るわけがないだろう。…ただ、決意に至った理由は気になるがな」

助手席に座った水琴の顎を、泉里は長い指でくいと持ち上げる。

ひたと合わされた眼差しはいつもの優しい恋人ではなく、透徹した画商のそれだった。水琴が画家として厳しい競争世界で生き抜いていけるかどうか、見極めようとしている。

「……伝えたいと、思ったんです」

バッグ越しに、いずれ影志に購入されるだろうリアンノンと光次の絵に触れる。この絵は光次が…光次の思いが描かせてくれたものだ。

いや、光次だけではない。思えば物心ついた頃から水琴が描き続けてきた死者(かれら)は、誰もが皆、水琴に――生者に伝えたいことがあったのではないだろうか。

初めて絵を描いた日を水琴は覚えていないけれど、その強い思いを自分以外の誰かにも伝えたくて、幼い水琴は夢中で鉛筆を動かした。そんな気がする。…結局、両親は気味悪がるばかりで、見捨てられるきっかけになってしまったのだけれど。

――貴方は、画家としてのご自分をどう扱われたいのですか？

何度も苦しめられた問いに、今なら自信を持って答えられる。

「巫女(みこ)だった琴音さんがそうしていたように、僕はこの手で彼らの声を伝えたい。なるべくたくさんの人たちに。…光次くんに同調してから、そう思うようになったんです」

水琴を映す黒い瞳に、様々な感情が過ぎっていく。憧憬(しょうけい)、歓喜、羨望、苦悩……全て読み取る前に、水琴は力強い腕に引き寄せられ、閉じ込められる。

「…泉里、さん？」

「昨日連絡があったが、七瀬は加佐見さんを罰しないよう嘆願書を提出したそうだ。七瀬を刺した件に関しては不起訴になるだろう。早ければ来月には出て来られる」

「それって……」

「加佐見さんとの約束を守りたいのなら、すぐにでもデビューしなければならないということだ。…撤回したくなったか？」

低く問われ、怯(ひる)まなかったと言えば嘘になる。

だが水琴は決めたのだ。水琴にしか見えない彼らの思いを伝えるため、画家になるのだと。

……愛おしくも頼もしい、この年上の恋人と共に。

「いいえ。それでも僕は画家になります。……協力、してくれますか？」

おずおずと問えば、泉里はおもむろに水琴から離れた。戸惑う水琴の手を、恭しく押し戴く。

「もちろんだ。──『エレウシス』のオーナーとして、パトロンとして、恋人として……奥槻泉里は全力で守り、後援すると誓うよ。俺が見付けた、妖精画家を」

笑みを滲ませた唇が、水琴のてのひらにそっと触れる。

熱く柔らかなその感触は、水琴の画家としての始まりだった。

あとがき

こんにちは、宮緒葵です。何と『悪食』の二巻目を出して頂けました。これも続きを読みたいと応援して下さった皆さんのおかげ。本当にありがとうございます。

この二巻、手に取られた方は分厚さに驚かれたことと思います。前半の『夢魔』は小説キャラに掲載された短編の再録、後半の『足音』が書き下ろしなんですが、『夢魔』も短編と言い張るのはちょっと厳しい文字数な上、『足音』にいたってはこれだけで文庫一冊分になるページ数を突破してしまったため、二つ合わせると薄めの文庫二冊分くらいというとんでもない量になってしまいました…。

さて、分厚い二巻目では水琴の成長をメインに描きました。創作することでさんざん心身をやられたのに、結局また創作せずにはいられない、創作による痛みは創作でしか癒せないというジレンマは、水琴に限らず何かを創り出す人なら誰もが味わったことがあるのではないでしょうか。

後半の『足音』では自分の偽者と対峙しつつも順調に成長していく水琴ですが、反対に泉里はだんだん駄目になっているかもしれません。この二人、見た目と中身のタフさが正反対なんですよね。水琴は妖精みたいな見た目に反してかなりしぶといのに、泉里は軍人みたいな見た目とは裏腹に打たれ弱いのです。水琴さえ絡まなければ、何でもそつなくこなせる優秀な人ではあるんですが…。

そんな泉里は、とうとう怜一公認の『重い男』になってしまいました。怜一は怜一で水琴を大切に囲い込もうとする泉里を出来たら排除したくてたまらないんですが、水琴をこちら側に引き留められるのは泉里だけなので仕方なく妥協した形ですね。おそらく、画家としては、怜一にバックアップされた方が順調にキャリアを積めると思います。ただそれと精神的な安定とは別、ということですね。

二巻も引き続きみずかねりょう先生にイラストを担当して頂けました。みずかね先生、今回もありがとうございました…！　たおやかで美しいのに芯の強い水琴と、水琴にだけ甘い表情を見せる泉里にうっとりしました。

担当のY様。予定より百ページ近くオーバーしてしまったにもかかわらず、好きなだけ書かせて下さってありがとうございました。おかげで書きたいシーンを全て盛り込めました。

そして、ここまでお読み下さった皆様。いつもありがとうございます。雪輪の正体や目的など、まだ書きたいネタは色々あるので、引き続き応援して頂ければ嬉しいです。

それではまた、どこかでお会い出来ますように。

この本を読んでのご意見、ご感想を編集部までお寄せください。

《あて先》〒141-8202 東京都品川区上大崎3-1-1 徳間書店 キャラ編集部気付
「羽化」係

【読者アンケートフォーム】
QRコードより作品の感想・アンケートをお送り頂けます。
Chara公式サイト http://www.chara-info.net/

■初出一覧

羽化……【キャラ文庫】

2021年5月31日 初刷

著者 宮緒 葵

発行者 松下俊也
発行所 株式会社徳間書店
〒141-8202 東京都品川区上大崎3-1-1
電話 049-293-5521（販売部）
03-5403-4348（編集部）
振替 00140-0-44392

印刷・製本 図書印刷株式会社
カバー・口絵 近代美術株式会社
デザイン モンマ蚕（ムシカゴグラフィクス）

ISBN978-4-19-901030-9

宮緒 葵の本

好評発売中

[悪食]

イラスト◆みずかねりょう

宮緒 葵
イラスト◆みずかねりょう
悪食
AKUJIKI
Presented by
Aoi Miyao
ダイヤの原石を誰かに渡すくらいなら、
いっそこの手で壊したい——
キャラ文庫

田舎の小さな村のあちこちに、静かに佇む死者の姿——。学校にも通わず彼らを熱心にスケッチするのは、母に疎まれ祖父の元に身を寄せた18歳の水琴。風景は描けるのに、なぜ僕は生きた人間が描けないんだろう…。そんな秘密を抱える水琴の才能に目を留めたのは、銀座の画商・奥槻泉里。鋭利な双眸に情熱を湛え、「君の才能は本物だ。私にそれを磨かせてほしい」と足繁く通い、口説き始めて!?

宮緒 葵の本

好評発売中

「祝福された吸血鬼」

イラスト✦Ciel

祝福された吸血鬼
Aoi Miyao presents Syukufuku sareta kyuketsuki
宮緒 葵
イラスト✦Ciel
怠惰な吸血鬼に生活指導をするのは、
凛々しく成長した養い子!?
キャラ文庫

不老の肉体と高い魔力を持つ、死と闇の眷属・吸血鬼（ナハツエール）――。元は小国の王子だったアウロラは、外見は弱冠17歳の美少年。生きることに飽いていたある日、魔の森で、少女と見紛う少年を拾う。傷つき疲弊した彼は、実は王位継承争いで国を追われた王子だった!! アウロラの正体を知っても恩義を感じ、忠誠を誓うこと五年――。華奢で愛らしかった養い子は、若き獅子のような青年へと成長して!?

宮緒 葵の本

好評発売中

[蜜を喰らう獣たち]

イラスト✦笠井あゆみ

宮緒 葵
イラスト■笠井あゆみ
超能力で疲弊した俺たちの身体は
おまえを抱くことでしか、癒せない――
キャラ文庫

千里眼や念動力など、超能力を駆使して戦う傭兵たち――その力を世界各国に売り込む組織に所属するナギは、疲弊した心身を身体で癒す能力を持つ。そんなナギが密かに想いを寄せるのは、組織随一の異能を誇る闘犬・シナトだ。能力が高いほど気性も荒いはずなのに、過保護で甘いシナトは、なぜかナギを抱いてはくれなくて…!? 肉体と精神を削って生きる男たちの、離れられない宿命の軌跡!!

目次

口絵・本文イラスト／笠井あゆみ